HEYNE
BÜCHER

TOM CLANCY und STEVE PIECZENIK

TOM CLANCY'S
SPECIAL NET FORCE 1
TODESSPIEL

Roman

Aus dem Englischen
von Luis Ruby

WILHELM HEYNE VERLAG
MÜNCHEN

HEYNE ALLGEMEINE REIHE
Nr. 01/13219

Titel der Originalausgabe
TOM CLANCY'S NET FORCE:
THE DEADLIEST GAME

Umwelthinweis:
Das Buch wurde auf
chlor- und säurefreiem Papier gedruckt.

Redaktion: Verlagsbüro Dr. Andreas Gößling
und Oliver Neumann GbR, München

Deutsche Erstausgabe 11/2000

Printed in Germany 2000
Umschlagillustration: IFA-Bilderteam/Photam
Umschlaggestaltung: Nele Schütz Design, München
Satz: Pinkuin Satz und Datentechnik, Berlin
Druck und Bindung: Pressedruck, Augsburg

ISBN 3-453-17760-6

http://www.heyne.de

Wir möchten folgenden Personen danken, ohne die dieses Buch nicht hätte entstehen können: Diane Duane für ihre Hilfe bei der Fertigstellung des Manuskripts; Martin H. Greenberg, Larry Segriff, Denise Little und John Helfers von Tekno Books; Mitchell Rubinstein und Laurie Silvers von BIG Entertainment; Tom Colgan von Penguin Putnam Inc.; Robert Youdelman, Esq.; Tom Mallon, Esq.; sowie Robert Gottlieb von der Agentur William Morris, unserem Agenten und Freund. Wir wissen eure Hilfe sehr zu schätzen.

Prolog

Washington D.C., März 2025

Es war die Art fensterloses Gebäude, wie man es heutzutage überall antraf, seit die Welt wirklich virtuell geworden war und sich jede Wand auf Wunsch der Bewohner in ein Fenster verwandelte. Allerdings waren die Personen in diesem speziellen Raum offenbar nicht geneigt, sich auch nur der Illusion von Fenstern hinzugeben. Oder ihnen missfiel das, was ein Fenster grundsätzlich ausmachte: dass man genauso hinein- wie hinaussehen konnte. Die Wände waren blind und nackt. Sie schimmerten in einem sanften Weiß und warfen ein kühles, gleichmäßiges Licht auf den großen glänzenden Tisch in der Mitte des Raumes – und auf die fünf Männer, die an einem Ende des Tisches saßen.

Sie schienen in ihre Anzüge hineingeboren worden zu sein. Bei dem einen oder anderen fiel das Revers oder die Krawatte einen Millimeter schmaler oder breiter aus als bei den übrigen, doch bis auf diese unmerklichen Hinweise auf ihr Alter oder ihre Vorstellungen von Mode unterschieden sie sich nicht im Geringsten voneinander. Darüber hinaus waren ihre Krawatten unauffällig und die Hemden weiß oder von blasser Farbe und ohne Muster. In nahezu jeder Hinsicht sahen diese Männer unauffällig aus, und sie trugen diese Unauffälligkeit wie eine Verkleidung.

Denn genau das war der Zweck dieser Anzüge.

»Also, wann ist es so weit?«, fragte der Mann, der in der Mitte der Gruppe saß.

»Jetzt«, entgegnete derjenige, der von ihm aus am linken Ende saß, ein Mann von jugendlichem Aussehen mit eisgrauem Haar und ebensolchen Augen. »Die Kontrollpositionen sind seit achtzehn Monaten besetzt, die Stellung hat sich konsolidiert und ist bereit, in den maximalen Interventionsmodus zu wechseln.«

»Und niemand hat Verdacht geschöpft?«

»Niemand. Wir haben jegliche undichte Stelle ausgeschlossen ... nicht, dass so etwas im Fall der Fälle ein Problem gewesen wäre. Die Umgebung ist in sich so chaotisch, dass es, wenn man eine taktische Atombombe darüber abwerfen würde, lediglich zu Gezeter und gegenseitigen Vorwürfen käme, aber nicht annähernd zu einer brauchbaren Analyse.« Der jugendlich wirkende Mann stieß ein verächtliches Lachen aus. »Dort interessiert sich ohnehin keiner für Analysen. Es geht in diesem Kontext um nichts als Reize, Effekte und Erfahrung. Auch nach dem Start des Programms wird niemand die leiseste Ahnung haben, was abläuft, bis alles vorbei ist. Und dann ist es zu spät.«

Der Mann in der Mitte wandte sich zu einem seiner Nachbarn auf der rechten Seite, einem älteren Mann mit tiefen Furchen im Gesicht und struppigem blondem Haar, das sich stellenweise schon silbern verfärbte. »Was ist mit den Finanzleuten? Sind sie bereit?«

Der Angesprochene nickte. »Man hat dort vor mehreren Monaten den Punkt gewählt, an dem das maximale ökonomische Ergebnis erzielt werden kann. Alle Vorausberechnungen haben mit den Resultaten in der Realität übereingestimmt ... falls ›real‹ der richtige Ausdruck ist. Ja, wir können die Welt aus den Angeln heben. Der Hebel steht zur Verfügung. Wir müssen nur noch einen Standpunkt wählen.«

Der Mann in der Mitte nickte. »Gut. Ihre zwei Abteilungen werden dabei sehr eng zusammenarbeiten müssen, aber das haben Sie ja sowieso schon getan. Gehen Sie sicher, dass Sie den richtigen ›Ort‹ wählen ... und wenn Sie den Hebel zum Einsatz bringen, strengen Sie sich ordentlich an. Ich will, dass kein Stein auf dem anderen bleibt. Eine Menge Leute verfolgt diese Demonstration, und sie erwarten eine spektakuläre Darbietung für die Mittel, die sie umgeleitet haben. Entschuldigen Sie. Ich meine ›laterale Investitionen‹« – die anderen lächelten – »zugunsten eines bestmöglichen Ergebnisses. Stellen Sie absolut sicher, dass der Ausgang des Spiels der Modellierung entspricht. Ich will hinterher keine faulen Ausreden von wegen ›irreführende Resultate‹.«

Die beiden Angesprochenen stimmten schweigend zu.

»Gut«, sagte der Mann in der Mitte. »Das Mittagessen mit den Leuten von Tokagawa beginnt um 13 Uhr 30. Seien Sie pünktlich. Wir wollen eine perfekte Präsentation durchführen, und Sie wissen ja, wie kleinlich der alte Knacker auf gute Manieren achtet.«

»Falls wir Erfolg haben«, sagte einer der Männer, die bisher geschwiegen hatten, »werden wir unsere Manieren nicht mehr lange brauchen. *Er* wird derjenige sein, der Acht geben muss, was er tut.«

Der Mann in der Mitte richtete den Blick mit einer langsamen, bewussten Kopfbewegung auf ihn, wie eine Zielvorrichtung, die sich in ihrer Aufhängung dreht und auf das Ziel ausrichtet. »Falls?«, sagte er.

Der andere erbleichte und senkte den Blick zur Tischplatte.

Der Mann in der Mitte starrte ihn noch ein paar Sekunden lang an und stand dann auf. Die übrigen taten es ihm gleich. »Um fünf nach eins kommt der Wagen«, erklärte er. »Machen wir weiter.«

Der Mann, der bleich geworden war, verließ den Raum als Erster, dicht gefolgt von dem anderen, der nichts gesagt hatte. Der jüngere Mann mit dem eisgrauen Haar warf dem Mann in der Mitte einen Blick zu und folgte den beiden anderen dann. Die Tür fiel zu.

Da lachte der Mann in der Mitte leise vor sich hin. »Eine Atombombe, was?«, fragte er. »Wäre vielleicht ganz lustig.«

Der Mann mit dem silbernen Haar verzog verächtlich das Gesicht und wandte sich wie die anderen zum Gehen. »Na ja«, antwortete er, »ehrlich gesagt, ich würde mir nicht die Mühe machen. Wahrscheinlich würden sie es bloß für Magie halten …«

1

Furten des Artel/Talairn, Virtuelles Reich von Sarxos – Grünmonat, 13. Tag, Jahr des Drachen-im-Regen

Der Ort roch wie eine Kläranlage nach einem Werksunfall. Vor allem das fiel Shel auf, als er den Zeltvorhang beiseite schob und in das schwindende Abendlicht hinaussah.

Er ließ einen müden Blick über die beleuchteten, schattenbedeckten Kiefernwälder schweifen, über die ansteigenden Felder und die Ufer des Flusses, die heute Mittag zum Schlachtfeld geworden waren. Für ein paar magische Minuten hatte sich der Ort so gezeigt, wie er einem bestenfalls im Traum erscheinen konnte: Die Armeen standen in dicht gedrängten Reihen, die Speere glitzerten, und die Banner wehten bei einer steifen Brise leuchtend in der Sonne. Die Trompeten ließen ihre metallische Herausforderung über den Fluss hinweg ertönen, der die Grenze zwischen ihren Heeren darstellte, seinem und dem von Delmond. Delmond war mit zweitausend Reitern und dreitausend Mann Fußvolk die Straße zum Fluss hinabgezogen und hatte seinen Herold Azur Alaunt mit der üblichen Herausforderung über das Wasser gesandt – jener Herausforderung, die sich als typisch für Delmond erwiesen hatte, während er sich seinen Weg durch die unbedeutenderen Königreiche von Sarxos bahnte. Es kam nicht zu den höflichen Gesten, die ein gegnerischer Feldherr für gewöhnlich dem anderen zollte – kein Angebot eines Kampfes Mann gegen Mann, der den Heeren das sonst folgende Blutvergießen ersparen sollte; nicht einmal der übliche und pragmatische Vorschlag, die Quartiermeister beider Heere sollten sich treffen, um die Möglichkeit zu prüfen, dass eine Seite die Söldner der anderen übernahm. Dieser Zug machte eine Schlacht oft überflüssig, wenn sich erwies, dass dann einer der Gegner auf einmal doppelt und der andere nur halb so stark war wie zuvor. Nein, Delmond wollte Shels kleines Land Talairn auf der anderen Seite des Artel, und er wollte einen Kampf, wollte den Geruch nach Blut am Nachmittag und den Klang der Trompeten.

Also machte Shel ihn fertig.

Er konnte nicht verhehlen, dass ihn das befriedigt hatte. Delmonds Taktik war definitiv eine Beleidigung gewesen – keine Späher, kein Versuch, die Lage zu sondieren oder das Schlachtfeld erst einmal abzusichern. Er zog einfach die nördliche Straße auf den Artel zu, als hätte er nichts zu befürchten. Nach der kurzen Pause, die erforderlich war, um den Truppen auf der anderen Seite die förmliche Kriegserklärung auszusprechen, setzte Delmond an der Spitze seiner Streitmacht über den Artel und zog den leicht ansteigenden, grasbewachsenen Hügel hoch, als wäre es vollkommen ungefährlich, zum Berg hin anzugreifen, selbst gegen eine bereits aufgestellte Kavallerie.

Delmond war auf dem Weg nach Minsar, der kleinen Stadt, die etwa zwei Meilen von den Artelfurten entfernt lag. Offenbar war er zu der Ansicht gelangt, er könne die zusammengewürfelte Streitmacht aus fünfhundert Reitern und zweitausend Fußkriegern, die Shel zwischen dem Fluss und Minsar postiert hatte, einfach wegfegen; umso mehr, da sich Shel, dem Fehlen seiner Wimpel am Großbanner der Kräfte von Talairn nach zu urteilen, nicht unter ihnen befand.

Doch der Artel war ein alter Fluss, der sich in großen Bögen tief eingefurcht durch die kiefernbewachsenen Hügel zog. Diese Hügel hielten für den kundigen Wanderer zahlreiche Geheimnisse bereit. Viele Trampelpfade und Schleichwege, Spuren von Jägern und Wild durchzogen sie in den Windungen des Flusses, und die Pfade und Wege waren sämtlich schwer zu finden unter den dichten Ästen hoher Kiefern und Tannen. Der Boden unter diesen großen alten Bäumen war ein Kissen aus trockenen Nadeln, die den Klang jeder Bewegung dämpften.

So kam es, dass Delmonds Streitmacht gerade einmal halb über den Fluss war – zuerst die Berittenen, dann das Fußvolk, während die Reiter die Kavallerie von Talairn fast beiläufig in erste Gefechte verwickelten – und vollkommen überrascht wurde, als Shel und achthundert ausgewählte Reiter von den umliegenden Hügeln auf beiden Seiten des Flusses herabstürmten und Delmonds Kämpfern in die Flanken stießen.

Delmonds Reiterei, die auf dem Ufer von Minsar festsaß oder sich eben noch aus dem Wasser quälte, wurde in den Schlamm, ins Schilf und Riedgras zu beiden Seiten der Furt hinuntergetrieben und dort von Shels mit Hellebarden bewaffneten Fußtruppen abgeschlachtet. Wie vorauszusehen war, unternahm Delmonds Infanterie den nahe liegenden Versuch zu fliehen, aber dazu gab es kaum eine Möglichkeit. Shel führte eine der vier Reitergruppen an, die aus dem Schutz der Kiefern hervorgebrochen waren. Die Reiterei von Talairn umzingelte Delmonds Truppen und hielt unter ihnen blutige Ernte. Nach sehr kurzer Zeit war die Schlacht vorüber.

Es klang also ganz einfach, aber so war es ganz und gar nicht gewesen. Eine getreue Schilderung der Schlacht müsste von den endlosen Stunden seit Morgengrauen sprechen, in denen Shel seine berittenen Truppen auf den Hügeln in Stellung brachte, von jeder Bewegung, die unter striktem Schweigen durchgeführt wurde, während er darum betete, dass der Frühnebel über dem Fluss sich nicht heben möge, bevor alle seine Leute gut versteckt waren. Sie müsste von dem eisigen Morgenfrost unter den Kiefern künden, wo der Atem dampfte und die Zähne klapperten – wenige Stunden später gefolgt von der brütenden Hitze eines ungewöhnlich warmen, atemlosen Frühlingstages. Von den Mückenstichen und dem Jucken der Kiefernnadeln unter Shels Umhang und Kettenhemd, der von Stellung zu Stellung kroch, um sicherzugehen, dass sich seine Leute am rechten Platz befanden, um sie hier und da mit einem wohlgewählten, warmen Wort aufzumuntern, wo er selbst doch eine Ermutigung nötig gehabt hätte, doch das getraute er sich nicht zu zeigen.

In einer solchen Beschreibung müsste auch die nackte Angst vorkommen, die ihn ergriff, als er die kalte Herausforderung von Delmonds Trompeten hörte, die sich am anderen Flussufer auf der Straße der Furt näherten. Angespannt und besorgt wartete Shel mit dem Gedanken, Delmond werde vielleicht jetzt noch auf die Idee kommen, einige Späher hoch in den Kiefernwald zu schicken. Als Delmond nichts dergleichen tat, spürte er Erleichterung und überschäumende Wut durch sich strömen. *Danke, Rod, für diesen kleinen Gefallen*, dachte Shel, und eine Sekunde später, voller Zorn: *Zum Teufel, für was für einen Feldherrn hält er mich eigentlich? Dem Mistkerl werd ich's zeigen …*

Und am Ende durchfuhr ihn ein letzter, fürchterlicher Schreck, als Delmonds Heer die Furt überschritt und dabei immer noch die verfluchten Trompeten blies – *für was halten die das hier, für die Parade am Memorial Day? … In ein paar Stunden werden wir wissen, wer hier Gedenkfeiern braucht!* Dann zogen sie hinten aus der Furt nach oben, auf seine Truppen zu, die dort warteten, angeführt von Leutnant Alla, einer tüchtigen, jungen Frau, die keine Befehle hatte außer einem: »Lasst sie nicht vorbei! Haltet aus!«

Und sie hielten aus. Es war sehr knapp. Sie mussten so lange dort stehen und ohne Unterstützung alleine kämpfen, bis sie sicher waren, dass Delmonds ganze Reiterei den Köder annahm und den Fluss überquerte, auf das für sie ungünstige Terrain hügelaufwärts. Wenn sich noch irgendwelche Reiter am anderen Ufer aufhielten, dann war es um Shels sorgsam geplante Taktik geschehen. Doch die Psychologie seines Feindes war in der gegebenen Situation nur zu durchschaubar. Ein paar Siege gegen unvorsichtige oder glücklose Gegner hatten Delmond vom eigenen Geschick als Stratege und Taktiker überzeugt, obgleich Shel wusste, dass er tatsächlich in beiden Künsten nicht sehr versiert war.

Jetzt bedurfte es nur einer offensichtlichen Lücke, die einen scheinbar leichten Sieg verhieß, um Delmond zu einem offensichtlichen Zug zu verleiten. Delmond biss an … und selbst da hatte Shel noch viele qualvolle und unsichere Minuten zu überstehen, während seine kleine Streitmacht auf der entfernten Seite des Flusses ausharrte und Delmonds erstem Angriff widerstand …

Dann, endlich konnte Shel an der Spitze seiner ausgewählten Reiter in den Sattel springen, sein Horn blasen und damit das Signal zum Angriff geben. Er führte seine Reiter unter Kampfgebrüll die Hügel hinab. Die Hufe schlugen auf und rissen Steine aus dem Boden. Sie fassten Delmonds Fußtruppen rechts und links in der offenen Flanke und seine Reiter von hinten und von beiden Seiten. Schon klang der Schrei »Zu Shel! Zu Shel!«, zu seinen Streitern auf dem Ufer von Minsar empor; ihre Verzweiflung wandelte sich binnen Sekunden in Wut und Triumph, und sie fingen an, sich zu ihm durchzuschlagen, so wie er und die Reiter sich zu ihnen vorkämpften.

Eine halbe Stunde später war das Schlimmste in der Tat vorbei, obwohl die Aufräumarbeiten wie üblich bis Sonnenuntergang anhielten. So viele Überlebende wie möglich wurden zusammengetrieben und entwaffnet. Verletzte Kämpfer mussten gesammelt werden; jene, die ein Lösegeld wert waren, wurden ausgesondert, soweit sie nach ihren Versuchen, sich unkenntlich zu machen, identifiziert werden konnten. Ihr Wert wurde festgelegt, man behielt Sicherheiten ein und ließ sie dann frei. Shel hatte das alles zu überwachen und wurde von Minute zu Minute müder.

Und jetzt war alles vorüber, bis auf den wichtigsten Teil – den Moment, weshalb die ganze Schlacht überhaupt stattgefunden hatte: Er musste sich mit Delmond auseinander setzen. Shel hatte nicht so weit vorausgedacht und war immer noch überrascht, dass Delmond auf seine Taktik hereingefallen war. Andererseits waren die Schweizer ebenfalls überrascht gewesen, als sich die Österreicher in Morgarten auf ähnliche Weise hatten hereinlegen lassen. Delmond war nie ein großer Leser gewesen und daher verdammt, die großen militärischen Fehler früherer Jahrhunderte zu wiederholen. Shel für sein Teil war der Meinung, dass ihm das recht geschah.

Draußen bliesen die Trompeten eine müde Version des Signals, das besagte, dass alle Verwundeten eingesammelt waren. Somit konnten Ehemänner und

-frauen der gefallenen Kämpfer, die einem der beiden Heere gefolgt waren, die Leichen ihrer Lieben ohne Risiko beanspruchen. Shel warf einen letzten Blick auf das Schlachtfeld, das immer tiefer in rötliche, neblige Schatten getaucht wurde, da Dunst vom Artelfluss aufstieg und gnädig verbarg, was da noch liegen mochte. Einen Moment später ließ er den Zeltvorhang zufallen und setzte sich in den Feldstuhl an seinem Kartentisch. Er atmete erschöpft durch.

Als Shel vor ein paar Jahren seine erste Schlacht in Sarxos ausfocht, hatte er klischeehafte Vorstellungen davon, wie es nach einem großen Kampf aussehen sollte: Seine Standarte wehte kühn über dem zertrampelten Feld, jene des Gegners lag im Staub. Jetzt, nach etlichen verlorenen und gewonnenen Schlachten um einige Erfahrungen reicher, wusste er, dass sich auf einem solchen Schlachtfeld wenig Staub fand. In der Morgensonne war die leichte Anhöhe, die sich aus den Furten erhob, eine große, von Schafen abgefressene grüne Grasfläche gewesen, von weißen Gänseblümchen und kleinen gelben Margeriten übersät. Nun, nachdem Tausende Pferdehufe und Stiefel darüber hinweggetrampelt waren, blieb nur Schlamm. *Roter* Schlamm – und der klebte einem zäh an den Stiefeln. Die Standarte seines Feindes war jetzt, wo man ausgiebig darauf herumgetrampelt war, nur einer unter vielen durchweichten Fetzen, der sich nicht von irgendjemandes eingestürztem Zelt oder dem Überwurf eines kleinen Edelmanns unterscheiden ließ, abgestreift im Bestreben, seinen Besitzer vor der Gefangennahme und einer saftigen Lösegeldforderung zu bewahren.

Shel fühlte sich immer elend, wenn ihm am Morgen darauf der Geruch in die Nase stieg, der über dem zertrampelten Feld hing. Es war kein Wunder, dass die Ehemänner, Frauen und sonstigen Verwandten der Gefallenen immer gleich nach Ende der Schlacht oder jedenfalls weit vor Sonnenaufgang auftauchten, um die Erlaubnis zu erbitten, die Leichen ihrer Lieben suchen zu dürfen. Sie wussten aus allzu schmerzlicher Erfahrung, wie der Ort erst riechen würde, wenn die Sonne aufgegangen und es warm geworden war.

Zu diesem Zeitpunkt wollte Shel schon weit weg sein. Seine Zeltwand reichte bereits jetzt nicht, um den Gestank herausgerissener Gedärme abzuhalten, der vom Schlachtfeld herüberdrang – oder den von Därmen, die lediglich außer Kontrolle geraten waren. So erging es manch einem tapferen jungen Krieger bei seiner ersten Begegnung mit dem Schlachtfeld. *Krieg ist die Hölle*, sagt das Sprichwort. Aber in diesem Augenblick war Shel versucht, ein deftiges Wort an Stelle von ›Hölle‹ einzusetzen. Selbst Schwefelgeruch hätte er jenem Aroma vorgezogen, das ihn im Augenblick heimsuchte.

»Es ist ja nur ein Spiel«, sagte er zu sich selbst ... und schnitt eine Grimasse. Der Entwickler des Spiels, ein sorgsamer und gründlicher Handwerker, hatte zu gute Arbeit geleistet, als dass so lahme Sprüche etwas geholfen hätten. Keine Handlung blieb ohne Konsequenzen. Süß hätte die Luft des anbrechenden Abends sein sollen, doch das war nicht der Fall. Natürlich stand anschließend eine große Siegesfeier für Shel an, wenn er nach Minsar zurückkehrte, ein grandioses Treffen, um die Helden zu beglückwünschen, die zum Erfolg beigetragen hatten. Da würden die Banner wehen und die Trompeten erschallen, und die Barden würden ihre Lobgesänge anstimmen. Doch nicht hier. Diesen Ort konnte allein die Natur reinigen, und sogar sie würde einige Monate dafür brauchen. Selbst wenn das Gras wieder grün war und die Gänseblümchen blühten, würden die Schafe sich beim Grasen noch jahrelang um Schwerter, Pfeilspitzen und fleckige Schädelknochen herumarbeiten müssen.

Wenigstens war im Spätsommer mit üppigem Gras von hoher Qualität zu rechnen. Blut war ein ausgezeichnetes Düngemittel …

Der Zeltvorhang hob sich. Einer von Shels Wachleuten blickte herein, ein alter Gefolgsmann namens Talch. Shel sah zu ihm auf.

»Wann wollt Ihr ihn sehen, Herr?«, fragte Talch. Er war ein kräftiger Mann, ein Reiter, der noch vom Tagwerk über und über mit Blut und Schlamm und Rod weiß was noch bespritzt war. Er stank, doch das tat ja auch Shel und jeder andere im Umkreis von einer Meile.

»In etwa zwanzig Minuten«, beschied ihn Shel, während er über den Kartentisch hinweg nach einem Krug mit Honigtrunk griff. »Lass mich erst etwas für meinen Blutzucker tun. Hat er etwas gesagt?«

»Nicht ein Wort.«

Shel hob ermutigt die Augenbrauen. Delmond war für seine Neigung bekannt, selbst nach Niederlagen zu prahlen, so lange er eine Chance sah, den Kopf aus der Schlinge zu ziehen. »Gut. Hat er etwas zu essen bekommen?«

»Noch nicht. Nick war auf der Jagd. Hat einen Hirsch erlegt – den nehmen sie gerade aus. Aber eigentlich will niemand hier essen …«

»Wozu auch? Und wir werden es auch nicht tun. Schick jemanden nach Minsar, sie sollen vor der Stadtmauer ein paar Feuer zum Kochen in Gang bringen. Wir werden heute Nacht dort kampieren. Und sag Alla, dass ich jetzt ihren Bericht hören will.«

Talch nickte und ließ den Vorhang fallen. Shel sah ihm nach und fragte sich, wie er es manchmal tat, ob Talch ein Spieler oder ein Konstrukt war, einer der vielen ›Statisten‹, die das Spiel selbst bereitstellte. Diese waren zahlreich, denn die meisten Spieler zogen es vor, interessantere Rollen als Wächter und Gefolge zu spielen. Doch man wusste es nie genau. Einer der größten Generäle in den 22 Jahren, seit Sarxos lief, der Kavalleriemeister Alainde, hatte fast zwei Jahre lang einen Wäscher in Diensten des Großherzogs Erbin gespielt, bevor sein Aufsehen erregender Aufstieg durch die Ränge begann. Auf jeden Fall schloss die Etikette von Sarxos die Frage ›Bist du ein Spieler?‹ aus. Sie würde ›den Zauber zerstören‹.

Wenn ein Spieler sich einem anderen von sich aus offenbarte, war das etwas anderes, und nachher bedankte man sich bei ihm für sein Vertrauen. Doch es gab Zehntausende von Spielern in Sarxos, die lieber anonym blieben, sowohl in Bezug auf ihre Namen als auch auf ihren Status. Leute, die sich hin und wieder einen Abend lang im Virtuellen Reich amüsierten oder sich wie Shel Nacht für Nacht dorthin begaben auf der Suche nach Unterhaltung, Aufregung, Abenteuer, Rache oder Macht. Oder um der echten Welt zu entkommen, deren Wirklichkeit ihnen manchmal zu sehr zu schaffen machte.

Shel nahm einen tiefen Zug von dem Honigtrunk, setzte sich und dachte nach; zwischendurch schüttelte und kratzte er sich. Noch mehr Kiefernnadeln in seinem Umhang … es würde Tage dauern, bis er die alle los war. Es wäre ihm wirklich lieber gewesen, wenn er den Rest seines Tagewerks anstatt am Abend am nächsten Morgen hätte erledigen können, doch man konnte nicht wissen, was für Tricks Delmond versuchen mochte, wenn man ihm die Zeit dazu ließ.

Selbst in seiner gegenwärtigen Position der Stärke kam Shel nicht an Delmonds Ruf vorbei, glitschig wie ein Aal zu sein. Desmonds Mutter, Tarasp von den Hügeln, war eine notorisch unangepasste Zauberin, die über ein kleines Reich herrschte und ohne Vorwarnung zwischen Licht und Dunkelheit wechselte. Von ihr hatte Delmond gewisse magische Kräfte geerbt, so dass er seine Gestalt verändern konnte, wie auch eine gefährliche Unberechenbarkeit. Er war imstande, mit der einen Hand einen Friedensvertrag zu unterzeichnen und in der anderen, durch Zauberkraft verborgen, das Messer zu halten, das er einem in den Bauch stoßen wollte. Einmal hatte er tatsächlich einen solchen Mordversuch unternommen, in einem Zelt, wo er eigentlich mit seinem Gegner zur Einigung kommen sollte, der ihn in der Schlacht geschlagen hatte. Es gab in dem Spiel Leute, die eine derartige Taktik bewunderten, doch Shel hielt nicht viel davon und hatte jetzt nicht die Absicht, ihr seinerseits auf den Leim zu gehen.

Dabei machte er sich keine allzugroßen Sorgen, dass ein Mordanschlag gegen *ihn* erfolgreich verlaufen könnte. An der Zeltstange lehnte blank sein anderthalb Handbreit langes Kurzschwert, ein dem Anschein nach äußerst einfaches Gerät aus grauem Stahl mit einem leichten Blaustich. Es hatte viele Namen, aber das galt für die meisten Schwerter in Sarxos – jedenfalls für jene, die etwas wert waren. Das Schwert, das die Leute in der Gegend ›Ululator‹ (oder ›Heuler‹) nannten, galt als bösartig, und es war für seine Fähigkeit wohl bekannt, seinen Herrn zu schützen, ohne dass der es tatsächlich zu führen brauchte. Nur wenige hatten den Schrei von Ululator vernommen und hinterher davon berichten können.

Shel neigte den Kopf dem Geräusch von Schritten

entgegen, das von draußen kam, gefolgt von Klagelauten und lauten Flüchen auf Elsterisch.

»Talch?«

Nach einem Moment steckte der Wächter seinen Kopf ins Zelt.

»Wird unser Freundchen ungeduldig?«, erkundigte sich Shel.

Mit einem verächtlichen Grinsen antwortete sein Wächter: »Wie's scheint, leidet seine Würde darunter, dass wir ihm kein eigenes Zelt zur Verfügung gestellt haben.«

»Er kann von Glück sagen, wenn nur seine Würde verletzt ist.«

»Ich schätze, dem würden die meisten im Lager zustimmen. Ansonsten, Herr, wartet Alla, wenn Ihr bereit seid.«

»Schick sie herein.«

»Jawohl, Herr.«

Der Zeltvorhang fiel zu, dann wurde er wieder beiseite geschoben, und Alla trat ein. Sanft schlug ihr Kettenhemd im Rhythmus der Bewegungen gegen ihr langes Gewand aus Hirschleder. Shels Herz machte einen Sprung. So ging das schon seit einiger Zeit, wenn er sie nach einem Kampf betrachtete. Sie war eine Walküre – nicht buchstäblich, aber vom Körperbau her: groß und stark, aber ohne übertriebene Muskelmasse, und betörend blond, mit einem Gesicht, das binnen Sekunden von freundlich zu wild wechseln konnte … und das tat es auf dem Schlachtfeld auch. Auch sie machte Shel ausgesprochen neugierig, wenn er in Sarxos war. War sie auf beiden Seiten des Interface wirklich oder nur auf dieser? Er hätte nie danach gefragt, doch in Allas Fall hatte seine Zurückhaltung mehr mit Nervosität zu tun als mit Etikette. Herauszufinden, dass es in der wirklichen Welt keine Alla gab, hätte ihn unglücklich gemacht; zu erfahren, *dass* sie existierte, würde unverzüglich die Frage aufwerfen: *Und was für eine Konsequenz willst du daraus ziehen?* Zum jetzigen Zeitpunkt konnte er das auf sich beruhen lassen. *Doch es kommt der Tag,* dachte er, *an dem ich mich an das Thema heranzuarbeiten weiß … Schritt für Schritt. Und wenn sie dann etwas sagen will, nun …*

»Wie fühlst du dich?«, fragte Shel. »Hast du dich beim Barbier verarzten lassen?«

Alla setzte sich und ließ mit einer Grimasse erkennen, dass sie dafür eigentlich keinen Anlass gesehen hatte. »Ja. Er hat das Bein schon genäht. Hat nicht lange gedauert. Er sagt, morgen ist es wieder verheilt – hat einen Dauerzauber gesprochen. Und du? Hat sich dein Innenleben wieder beruhigt?«

»Ich bitte dich«, erwiderte Shel. »Das dauert noch mindestens eine Woche. Ich hasse Schlachten.«

Alla rollte viel sagend mit den Augen. »Muss ja so sein … du schlägst so viele. Willst du jetzt den Bericht hören?«

»Ja.«

»Bei unseren Truppen gibt es einhundertsechsundneunzig Tote, dreihundertvierzig Verwundete, davon zwölf in kritischem Zustand. Auf Delmonds Seite zweitausendvierzehn Tote, über einhundertsechzig Verwundete, davon vierzig in kritischem Zustand.«

Shel pfiff leise. Die Kunde von diesem spektakulären Erfolg würde sich rasch verbreiten. Das mochte ihm einige der land- oder kampfhungrigeren Bewohner des Südlichen Kontinents von Sarxos eine Weile vom Hals halten. Viele würden denken, dass ein höheres Strategieverständnis eine Rolle gespielt habe. Noch mehr Leute würden glauben, es handle sich um Magie … was Shel gelegen kam. »Weitere Gefangene?«

»Dreißig unverletzte Fußsoldaten. Nicht viele unversehrte Edelleute, vielleicht zehn. Fast alle anderen sind verwundet oder im Kampf gefallen. Wer sonst noch nicht berücksichtigt ist, dürfte geflohen sein, hauptsächlich in den Süden.«

»Zurück in Delmonds Städte. Was ist los mit diesen Leuten? Lassen sie sich *gerne* von den Reitern abschlachten?«

Alla zuckte die Achseln. Politik interessierte sie nicht besonders. Sie gab dem Kämpfen und Essen den Vorzug, obwohl es Shel immer rätselhaft blieb und mit Neid erfüllte, was sie mit den Kalorien machte. Wenn er eine Fleischpastete oder eine Scheibe Wildschweinbraten nur von der Seite ansah, nahm er schon zu. »Noch etwas?«, fragte er.

»Vielleicht solltest du dir ansehen, was sich in ihrem Gepäck befindet«, antwortete Alla und zog ein Stück Pergament aus ihrem Gewand, um es ihm entgegenzustrecken.

Shel überflog es, und beim Lesen klappte sein Mund auf. »Was zum … wozu brauchte er denn das alles?«

»Scheint, dass es heute Abend in Minsar eine große Siegesfeier geben sollte«, erwiderte Alla und streckte sich träge, obgleich ihr Gesicht weiter diesen wilden Ausdruck hatte. »Edle Klamotten und edles Essen und reiche Beute, die die Sieger zur Schau stellen wollten: rituelle Demütigung der Besiegten … Das Übliche. Schlingen um den Hals, und die Leute bewerfen uns mit Rindsknochen und Schweinsknöcheln.«

Shel schnaubte. »Kaum wahrscheinlich, dass sie die gefunden hätten. Hier gibt es nur Schafe.«

»Tja. Statt seines großen Siegesgelages und eines Riesenbesäufnisses und anstelle sehr nervöser Herrscher in den umliegenden Ländern bekommt jetzt Delmond sein Fett ab. Und *wir* haben seinen Tross.«

Shel nickte, obwohl er noch immer ungläubig das Gepäckverzeichnis studierte. »Was für eine absolute Dummheit, all dieses Zeug mitzubringen ... Ich kann es nicht fassen, dass er so naiv ist ... er muss doch etwas im Schilde führen. Das wundert mich schon sehr. Mit wem hat Delmond in letzter Zeit zu schaffen gehabt, dem gegenüber er Vorteile daraus ziehen könnte, als dumm oder verrückt zu erscheinen?«

Alla zog die Augenbrauen hoch. »Mit uns?«

Shel warf ihr einen Blick zu. »Willst du damit sagen, dass er uns diese Schlacht absichtlich geschenkt hat? Dass er uns bewusst in die Falle gegangen ist?«

»Das Leben seiner Leute ist ihm ziemlich egal«, gab Alla zurück. »Aber das ist ja keine Neuigkeit.«

»Hm.« Shel saß einen Moment lang nachdenklich da. »Na gut, wir werden sehen. Wenn er *nicht* uns täuschen wollte ...« Er lehnte sich zurück und überlegte, wer von seinen aktuellen Gegnern von Delmonds Verhalten profitieren würde. *Argath vielleicht? Nein, er ist normalerweise direkter. Elblai? Nein, sie bereitet sich auf die Abrechnung mit Argath vor, habe ich gehört ... ein Versuch, die Dreierallianz zu untergraben.*

Shel dachte über alle Möglichkeiten nach. Dabei wanderten seine Augen zu einer Pergamentrolle, die seit einer Weile auf seinem Kartentisch ruhig vor sich hinrauchte. Gegenwärtig gerieten Bündnisse in ganz Sarxos in Bewegung, da der Dunkle Herrscher wie alle neun Jahre aus seinem von Bergen umgrenzten Land auszog, um endlich alle Länder des Reiches zu erobern. Sooft er dies versuchte, schlossen sich die Fürsten von Sarxos zusammen, um ihn zurückzuwerfen, doch die letzte Allianz war etwas schlechter organisiert gewesen als üblich, die Verbündeten hätten beinahe zu lange gebraucht, um sich zu sammeln … Und der Dunkle Herrscher hatte seine nächste Runde von ›diplomatischen Initiativen‹ nach seiner Niederlage viel früher eingeleitet als sonst. Fast so, als glaubte er, dieses Mal könne er tatsächlich siegen …

Es war eine komplizierte Angelegenheit, aber das galt nun mal für die meisten Dinge in Sarxos. Gerade deshalb lohnte es sich mitzuspielen. Einstweilen würde Shel Delmond so behandeln müssen, dass er nicht gleich Händel mit dessen Feinden bekam – besonders mit seiner Mutter, die selbst eine Macht im Reich war und zahlreiche Verbindungen hatte, die potenziell Probleme bringen konnten. Er musste Delmond auf eine Weise behandeln, die fair wirkte, ihn womöglich gar gut aussehen lassen.

»Ich denke, du solltest ihn umbringen«, warf Alla ein.

Shel schenkte ihr ein leichtes Lächeln von der Seite. »Das bringt nicht genug Punkte«, erwiderte er, doch das war nicht der wahre Grund, und er wusste, dass Alla das wusste.

Sie rollte wieder mit den Augen. »Er verschwendet deine Zeit.«

»Wenn man eines Tages Herr über das Ganze Weite Reich sein möchte«, versetzte Shel, »muss man sich vom Anfang des Spiels bis zum Ende angemessen verhalten. Betrachten wir das einfach als Übung, einverstanden? Muss ich sonst noch etwas über die Aufräumarbeiten wissen?«

Alla schüttelte den Kopf. »Der Quartiermeister lässt fragen, wann wir all diesen Kram zu Geld machen. Die Truppen werden, na ja, ein wenig unruhig, wenn sie so nah an einer solchen Menge Gold sind.«

»Das überrascht mich nicht gerade. Wir werden uns morgen früh in Minsar um die Auszahlung kümmern. Morgen ist Markttag; die Juweliere und Silberhändler von Vellathil werden da sein und uns die Sachen mit Freuden abnehmen. Sag den Truppen, dass es eine klare Aufteilung nach Prozenten wird und dass ich meinen Anteil als Beitrag zu ihrem Begräbnisfonds weitergebe.«

Alla zog die Augenbrauen hoch. »Hast du heute was auf den Schädel bekommen, Boss?«

»Nein, ich will nur sicherstellen, dass mir in ein paar Wochen eine verlässliche Armee von Freiwilligen zur Verfügung steht. In der Zwischenzeit öffnet ein paar Fässer von dem Wein, den unser fürsorglicher Gegner mitgebracht hat, und verteilt ihn unter den Soldaten. Und lasst die Tänzerinnen auftreten. Wenn sie denn spielen wollen.«

»Die meisten sind schon mitten im ›Spiel‹.«

»Gut. Sie sollen wissen, dass sie überall hingehen dürfen.« Shel seufzte. »Noch etwas?«

Alla schüttelte den Kopf.

»Also gut. Talch?«

Talch steckt seinen Kopf ins Zelt. »Fürst?«

»Fürst« bedeutete, dass Delmond sich direkt vor dem Eingang befand. »Bring den Gefangenen herein«, wies ihn Shel an.

Kurz darauf stolzierte Delmond zwischen zwei Wachtposten in Shels Zelt. Sie hatten ihm die schwarze Rüstung abgenommen, die sein Markenzeichen war. Doch auch in Kniehose und gestepptem Wams machte er noch eine beeindruckende Figur: breitschultrig, muskulös und stämmig, das Gesicht wutverzerrt. Nur eines war an seiner Aufmachung ungewöhnlich: der Eisenring um seinen Hals, eine unfehlbare Methode, um einen Gestaltwandler in der Form zu halten, die er momentan einnahm.

Ihm folgte ein hochgewachsener, gut aussehender,

schlanker Mann im Heroldsgewand, bestickt mit einem großen blauen Hund, der saß und nach rechts blickte. Mann wie Gewand waren peinlich sauber, wie Shel bemerkte, als der Herold geschäftig vorsprang, um den Staub von dem freien Stuhl vor dem Kartentisch zu wischen.

Delmond nahm mit einem Grunzen Platz. Der Herold richtete sich auf und rief unnötig laut: »Ich verkünde euer Gnaden die Anwesenheit meines Herrn Delmond t'Lavirh vom Schwarzen Gewand, Prinz von Elster und Oberster Lord von Chax.«

Beide Titel stimmten zwar, doch keiner davon war es wert, dass man sich so aufplusterte. Die Ländereien von Elster waren durch Erbteilungen so zerstückelt, dass es dort Dutzende von Prinzen gab. Bei Chax handelte es sich um eine kleine, aber bevölkerungsreiche Gegend von Sarxos, die vor allem für ihre Eisenholzwälder bekannt war, für ihre leichten Rotweine, ihre strategisch wichtige Lage am Zusammenfluss zweier großer Flüsse und die Tradition, etwa alle zwei Wochen unter den besten Spielern weitergereicht zu werden. Delmond war durch Zufall in Chax an die Macht gekommen, was einige der etablierteren und erfahreneren Spieler in Sarxos zutiefst belustigte. Seitdem er das Land bekommen hatte (sein Gegner hatte sich in einer Schlacht böse Fehler geleistet), führte sich Delmond in den Königreichen auf, als wäre er viel wichtiger, als das in Wirklichkeit der Fall war.

Manchmal reagierten neue Spieler so – Leute, die früh Glück hatten. Gelegentlich stabilisierte sich ein solcher Spieler und wurde zu einer Macht, mit der zu rechnen war. Häufiger hatten sie in der Diplomatie oder auf dem Schlachtfeld bald Pechsträhnen, die ihrem anfänglichen Glück angemessen waren, brannten aus und verließen das Spiel. Oder sie gingen ihren Mitspielern so auf die Nerven, dass sich zuweilen wild zusammengewürfelte Bündnisse zu dem ausdrücklichen Zweck zusammenfanden, den lästigen Neuling zum Vergnügen der Allgemeinheit in den Boden zu stampfen. Bisher hatte Delmond es noch nicht so weit gebracht, aber er stand dicht davor.

Shel warf dem Herold einen Blick zu und sah dann zu Alla, die sprach, ohne die Stimme zu heben: »Und dies ist Shel Lookbehind von Talairn und Irdain, freier Anführer eines freien Volkes, der Euch heute in der Schlacht besiegt hat. Wir werden jetzt die Bedingungen diktieren.«

Der Herold, Azure Alaunt, sah schockiert drein, als hätte jemand vorgeschlagen, über Körperausdünstungen zu sprechen. »Hört nun die Worte des Lords von Chax …«

»Mit dem Reden ist er erst dran«, unterbrach Alla, »wenn der Sieger gesprochen und die Bedingungen genannt hat, unter denen er die Kapitulation annehmen wird.«

Azure Alaunt fuhr auf. »Zunächst fordert mein Herr, dass Ihr seiner Armee die gebotene Höflichkeit erweist, den stark bewaffneten, muskelstarken Kämpfern, uns, die wir heute in den fürchterlichen Mühen des Krieges mit so tragischem Ausgang gekämpft haben …«

»Entschuldigt meine Frage«, warf Shel ein. »Wart *Ihr* heute in der Schlacht, Azure Alaunt? Ich glaube nicht, denn Ihr seht nicht aus wie wir Übrigen und *riecht* gewiss auch nicht so. Also lasst doch das ›wir‹ weg.«

Der Herold räusperte sich. »Ich darf daran erinnern, dass keiner von uns alleine der Streitmacht widerstehen kann, die der Dunkle Herrscher zusammenzieht. Wenn wir nicht zusammenhalten, werden wir alle häng…«

»Ach, bitte, verschont uns mit Benjamin Franklin«, versetzte Shel. »Was den Rest angeht, so sage ich: ›Dunkler Herrscher, dummer Herrscher‹ – das ist meine Meinung.«

Delmonds Augen weiteten sich. Er öffnete den Mund und klappte ihn wieder zu.

»Kommen wir zur Sache, Delmond«, fuhr Shel fort. »Diese Einstellung sollte Euch nicht so fremd sein, habt Ihr doch selbst euren Vertrag mit den Dunklen Mächten aufgekündigt und euch bei der ersten Gelegenheit selbstständig gemacht. Ein unkluger Zug, aber das brauche ich Euch jetzt nicht zu erzählen, wo doch alle Welt versucht hat, Euch vorher zu warnen. Sogar Eure Mutter. Und jetzt sitzt Ihr hier und hofft, dass ich in meiner Dummheit – ich meine, in meiner Herzensgüte – Mitleid habe, die ›Kriegsbräuche respektiere‹ und Euren Hintern aus dem Schlamassel hole, in den Ihr Euch gebracht habt.«

Er nahm einen langen Zug von dem Honigtrunk. »Aber so haben wir nicht gewettet. Der ›Kriegsbrauch‹, wie er in Sarxos gepflegt wird, besagt, dass ich mit einem nicht ausgelösten Gefangenen verfahren kann, wie es mir beliebt. Meine Weisen führen seit dem frühen Nachmittag Gespräche mit allen potenziell Interessierten. Übrigens hat man mit Eurer Mutter keinen Kontakt aufnehmen können; ihre Unter-Weisen sagen, heute sei ihr Tag ›fürs Haarewaschen‹. Es hat keine Angebote gegeben, Euch auszulösen … nicht einmal, nachdem wir das Lösegeld gesenkt haben. Es tut mir Leid. Das heißt, sofern bis morgen um diese Tageszeit kein Angebot vorliegt, was ich offen gestanden erwarte, kann ich mit Euch machen, was ich will.«

Shel lehnte sich zurück und betrachtete einen Moment lang seinen Krug mit dem Honigtrunk. Alla musterte Delmond, ohne zu blinzeln, und mit einem Lächeln auf den Lippen, wie eine Katze, die abwartet, in welche Richtung eine Ratte springen wird. Dann sprach Shel weiter: »Nun, ich für mein Teil würde es nur zu unterhaltsam finden, Euch zu ewiger Sklavenarbeit in die Höhlen von Oron, dem Herrscher des Langen Todes, abgeführt zu sehen. Seht, hier ist die Botschaft, die er mir heute Nachmittag geschickt hat – mit der Bitte, dass Ihr ihm zu seiner Freude Gesellschaft leisten werdet.«

Shel griff über den Kartentisch und spießte mit seinem Messer das rauchende Pergament auf, in der Hoffnung, die Tinte würde mit der Raucherei aufhören. Sie machte ihn nervös, und er hegte die Befürchtung, die Nachricht könnte etwas Wertvolles in Brand setzen. »Es handelt sich nicht um ein Angebot, Euch freizukaufen. Es ist ein *Kauf*angebot. Und es gibt etwa zweihundert weitere Feldherrn, Fürsten und Fürstinnen – niederen Adel und Hochadel – im Großen Virtuellen Reich von Sarxos, die es sehr begrüßen würden, wenn ich das Angebot annähme. Jedoch schätze ich Sklaverei nicht besonders, und mein Quartiermeister meint, es wäre viel vorteilhafter, Euch auszunehmen und als Bettler auf die Straße zu jagen. Dann können Euch die Bauern, denen Ihr das Leben sauer gemacht habt, indem Ihr ihre Felder verbranntet und Ihre Lebensgrundlage zerstörtet, auf Eurem Weg mit Kuhfladen bewerfen.«

Delmond zitterte sichtlich. »Gewiss wäre es nützlicher für Euch, unter politischen Gesichtspunkten meine ich, Euch an meinem Heer schadlos zu halten und mich und meine Besitztümer unter geziemender Begleitung nach Hause zu schicken?«

»Wie bitte?« Shel steckte sich einen Finger ins Ohr und bohrte darin herum. »Ich könnte beschwören, Ihr hättet eben gesagt, dass Ihr ein Heer anführt. Dieser jämmerliche Haufen übrig gebliebener Möchtegern-Skinheads da draußen im Pferch, die mit den Ketten, denen der Hintern durchhängt? Die zweihundert Kerle ohne Pferde und Waffen? *Dieses* Heer? Ach so.«

Es hieß seit langem, dass Delmond keinen Sinn für Ironie habe. Nun fand Shel das bestätigt. »Nicht dieses Heer«, erklärte Delmond rasch. »Mein anderes.«

Shel lachte laut auf. »Tut mir Leid«, rief er. »Wenn Ihr anderswo ein weiteres versteckt habt, was ich nicht unbedingt glaube, dann wird es Euch nicht mehr lange folgen – wenn erst einmal die heutigen Ereignisse bekannt werden.« Shel hoffte inständig, dass dies zutraf. Es war nicht unwahrscheinlich, dass Delmond tatsächlich ein weiteres Heer hatte ... Doch Shel war heute nicht bereit, daran zu glauben. »Selbst wenn Ihr über ein weiteres Heer verfügtet, was wollte ich damit, bei der Qualität eurer Soldaten? Wenn ›Qualität‹ der richtige Ausdruck ist.«

»Wie wäre es mit Land?«

Shel seufzte. »Mich gelüstet nicht nach Eurem Land.« Nicht *sehr* jedenfalls, dachte er, aber das war nicht der Moment, seine persönlichen Ambitionen mit Delmond zu besprechen. Die heutige Schlacht war Teil einer langen Reihe von Schachzügen, die Shel mit zwei anderen Feldherren seines Vertrauens in Sarxos beredet hatte. Nun ja, Leuten, denen er so weit traute, wie man das in Sarxos überhaupt konnte: gewöhnlich etwa einen Steinwurf weit. Wenn die Dinge gut liefen, würde Shel irgendwann in den kommenden Monaten Delmonds Länder mit Gewalt nehmen, und jeder in Sarxos einschließlich der Bewohner dieser Länder würde die Veränderung aus vollem Herzen begrüßen.

Für den Augenblick jedoch antwortete Shel: »Nein, danke. Eure bewegliche Habe interessiert mich weit mehr, und es geschieht Euch recht, dass Ihr sie einbüßt. Es will mir nicht einfallen, warum Ihr das ganze Zeug mit Euch herumschleppt, außer dass Ihr zu verwöhnt seid, im Feld von normalem Geschirr zu essen wie jeder andere. Ein paar Tausend Quadratmeter Brokat für ein Zelt, eine halbe Tonne Goldgeschirr, ein Dutzend Galarüstungen, eine Brigade von Tänzerinnen …«

»Ihr könnt mir diese Dinge nicht wegnehmen! Sie sind seit Urzeiten königliche Insignien meines Hauses …«

»Delmond, ich *habe* sie Euch bereits weggenommen. Ihr habt heute den Kampf verloren. Dies ist der Teil der Schlacht, wo die Bedingungen diktiert werden. Habt Ihr das nicht bemerkt? Und überhaupt habt Ihr neun Zehntel von dem Zeug vor anderthalb Jahren Elansis von Schirholz gestohlen. Habt ihr Schloss ausgeraubt, als nur ihr kleiner Bruder da war, der junge Landgrave, mit einer ungenügenden Verteidigungsmacht. Sehr hässlich, Delmond, Neunjährigen das Familiensilber zu stehlen. Ich schätze, es ist kein Wunder, dass Ihr die Sachen nicht zu Hause liegen lassen wollt. Ihr habt Angst, dass Euch jemand das Gleiche antut. Nun, Ihr habt Euch selbst übers Ohr gehauen, denn all diese Sachen gelten jetzt als ›Kriegsbeute‹, da sie im gerechten Kampf auf dem Schlachtfeld gewonnen wurden. Hättet Ihr sie zu Hause gelassen, könnte sie niemand anrühren.

Elansis wird wirklich froh sein, das Auge von Argon zurückzubekommen. So wird dieses Jahr auf den Feldern von Schirholz etwas wachsen, und Talairn wird einige mächtige Verbündete erwerben. Auch *das* geschieht euch recht. Ich kann es nicht fassen, dass Ihr dieses Objekt gestohlen habt. Es ist allgemein bekannt, dass der Rote Smaragd Verderben über jeden bringt, der ihn benützt, mit Ausnahme der Mitglieder des Hauses Landgrave. Ihr werdet mir doch nicht weismachen, dass Eure Mutter Euch auch darauf gebracht hat?«

Auf Delmonds Gesicht erschien ein Ausdruck des Erstaunens. Shel dachte einen Moment lang darüber nach und registrierte es unter ›Mütter/Stiefmütter, bösartig, äußerste Vorsicht im Umgang‹. »Gut«, fuhr er fort. »Einstweilen wird man sich um Eure überlebenden Edelleute kümmern und sie nach dem üblichen Verfahren gegen Lösegeld freigeben. Zum Glück liegt uns für *sie* eine gute Zahl an Angeboten vor. Euer überlebendes Fußvolk wird einen Monat lang Zwangsarbeit in Minsar verrichten, als Reparation für den Schaden, den es auf dem Territorium von Talairn angerichtet hat. Danach werden die Leute freigelassen. Wer weiß, vielleicht wollen einige von ihnen dann bei uns bleiben. Sie machen alles andere als einen wohlgenährten Eindruck.

Ihr dagegen bekommt heute Abend eine Mahlzeit und eine weitere am Morgen, und dann geben wir Euch die obligatorische Wasserflasche und eine Tasche mit Brot und Fleisch. Ein Reiter wird Euch zehn Meilen weit in Euer Grenzland begleiten, von wo aus Ihr euren Heimweg zu Fuß antreten könnt. Wenn Ihr nicht trödelt, kommt Ihr gegen Mittsommer dort an. Das Halsband bleibt übrigens dran. In Gestalt eines Vogels oder einer Fledermaus nach Hause zu fliegen ließe Euch nicht annähernd genug Zeit, Euren Lebenswandel zu überdenken.«

Delmond wurde puterrot, holte tief Luft und fing

an, schreckliche Dinge über Shels Herkunft und Verwandtschaft zu sagen. Er kam eben richtig in Fahrt, als sich ein leises Wimmern vom Zeltpfosten her ausbreitete. Das Schwert Ululator bebte leicht, gerade so, dass man sehen konnte, wie sich das ins Metall geschmiedete Muster veränderte und in Bewegung geriet, als atmete der Stahl; dann schwoll das Heulen an. Es glich dem Geräusch, das ein Kater von sich gibt, wenn er einen anderen einschüchtert … nur dass dieses lauter war und die Drohung persönlich, wie der verärgerte Ton in Mutters Stimme, wenn sie herausfindet, warum man sich so lange im Badezimmer eingeschlossen hat.

Delmond schluckte abrupt und verstummte.

»Ich glaube, Ihr solltet Eure Zunge zügeln«, riet Shel. »Es ist bekannt, dass der Heuler nachts mein Zelt verlässt und das Heft selbst in die Hand nimmt. Ich würde nicht so weit gehen zu behaupten, er folge dabei dem Gesetz. Was er tut, ist nicht immer ganz legal. Ich trage nachher immer die Kosten fürs Begräbnis.«

Delmond saß jetzt ganz still da.

»So wird es also ablaufen«, schloss Shel. »Azure Alaunt, Ihr als ernannter Herold des Reiches, sprecht nun: Ist die Verfügung rechtens?«

»Sie ist rechtens«, antwortete der Herold mit einem etwas nervösen Seitenblick zu seinem Arbeitgeber.

»Gut. Jetzt können förmliche Einwände gegen die Verfügung vorgebracht werden.«

Delmond rang zuerst nach Atem, dann nach Worten. Nach einem Moment sprudelte er heraus: »Nichts von all dem wäre geschehen, wenn Ihr keinen Zauber auf Eurer Seite gehabt hättet! Nicht mit Pferden seid Ihr von den Hügeln auf uns herabgestürmt, das waren Teufel! Wir werden herausfinden, wo wir selbst solche Dämonen erwerben können, und dann werden wir Euch an Eurer empfindlichsten …«

»Sie kommen größtenteils aus Altharn«, entgegnete Shel milde. »Ein hübsches kleines Gestüt da oben. Es gehört mir. Wir kreuzen unsere schwarzen Delvairns mit Bergponys, und angeblich gibt es da ein Geheimelement in der Mischung … Ziege vielleicht. Ich glaube aber nicht, dass Ihr viel Glück mit Ihnen hättet, Delmond. Sie beißen, und damit muss man erst klarkommen … Es ist ihr Kampfgeist, der ihnen einen so sicheren Schritt verleiht.«

»Ein Geist!«, schrie Delmond, zu Azure Alaunt gewandt. »Hast du das gehört? Er gibt es zu, es waren Geister, seine Schutzgeister!«

Azure Alaunt warf Shel einen ganz kurzen Blick zu – mit einem Ausdruck tiefster Hoffnungslosigkeit, den sein Herr nicht wahrnahm. Shel fragte sich, ob er Alaunt irgendwann einmal einen Posten anbieten sollte.

»Hm.« Shel wandte sich an Delmond. »Eine Reaktion unter eurem Niveau. Muss zurzeit unangenehm sein bei Wal-Mart.«

Delmond wurde dunkelrot. Es galt nicht gerade als guter Ton in Sarxos, Bemerkungen über das ›wirkliche Leben‹ eines Spielers fallen zu lassen. Schließlich sollte das Spiel ja ein Zufluchtsort sein, wo die Mitspieler dem Druck und der Mittelmäßigkeit ihres Lebens ›draußen‹ entrinnen und in der Gesellschaft anderer, die dasselbe suchten, etwas weit Größeres und Exotischeres erleben konnten. Doch andererseits geschahen in Sarxos zahlreiche Dinge, die sich nicht exakt ›nach den Regeln‹ richteten. Der Schöpfer des Spiels sah das anscheinend als Zeichen dafür, dass es sich in die richtige Richtung entwickelte und in der Tat ein eigener Ort wurde, etwas Eigenständiges, Lebendiges. Außerdem hatte Delmond bei dieser Aktion auch eine ganze Anzahl von Regeln gebrochen. Das konnte man ihm ruhig heimzahlen, dachte Shel.

»Schön«, sagte er. »Die Verfügung ist akzeptiert. Talch?« Der Wachtposten tauchte wieder auf. »Führ ihn ab und gib ihm zu essen. Dann sperr ihn in den Transportwagen für die Reise – nicht in einen von seinen, in einen von unseren. Wer weiß, was er in seine Wagen für Überraschungen eingebaut hat. Mach die vorschriftsmäßige Bettlertasche für morgen früh bereit. Und, zum Henker, warum sollen wir knickerig sein? Gib ihm noch ein Stück Hartkäse dazu.«

Vor Wut zitternd, doch nunmehr schweigend ließ Delmond sich hinausführen. Azure Alaunt blieb auf der Schwelle des Zeltes stehen und sagte: »Ein Wort in Euer Ohr, Herr, wenn Ihr gestattet ...«

Shel nickte.

»Seine Mutter ist niemand, den man straflos beleidigen könnte. Wenn ihrem Sohn auf dem Weg etwas zustoßen sollte – könnte Euer Spiel Schaden nehmen.«

Shel saß einen Moment ruhig da. »Mutig gesprochen«, gab er dann zurück. »Und vielleicht stimmt es sogar. Ich nehme Eure Warnung für bare Münze, Azure Alaunt.«

Der Herold verneigte sich und glitt auf leisen Sohlen aus dem Zelt.

Shel blieb noch einen Augenblick lang sitzen und biss nachdenklich auf seiner Lippe herum. »Etwas unstet, der Kerl«, sagte Alla, während sie aufstand und sich streckte.

»Kann sein. Komm.« Shel erhob sich ebenfalls. »Lassen wir die Träger das Zelt abbauen, und machen wir uns auf nach Minsar zum Abendessen. Wir haben ein gutes Tagwerk geleistet.«

Alla nickte und verließ das Zelt.

Einen Augenblick später trat auch Shel in die Dunkelheit hinaus und ging ein paar Schritte durch den klebrigen roten Schlamm, auf der Suche nach festem Untergrund. Schließlich stieß er auf einen Flecken, der wie durch Zauberkraft nicht von Tausenden von Hufen zu Schlamm zerstampft worden war, und blickte südwärts zu dem ersten Mond, dem kleineren, der jetzt über dem Nebel schwebte.

Dann wandte er sich nach Norden Richtung Minsar, das zwischen den Hügeln lag. Im Mondlicht waren die nach oben gestreckten Spitzen der Kiefern ein wenig blasser als der Rest der Zweige: poliertes, mattes Silber gegenüber dem etwas trüben Silber und dem schwarzen Schatten der Bäume. Gerade war der Frühling auf dem Südlichen Kontinent eingekehrt, und bei Tageslicht hätte man die Farbe auf den Spitzen der Nadelbäume richtig als den speziellen Grünton junger Triebe gesehen. An anderen Stellen umhüllte wohl ein dünner grüner Schleier die sich öffnenden Knospen von Eichen und Ahornbäumen, alles strahlte frisch und neu. Die Felder blendeten am Morgen. Neben dem Gelb der Margeriten und dem Weiß der Gänseblümchen des Südlichen Kontinents, die nach dem Schnee sprossen, gab es noch ein weiteres Weiß – das der jungen Lämmer, die auf unsicheren Beinen in der Frühlingssonne umhersprangen, erstaunt und außer sich vor Freude darüber, am Leben zu sein. Wenn man die Nachricht erhielt, dass jemand wie Delmond an der Grenze stand, um sie zu überschreiten und alles zu blutigem Matsch zu stampfen – all das, was einem wichtig war, und dazu viele Dinge, deren Bedeutung einem bisher noch nicht klar gewesen war –, dann wachte man auf und erhob sich, um den Ort zu verteidigen.

Shel hatte damit zu seiner eigenen Überraschung vor einiger Zeit angefangen. Er sah selten Gänseblümchen, außer beim Floristen an der Straßenecke, und ein Lamm hatte er nie anders als in plastikverpackten Stücken in der Supermarktmetzgerei zu Gesicht bekommen. Doch in Sarxos hatte er erfahren, was Blumen und Vieh für Leute vom Land bedeuteten, für die kleinen Bauern und Viehzüchter, mit denen er Umgang hatte. Und als er erstmals ›siedelte‹ und diesen Teil von Sarxos zu seiner zweiten Heimat machte und als jemand anderes aus Sarxos mit der Absicht kam, das Vieh zu nehmen und die Leute und Gänseblümchen zu töten – nicht einmal aus Not, sondern aus politischem Kalkül –, da sagte Shel: »Zum Teufel mit ihm«, und begann, ein Heer um sich zu scharen.

Jene erste Schlacht schien jetzt lange her zu sein, genauso wie die Probleme, die auf die erste Rettung ›seines Landes‹ folgten. Heere, wie klein sie auch waren – und seines *war* klein –, hatten die unangenehme Tendenz, dass sie bezahlt werden wollten. Wenn man mit den Zahlungen in Rückstand geriet, neigten sie dazu weiterzuziehen oder sich gegen einen zu wenden. Shel hatte Mittel gefunden, die Soldaten zu entlohnen – manchmal aus seiner eigenen Tasche –, und sich damit unter anderen Feldherren und Herrschern in Sarxos den Ruf eines Exzentrikers erworben.

Daraufhin rückten die ursprünglichen Herren über ›sein Land‹ an, durch die Aktivitäten aus langer Untätigkeit geweckt. Herren, die natürlich (mit einigem Grund) der Ansicht waren, dass Talairn *ihr* Eigentum sei, und etwas dagegen hatten, wenn einer ohne ihr Einverständnis ein Heer aufstellte, um das Land zu verteidigen. Diese Auseinandersetzung dauerte fast ein Jahr an, bis die Herren merkten, dass ein Kampf gegen Shel zu nichts führte und dass der Preis, zu dem er sie auskaufen wollte, eigentlich ganz gut war. Danach ließ man ihn im Großen und Ganzen in Ruhe, sah man von Leuten wie Delmond ab. Wenn seinesgleichen in Talairn auftauchten, ging er nach Kräften gegen sie an, weil er sich in ›sein‹ Land verliebt hatte. Er wusste, dass das immer gefährlich war. Wenn man sich verliebt hatte, riskierte man es, verletzt zu werden.

Aber es gab Verletzungen, die in Kauf zu nehmen sich lohnte.

Shel stand noch ein paar Atemzüge lang da und blickte auf den Mondschein, dann sagte er: »Ende der Spielrunde.«

Seine gesamte Umgebung nahm plötzlich das vollkommen gefrorene Aussehen eines Bildes oder Hologramms an.

»Optionen«, antwortete die Stimme des Servers, der den ›Rahmen‹ der virtuellen Erfahrung steuerte. »Fortfahren. Speichern. Speichern und fortfahren.«

»Speichern«, sagte Shel. »Spielstand, bitte.«

»Gespeichert. Stand für Shel Lookbehind«, antwortete der Hauptspielcomputer, während sich die eingefrorene Szenerie langsam in das Blau des Hintergrunds auflöste. »Bilanz aus der vorangegangenen Spielrunde: viertausendachthundertundsechzehn Punkte. Spielergebnis dieser Runde: fünfhundertsechzig Punkte. Gesamtstand: fünftausenddreihundertsechsundsiebzig Punkte. Fragen?«

»Keine Fragen«, sagte Shel.

»Bestätigt: Spielstand angenommen, keine Fragen. Nachrichten jetzt lesen?«

»Später«, sagte Shel.

»Verstanden«, antwortete der Computer. »Bitte geben Sie Ihre persönlichen Codes ein, um das Ergebnis archivieren zu lassen.«

Shel blinzelte zweimal und rief in seinem Rechner die Kopie der Code-Signatur auf, die das Ergebnis für den Hauptspielcomputer mit absoluter Sicherheit als sein eigenes identifizierten. Die Signatur war zu komplex, als dass sie ein Gegner hätte fälschen können. Ein Teil des Codes änderte sich mit jeder Spielsitzung. Er verband sich mit einem zweiten Teil, der dauerhaft in seiner Maschine gespeichert war, und einem dritten, den die ›Hauptmaschine‹ in Sarxos aufbewahrte. Shel nickte seinem Computer zu und schloss damit die Speicherung ab.

»Speicherung bestätigt«, sagte der Computer. Shel blinzelte ein wenig, als ihm zum ersten Mal klar wurde, dass die Stimme der Allas sehr ähnlich war. »Diese Sitzung von Sarxos^{SM} ist abgeschlossen. Sarxos steht unter dem Copyright von Chris Rodrigues, 1999, 2000, 2003–2010 und folgende Jahre. Alle Rechte sind universumsweit und für alle anderen Universen, die eventuell entdeckt werden, geschützt.«

Dann verschwand alles. Einmal mehr saß Shel in einem mit Büchern, Cassetten und all dem anderen Ballast seines Lebens voll gestopften Raum. Am meisten Platz nahm der große Sessel ein, mit dem er sein Implantat an die Schnittstelle in seinem Homecomputer anschließen konnte. Gähnend und ziemlich erschöpft saß Shel um sechs Uhr früh in seiner Wohnung in Cincinnati da. Die Dämmerung bohrte sich allmählich durch die Rollläden, und sein Körper beschwerte sich, weil er nach einer langen Nacht der Kriegsführung steif war und ihm alles wehtat. Das Gerät stimulierte die Muskeln angeblich ein paarmal pro Stunde, damit sie sich bewegten. Doch manchmal reichten diese Routinebewegungen nicht aus, um die überschüssige Milchsäure abzubauen, die die großen Muskeln unter Stress produzierten. Deshalb arbeiteten Leute, die kontinuierlich über einen längeren Zeitraum spielten, mehrheitlich mit Gewichten und trieben viel Sport. Es war ein gängiges Klischee, dass Menschen, die sich zu oft in der Virtuellen Realität aufhielten, dünn und abgeschlafft waren – doch Sarxosspieler waren in der Regel erstaunlich gut in Form. Man konnte kaum effektiv genug Krieg führen, um ein Königreich zu erobern, wenn der Körper die Spielrunden nicht überstand.

Jetzt schrie sein Körper etwas, das mit virtuellem Krieg allerdings nichts zu tun hatte: *CORNFLAKES! CORNFLAKES UND MILCH!*

Shel stand auf und reckte sich. Dabei grinste er, während er ans Essen dachte und dann an Delmonds Gesichtsausdruck, als diesem klar geworden war, dass man ihn nicht mitsamt seiner Habe würde laufen lassen, nur um sich mit seiner Mutter gut zu stellen. *Tarasp von den Hügeln*, dachte Shel mit einem Blick auf seine Wohnungsschlüssel. *Was sollen wir mit Euch anfangen, Lady? Ihr seid für Euer eigen Fleisch und Blut eine Bedrohung. Ich werde darüber mit den Weisen reden müssen …*

Er zog sich ein weniger verknittertes T-Shirt an, schloss die Wohnungstür ab und lief guter Dinge, zwei Stufen auf einmal nehmend, aus dem Haus. Obwohl Samstag war, hatte er heute nicht frei. Die Spätschicht im Krankenhaus begann um 15 Uhr 30. Ein weiterer aufregender Abend erwartete ihn – Blutabnahmen und Proben fürs Labor von etwa hundert Patienten, die seinen Anblick hassten. Trotz allem sang Shels Herz, als er in den Lebensmittelladen stürmte und sich Cornflakes und Milch besorgte, um dann vor ihrem Schichtende zehn Minuten mit der Verkäuferin, Ya Chen, zu plaudern. *Was für ein toller Feldzug. Was für eine tolle Schlacht. Ich kann es nicht er-*

warten, die Dinge anzupacken, die sich daraus ergeben werden …

Auf dem Heimweg schmiedete er Pläne und machte sich Gedanken darüber, mit welchen anderen Spielern er reden musste. Die Dauerbedrohung durch den Dunklen Herrscher ging ihm nicht aus dem Kopf. Was bedeutete eigentlich sein Angebot, Delmond zu ›kaufen‹? Die angebotene Summe betrug dreimal so viel wie das potenzielle Lösegeld für Delmond. Außer es handelte sich um eine geheime Abmachung von Delmonds Mutter mit dem Dunklen. *Zutrauen würde ich es ihr*, dachte Shel, während er die Treppen hinauflief. *Diese Frau ist eine Schlange. War sie nicht ursprünglich eine Schlange? Irgend so etwas …*

Mit den Schlüsseln in der Hand blieb er auf dem Treppenabsatz stehen und starrte auf seine Wohnungstüre. Sie war angelehnt.

Sag bloß nicht, ich hab' sie offen gelassen.

Shel stieß die Türe auf und warf einen vorsichtigen Blick hinein.

Sein Herzschlag stockte. Jemand war hier gewesen. Jemand war hier gewesen – und hatte das Apartment verwüstet.

Leise trat er ein. Er fragte sich, ob der Eindringling noch da war, aber eigentlich war es ihm egal. Denn am anderen Ende des Wohnzimmers, wo sein Tisch stand und der Stuhl mit dem Interface, herrschte Chaos. Der Tisch war umgestoßen, der Computer lag auf der Seite, das Rechnergehäuse war aufgerissen, die Karten lagen überall herum. Man hatte seinen Monitor eingeschlagen. Sein System war zerstört.

Natürlich rief Shel auf der Stelle bei der Versicherung an. Sicher, sie würde einen neuen Rechner bezahlen, aber seiner Festplatte half das nichts. Als Shel die Festplatte am Montag endlich in den Computerladen bringen konnte, sollte er erfahren, dass sie formatiert worden war. Und da starben seine letzten Hoffnungen.

Er hatte, bevor er die Wohnung verließ, seine Daten nicht auf seinem ›Notspeicher‹ abgelegt. Nicht einmal von den persönlichen Zugangsschlüsseln hatte er ein Backup gemacht, den komplexen Codes, an die man sich unmöglich erinnern konnte und die ihm zusammen mit den Codes auf dem Sarxos-Hauptspielserver Zugang zu seiner Figur und deren Geschichte gaben.

Tagelang verspürte er den Wunsch, aus Wut über die eigene Dummheit mit dem Kopf gegen die Wand zu rennen. Diesen Mist auszubügeln würde Wochen dauern – denn die Leute von Sarxos waren Sicherheitsfanatiker. Okay, am Ende würde er wieder ins Spiel zurückkommen. Er würde die letzten gespeicherten Ergebnisse von seinen Netzwerk-Backups einsenden (er nahm hierfür, wie es inzwischen viele Benutzer taten, einen ›Livesaver‹-Service von einem Dienstleister in Anspruch, der auf einem anderen Server Kopien seiner Backup-Daten unterhielt). Damit würde er Kopien der persönlichen Zugangsschlüssel einsenden, die bei der Speicherung verwendet worden waren. Bei Sarxos würde man seine zuletzt gespeicherten Daten mit den eigenen vergleichen, dazu seine anderen realen und virtuellen Identifikationsdaten auf ihre Gültigkeit überprüfen. Schließlich würde er ein neues Passwort zugeteilt bekommen, so daß er weiterspielen konnte.

Aber bis zu diesem Zeitpunkt würde es für Shel keine Wanderungen über die grünen Felder von Talairn mehr geben. Er konnte über einen der Billig-Accounts für Anfänger nach Sarxos zurückkehren, die sie Leuten andrehten, die nicht sicher waren, ob sie ernsthaft ins Spiel einsteigen wollten. Aber bis sein neues Passwort kam, konnte er nicht als *Shel* zurück – und bis dahin waren die diesjährigen Feldzüge vorbei. Zwei Jahre lang hatte er das Terrain für die Feldzüge dieses Sommers vorbereitet, mit anderen Spielern Pläne geschmiedet – alles beim Teufel. Einige der Leute, mit denen er sich zusammengeschlossen hatte, würden wütend sein. Vielleicht würden sie in Zukunft nichts mehr mit ihm zu tun haben wollen, obwohl er wirklich keine Schuld an dem trug, was ihm zugestoßen war. Andere würden einfach neue Bündnisse eingehen, wenn sie ihn nicht antrafen.

Und was war mit Alla? Wenn sie echt war, konnte es leicht sein, dass sie in Abwesenheit ihres wichtigsten Mitspielers verschwand, das Spiel vielleicht sogar ganz aufgab. Wenn sie *nicht* echt war – nun, Figuren, die vom Spiel generiert wurden und mit denen niemand regelmäßig interagierte, wurden in der Regel ›abberufen‹. Ein freundlicher Ausdruck für ›gelöscht‹. Sarxos war schließlich ein Wirtschaftssystem und verschwendete keine Ressourcen. Die Möglichkeit, dass Alla verschwand, aufgrund seiner Abwesenheit aufhörte zu existieren, bereitete ihm mehr Kopfzerbrechen als die gescheiterten Kriegspläne.

Das alles machte ihn ausgesprochen wütend. Aber das gehörte zu den Risiken des Spiels, und er konnte absolut nichts dagegen unternehmen.

Natürlich nahm er das Spiel wieder auf. Es lag nicht in seiner Natur, einfach so aufzugeben. Das war einer der Gründe, warum er überhaupt ein herausragender Spieler in Sarxos geworden war. Doch als er die langwierige Aufgabe in Angriff nahm, sein virtuelles Leben zurückzubekommen, und (nachdem er schließlich sein neues Passwort erhalten hatte) mit dem Versuch begann, die Glaubwürdigkeit seiner Figur wieder aufzubauen, blieb immer noch eine Frage unbeantwortet:

Warum ich? Warum?

Ein paar Tage später morgens um halb acht stöberte Megan O'Malley in den Küchenregalen herum und murmelte vor sich hin: »Ich fasse es nicht, dass es schon *wieder* aus ist …«

Vier ältere Brüder zu haben hatte sie über die Jahre vor mannigfache Probleme gestellt; das Schlimmste aber war, dass sie nie aufhörten zu *essen* – wenigstens sah es so aus. Sie kam zum Frühstück, bereit, eilig etwas herunterzuschlingen, bevor sie sich auf den Schulweg machte – und fand die Küche leer gefressen wie Ackerland irgendwo in der Dritten Welt nach einer Heuschreckenplage. Zwei ihrer Brüder zogen, als sie alt genug waren, aufs College. Megan hoffte, dass sich die Situation verbessern würde, doch es wurde nur schlimmer. Wie es schien, fingen Mike und Sean an, *mehr* zu essen, um Pauls und Rorys Abwesenheit wettzumachen. Nahrungsmittel vor den beiden, die auf den nahen Unis George Washington beziehungsweise Georgetown studierten, zu verstecken, funktionierte nur gelegentlich – in der Regel dann, wenn es sich um Essen handelte, an dem sie nicht interessiert waren. Leider zählten nur wenige Lebensmittel zu dieser Kategorie. Eine Zeit lang gehörte Müsli dazu – bis Sean eines Nachts beim Plündern der Regale auf Megans Vorrat stieß. Seither musste sie die Sachen mal da, mal dort verstecken. Manchmal klappte diese Taktik.

Aber nicht immer. »Heuschrecken«, brummte Megan angewidert, während sie eine Schachtel in die Hand nahm, die sie unter der Spüle zwischen Bleichmittel und Gummihandschuhen sicher versteckt geglaubt hatte – echtes Schweizer Müsli. Familia, nicht eine der hiesigen Marken, die nach Sägemehl schmeckten. Doch die Schachtel war *leer*.

Megan stand in der großen, sonnigen, golden gefliesten Küche und seufzte. Dann stopfte sie die Familia-Schachtel in den Mülleimer und ging zu der Ablage, wo der Brotkasten stand. Sie öffnete ihn.

Kein Brot. *So viel zum Thema Toast*, dachte Megan und ließ den Deckel zufallen. *Schade, dass ich keine Diät brauche, denn das wäre ein guter Anfang. Dann gibt's eben Tee …*

Wenigstens diesen fand sie. Gütigerweise waren ihre Brüder alle unter die Kaffeetrinker gegangen, sobald die Eltern eingesehen hatten, dass das ihr Wachstum nicht beeinträchtigen würde (was ohnehin unmöglich war). Megan füllte Wasser in den Teekessel, stellte ihn auf den Herd und sah sich nach einer Tasse um. Sie warf einen Blick auf die Uhr. *Viertel vor acht. In einer halben Stunde werde ich abgeholt … ich könnte noch nach der Post sehen.*

Sie lief in den großen Hobbyraum im Keller, der einen der drei Netzwerkcomputer der Familie beherbergte und ansonsten vom Boden bis zur Decke und an allen vier Wänden mit den Nachschlagewerken ihres Vaters und ihrer Mutter voll gestopft war. Wenn man eine Reporterin der *Washington Post* zur Mutter und einen Krimiautor zum Vater hatte, ergab das eine ziemlich abwechslungsreiche Bibliothek, die in mancher Hinsicht bunt zusammengewürfelt wirkte. Alles geriet unvermeidlich durcheinander, so dass Bücher über internationale Politik, Ökonomie, Umweltfragen und die Weltgeschichte sich neben etwas merkwürdigeren Bänden fanden, deren Titeln etwa *Namenlose Schrecken und was man dagegen tun kann* und *Geheime Projekte der Luftwaffe 1946* lauteten. Sie alle standen im selben Regal oder lagen auf einer wahrhaft Schrecken erregenden Sammlung von Büchern über Gerichtsmedizin, Waffen und Giftarten. Da waren Bücher wie *Snobismus und Gewalt*, *Wie man ein perfektes Verbrechen begeht*, *Giftige Tiere von A bis Z* und *Glaisters Handbuch der Gerichtsmedizin und Toxikologie*. Megan kannte ihren Vater als von Grund auf gesetzestreuen und äußerst sanften Mann. Sie hatte ihn einmal weinen gesehen, weil er gegen seinen Willen eine Maus getötet hatte, die er eigentlich fangen und draußen freilassen wollte – eine der Katzen hatte sie im Haus herumgejagt. Trotzdem hoffte Megan inständig, dass niemand ihren Vater je des Mordes verdächtigen würde. Denn nach einem Blick in den Kellerraum wäre jedem klar, dass er genau wusste, wie man so ein Verbrechen verübte.

Megan setzte sich in den Computersessel und seufzte angesichts des unvermeidlichen Bücherstapels, der vor der Schnittstellenbox auf dem Tisch stand. Sie konnte ihre Eltern so oft daran erinnern, wie sie wollte, immer wieder ließen der Vater oder die Mutter das aktuelle Forschungsmaterial so liegen, dass es den Weg zwischen dem Rechner und dem Implantatstuhl versperrte. Aber sie verwendeten optische Retina-Implantate, die ein gutes Stück über der Tischplatte mit dem Rechner verbunden waren. Megan dagegen verfügte über ein Implantat neueren Typs, das seitlich in ihrem Hals eingepflanzt war und die Verbindung in einem niedrigeren Winkel herstellte.

Während sie den Bücherstapel dieses Morgens beiseite schob, sah sie ihn mit beiläufigem Interesse durch. Größtenteils gehörten die Bücher ihrem Vater – er blieb normalerweise bis drei oder vier Uhr morgens auf und schrieb. Oben auf dem Haufen lagen

Thomas Cooks Eisenbahnfahrplan Europa, Jane's Waffenführer und das *Curry-Klub-Buch der 250 scharfen und würzigen Gerichte.* Letzteres verleitete Megan zu einem Zwinkern. Der potenzielle Plot des Buches, an dem ihr Vater arbeitete, hatte sich bisher ganz geradlinig entwickelt. *Jemand wird in einen obskuren Zug in Osteuropa gelockt, erschossen – und dann in Curry eingelegt?*

Nee. Trotz allem beschloss Megan, auf dem Heimweg in den Supermarkt zu gehen und Jogurt zu kaufen. Wenn Dad heute Abend kochen sollte, würde sich damit das Feuer der Chilischoten löschen lassen.

Megan drehte den Computersessel in die richtige Position. Es dauerte einen Moment, bis sie sich an ihre bevorzugte Einstellung ›erinnerte‹, indem sie die Füße ein wenig anhob und sich im richtigen Winkel zurücklehnte. Sie richtete ihr Implantat auf die Schnittstellenbox und spürte den winzigen Schock der Kontaktaufnahme, als betätigte jemand einen Lichtschalter im Inneren ihrer Knochen: Das normale Universum wurde aus- und ein anderes eingeschaltet.

Megan wusste, dass manche Menschen ihren persönlichen virtuellen Arbeitsbereich so einrichteten wie ein gewöhnliches Büro voller Aktenschränke. Solche geistige Kleinheit verachtete sie. Wenn in der Virtuellen Realität alles möglich war, warum tat man dann nicht – *alles*? Das Verhalten dieser Leute war ihr unerklärlich. Sie hingegen trat jetzt mitten in ein riesiges, steinernes Amphitheater, dessen unzählige Ränge aus abgewetztem weißem Sandstein sie um einige Stockwerke überragten. Über der obersten Sitzreihe reichte ein schwarzer Himmel voll von blendend weißen Sternen bis zum Zenith. Megan sah über die Schulter zur ›Vorderseite‹ des Amphitheaters auf einen ›abschüssigen‹ Hang. Er bestand aus schwach beleuchtetem Eis und Sandstein mit rosa Flecken, der von bläulichem Methanschnee besprenkelt war.

Tief am Horizont hing Saturn, fett, rund und orange wie ein überreifer Pfirsich, die Ringe kess zur Seite geneigt. Der lange Schatten von der Sonnenseite überzog die Oberfläche des Planeten mit einem runden, eleganten Streifen. Von der Oberfläche reflektiertes Licht warf einen bleichgoldenen Schimmer auf den Mond Rhea. Wie der Mond der Erde wandte Rhea ihr Gesicht nie von ihrem Hauptplaneten ab, doch Megan wusste, dass sie nur lange genug zu warten brauchte, um Saturn langsam verschwinden zu sehen. Die Ringe würden sich heben, und bald würde die Sonne über Rheas allzu nahen kleinen Horizont ziehen und die Hauptfarbe des Mondes von weichem Gold in leuchtendes Eis verwandeln, während vom oberen Rand des Einschlagkraters Tirawa ein großer Schatten über das Amphitheater fallen würde.

Leider hatte Megan an diesem Morgen außer planetarischen Beobachtungen noch eine Menge anderer Sachen vor. »Stuhl«, sagte sie, und hinter ihr erschien ein solcher, der dem zu Hause glich. Sie setzte sich zurück, legte die Füße hoch und wies den Computer an: »Mail, bitte.«

»Mail wird abgefragt«, meldete der Rechner mit einer angenehmen Frauenstimme und begann ohne jegliches Aufhebens eine Reihe gefrorener, mit einer Bildunterschrift versehener Symbole ihrer Nachrichten zu zeigen. Vielleicht wollten andere Menschen, dass ihr Computer sie als ›Sekretär‹ in Menschengestalt ansprach, ihnen anbot, die Korrespondenz zu zeigen und so weiter. Megan hatte es lieber, wenn eine Maschine einfach die Arbeit erledigte, die sie ihr auftrug, und zwar genau dann, wenn sie das tat. Für geschwätzige Interfaces mit einer dominanten Persönlichkeit hatte sie wenig übrig.

»Das liegt daran, dass du selbst dominant bist«, meinte Mike, nachdem sie ihm das vor Monaten erzählt hatte. Über die darauf folgenden blauen Flecken hatte er noch einige Tage lang geklagt. *Geschieht ihm recht*, dachte Megan jetzt mit einem leichten Lächeln. *Wenn er sich nicht die Mühe macht, so viel über Kampfsport zu lernen, dass ihn seine kleine Schwester nicht gelegentlich aufs Kreuz legen kann, dann ist das wohl kaum mein Problem.*

Die Nachrichten waren größtenteils belanglos. »Nummer eins«, befahl Megan, und das kleine Bild schwoll zu voller Größe an, wurde dreidimensional und begann mit ihr zu sprechen. Die Bildunterschrift besagte, dass die Nachricht von ihrem Beratungslehrer stammte. Mr. MacIlwain saß hinter seinem Schreibtisch, der dem ihrer Eltern recht ähnlich sah – er war übersät mit Papieren, Disketten, Büchern und weiß Gott was noch. »Diese Botschaft soll Sie daran erinnern, dass Ihre Vorbesprechung für die Collegeaufnahmeprüfungen und die nationale Begabtenprüfung auf den 12. März verlegt worden ist. Wenn Sie sich auch für die Fortgeschrittenenprüfungen angemeldet haben, so ist die betreffende Vorbesprechung auf den 15. März gelegt worden. Die Englischprüfung einschließlich Aufsatz wird landesweit nur im April stattfinden, vergewissern Sie sich also, dass Sie …«

»Ja, ja, stop, löschen«, unterbrach Megan. Sie hatte sich bereits um alles gekümmert, wovon in der Nachricht die Rede war, und war so gut auf ihre Tests vorbereitet, wie sie es jemals sein würde. Allerdings schoss ihr, sooft sie den zweiten Termin sah, der Gedanke durch den Kopf: *Die Iden des März, na super …* Als hätten Shakespeare und Julius Caesar nicht genug dafür getan, dieses Datum zu verfluchen. Immerhin fand die wirkliche Prüfung über einen Monat später statt. Noch ein Monat Nervenkitzel … »Nächste Nachricht«, sagte sie.

Das folgende Symbol nahm die Gestalt von Carrie Henderson an, einem Mädchen aus ihrer Stufe. »Megan, hallo! Also, ich weiß, dass du eigentlich nicht beim Tanzkomitee mitmachen willst, aber wir bräuchten wirklich *ganz* ganz dringend …«

»Stop«, unterbrach Megan. »Speichern.« *Damit will ich wirklich ganz ganz sicher nichts zu tun haben. Soll's doch jemand anderer machen. Wenn ich das Thema eine Zeit lang ignoriere, sucht sie sich wahrscheinlich sowieso einen anderen.* »Nächste.«

Das dritte Symbol blies sich zu einem Mann in Anzug und Krawatte auf, der ein Stück Teppich in der Hand hielt und auf einem scheinbar unendlichen, mit demselben Zeug bedeckten Grund stand. Der Boden besaß ein fürchterliches Paisleymuster, das bis an den Rand von Megans Amphitheater reichte und dort gnädigerweise verschwand. »Lieber Systembenutzer«, setzte der Mann schwungvoll an, »wir haben Ihre Adresse eigens ausgewählt, da Sie zu einer Elitegruppe von Nutzern zählen, deren Geschmack den Wert eines …«

»Stop, löschen!«, ächzte Megan. *Cyberwerbung … irgendwie müsste man das doch aufhalten können.* Sie fragte sich, ob wohl jemals eine der Anti-Cyberwerbung-Initiativen, die die Net Force zurzeit unterstützte, im Kongress durchgehen würde. Das Problem lag darin, dass die Werbelobbys so stark waren … Sobald die Regierung eine Variante stoppte, tauchte schon die Nächste auf. Das bedeutete, dass ihre Mailbox – wie auch die fast aller ihrer Bekannten – ständig mit unerwünschter Werbung zugeschüttet wurde. Die

Teppichreklame war wenigstens noch einigermaßen harmlos. Es fanden auch Anzeigen den Weg in Megans Mailbox, die so ärgerlich oder hartnäckig waren, dass sie Lust bekam, Vollkontaktkicks mit dem Computer zu üben; oder besser mit den Typen, die die Anzeigen verschickten ...

Das Wasser muss schon fast kochen, dachte sie und warf einen Blick auf die Bildunterschriften der wenigen übrigen Symbole. *Ist ja nichts Wichtiges dabei, das kann warten ...*

Ein sanftes Läuten erfüllte plötzlich den Raum, und Megan sah sich überrascht um. Jemand versuchte, sie für einen Live-Chat zu erreichen. *Um diese Zeit?* »Wer ist das?«, fragte sie den Computer.

»Identifikation des Anrufers: James Winters«, lautete die Antwort.

»Echt? Wow!«, rief Megan. »Annehmen.«

An einem Ende des Amphitheaters erschien mit einem Mal ein Büro, das ein wenig aufgeräumter war als das ihrer Eltern. Die frühe Morgensonne strömte durch die Jalousien und fiel in breiten Streifen auf den großen Tisch im Vordergrund des Büros. Hinter dem Schreibtisch, der augenblicklich bis auf wenige Papierausdrucke, Briefe und einen kleinen Stapel Disketten leer war, saß groß und breitschultrig James Winters. Er war Offizier im aktiven Dienst bei der Net Force und Verbindungsmann der Net Force Explorer. Winters schob das Schriftstück zur Seite, in dem er gelesen hatte, und sah zu Megan ›hinaus‹. In seinem Anzug wirkte er ganz wie ein gequälter Geschäftsmann, sah man von dem Marine-Haarschnitt und seinem trägen Blick ab. Mochten diese Augen auch von Lachfalten umgeben sein, in ihnen lag eine Härte, von der die meisten Geschäftsleute nur träumen konnten.

»Megan? Ich hoffe, ich störe nicht.«

»Nein, ich hab' mich gerade zum Unterricht fertig gemacht, aber ich muss erst in ein paar Minuten los.« *Aber das wissen Sie wahrscheinlich,* dachte Megan. Ihr Interesse war geweckt. Winter kannte den Tagesablauf aller Net Force Explorer. *Da ist etwas am Laufen!*

Er nickte und sah kurz an Megan vorbei. »Schau an, nette Aussicht.«

Megan lächelte. »Ja, ›hier‹ ist Sommer. Die nächsten sechs Stunden jedenfalls, wenn man das Sommer nennen kann – die Achse ist nur ein um Drittel Grad geneigt. Was kann ich für Sie tun?«

Winters sah sie gedankenvoll an. »Megan, klär mich mal auf. In deinem Profil steht, dass du in Sarxos mitspielst.«

Sie zog die Augenbrauen hoch. »Ich schaue hin und wieder rein.«

»Öfter als alle paar Wochen?«

Megan überlegte. »Ich denke schon. Vielleicht einmal pro Woche im Schnitt, obwohl ich manchmal öfter spiele, wenn sich gerade etwas Aufregendes tut. Aber Sarxos ist ein guter Ort zum Herumwandern, selbst wenn nicht gerade ein Krieg oder eine Fehde zwischen Zauberern läuft. Man trifft dort interessante Leute … und Rodrigues hat mit dem Spiel saubere Arbeit geleistet. Es fühlt sich ›echter‹ an als die meisten anderen virtuellen Spiele.«

Winters nickte. »Was weißt du davon, dass Spieler rausgeworfen werden?«

Megan wurde hellhörig. »Sie meinen, dass persönliche Zugangsschlüssel gelöscht worden sind? Virusangriffe, Sabotage gegen Figuren, solche Sachen? Ich habe gehört, dass so was manchmal passiert. Aus Rache vermutlich. Da nimmt jemand die Sache zu ernst …«

»In letzter Zeit nimmt dieser Jemand die Sache viel

zu ernst. Im Verlauf des letzten Jahres sind zwölf Spieler rausgeworfen worden.«

Das war Megan allerdings neu. »Einer pro Monat … aber es gibt in Sarxos Hundertausende von Spielern. So viel scheint mir das nicht zu sein.«

»Würde ich auch sagen, wenn ich nicht wüsste, dass es bis vor anderthalb Jahren acht Jahre lang *gar* keine Rauswürfe gegeben hat. Irgendetwas läuft da, und die Firmen, die Sarxos sponsern, werden allmählich unruhig. Sie würden den Server äußerst ungern schließen.«

»Daran zweifle ich nicht«, erwiderte Megan trokken. Sarxosspieler bezahlten entweder pro Spielrunde oder eine jährliche Flatrate. So oder so ging es um eine Menge Geld, potenziell um viele Millionen Dollar im Jahr.

»Wir hatten kürzlich einen besonders Aufsehen erregenden Rauswurf«, erzählte Winters. »Ich werde natürlich nicht den echten Namen des Spielers nennen, aber seine Figur war als Shel Lookbehind bekannt.«

»Ach, *Shel*?«, rief Megan erstaunt.

»Kennst du ihn?«

»Ja, ein wenig«, antwortete sie. »Ich bin ihm vor einem Jahr während seines Feldzugs begegnet. Viele Leute wurden auf die Scharmützel aufmerksam, die er sich mit den Königinnen von Mordiri geliefert hat. Es gab keine Regeln für den Fall, dass jemand das Territorium eines anderen Spielers übernahm, bevor es offiziell für verlassen erklärt wurde. Alle Welt wollte sehen, ob da ein Präzedenzfall entsteht. Ich bin also nach Talairn, um die Ereignisse mitzuverfolgen. Shel scheint ein guter Spieler zu sein – und wirklich nett. Wenigstens als Figur.«

»Nun, wie du dir vielleicht denken kannst, ist seine Figur jetzt außer Gefecht gesetzt«, sagte Winters. »Bis es dem Spieler gelingt, sich ein neues Passwort zu verschaffen. Und es handelt sich um den bisher gewalttätigsten Rauswurf, weshalb wir auch darauf aufmerksam geworden sind. Wie du schon sagtest, geschahen die meisten von einem oder mehreren Unbekannten verursachten Angriffe auf ein System mittels Trojanischer Pferde oder irgendeiner Art von Virus. Außerdem gab es mindestens einen Diebstahl eines Rechners aus einer Wohnung, der eventuell ein Rauswurf war. Die Beweislage lässt keine abschließende Bewertung zu. Aber in Shels Fall sieht es anders aus: Jemand ist in sein Apartment eingebrochen, hat seine Festplatte gelöscht und seine Rechneranlage weitgehend zerstört.«

Megan schüttelte den Kopf. »Und niemand hat eine Ahnung, wer das getan hat?«

»Die Spurensicherung der Polizei hat nichts gefunden. Ich habe die Hoffnung, dass du uns weiterhelfen kannst.«

»Sie wollen, dass ich in Sarxos ein paar Fragen stelle?«

»Du wärst für die Aufgabe geeignet. Du hast eine fertige Identität – das ist praktisch. Jede neue Figur, die plötzlich auftaucht und sich nach den Rauswürfen erkundigt, würde sofort Aufmerksamkeit und Verdacht erregen. Aber du nicht. Ich denke, dass es unter den gegebenen Umständen sinnvoll wäre, wenn du mit jemandem zusammenarbeitest. Eine zweite Perspektive kann hilfreich sein ... und schließlich ist Sarxos groß. Die Aufgabe ist sehr umfangreich.«

Megan kaute in Gedanken auf ihrer Lippe herum. »Einen anderen Net Force Explorer?«

»Das wäre das Beste.«

Sie dachte einige Augenblicke nach. »Ich muss ehrlich sagen, ich bin nicht sicher, welcher von meinen Bekannten unter den Net Force Explorers ein Spieler ist. Man fragt normalerweise nicht danach.«

»Na ja«, antwortete Winters, »ich kenne wenigstens einen weiteren Explorer mit einer eingeführten Identität, der sich interessiert gezeigt hat. Und es macht ihm nichts aus, wenn andere Explorer erfahren, dass er mitspielt. Kennst du Leif Anderson?«

Megan war einmal mehr überrascht. »Sie meinen den Leif Anderson, der in New York wohnt? Den mit den roten Haaren, der die ganzen Sprachen kann? *Der* spielt in Sarxos?«

»Ja. Er spielt einen« – Winters zögerte, sah auf das Blatt hinunter, das er in der Hand hatte, und lachte in sich hinein – »einen ›Heckenzauberer‹, steht hier. Ich nehme mal an, das ist nicht jemand, der Magie bei der Gartenarbeit einsetzt.«

Megan kicherte. »Nein. Die Bezeichnung bedeutet, dass sich jemand auf kleine Zaubereien konzentriert, nicht auf große, gefährliche. Das kann heißen, dass er bodenständig ist und gerne mit den ›gewöhnlichen Leuten‹ zusammenarbeitet, oder dass er nicht viel von seiner Sache versteht und das zu verbergen versucht. Heckenzauberer gelten als ein bisschen inkompetent.«

Winters wirkte überrascht. »Verstehe. Na, das ist doch eine gute Tarnung, meinst du nicht?«

»Ich schätze ja«, antwortete Megan abwägend. »Heckenzauberer ziehen auf der Suche nach seltenen Kräutern und merkwürdigen Zaubersprüchen und Aufgaben herum. Gewöhnlich treffen sie eine Menge Leute. Meine Figur tut das auch, aber aus anderen Gründen … es müsste also funktionieren.«

»Soll ich ihm sagen, dass er sich mit dir in Verbindung setzen kann?«

»Klar«, erwiderte Megan. »Hat das bis heute Abend Zeit? Ich habe heute etwas viel um die Ohren.«

»Kein Problem. Ihr braucht euch nicht zu beeilen. Es ist mir sogar lieber, wenn ihr euch dabei Zeit lasst. Wenn ihr hastig und zu eifrig nachforscht, wird das den oder die Verantwortlichen wahrscheinlich veranlassen unterzutauchen ... und das solltet ihr vermeiden.«

»Allerdings. Ich bräuchte eine Liste der anderen Figuren, die rausgeworfen wurden«, meinte Megan.

»Richtig«, sagte Winters. Mit einem weiteren sanften Läuten erschien eine kleine, langsam rotierende Pyramide in Megans Arbeitsbereich und schwebte nahe bei ihr in der Luft: das Symbol für eine Datei, die darauf wartete, geöffnet zu werden. »Wenn du noch Fragen hast oder sonst etwas brauchst, setz dich mit mir in Verbindung.«

»In Ordnung, Mr. Winters. Danke!«

Winters und sein Büro verschwanden. In Megan stieg eine Erregung hoch, die ihr angesichts eines nunmehr endlos scheinenden Schultages alles andere als gut tat. Zu wissen, dass sie ein Net Force Explorer war und in (wenn auch vielleicht losem) Kontakt mit Menschen stand, deren Arbeit so ziemlich die aufregendste der Welt war, das war eine Sache. Etwas ganz anderes war es, tatsächlich einen Auftrag zu haben, bei dem ihr diese Menschen zusahen, für die sie hoffentlich eines Tages richtig arbeiten würde ... Und dass sich diese Leute an ihr interessiert zeigten und Vertrauen genug hatten, ihr eine Aufgabe zu geben und abzuwarten, was sie daraus machte.

Das wird einfach super!, dachte sie.

Sie stand vom Stuhl auf und wies den Rechner an: »Verbindung abbrechen.«

Sie fand sich in dem Stuhl im Hobbyraum wieder.

Aus der Küche kam ein gellendes Pfeifen. Der Lieblingsteekessel ihrer Mutter, der mit der Zugpfeife im Schnabel, schepperte und pfiff, als wollte er gleich explodieren. Und draußen hupte auch schon Megans Abholer.

Megan stürzte in die Küche, um den Kessel vom Herd zu nehmen, bevor er durchbrannte. *Wird nichts mit dem Tee*, dachte sie bedauernd. Doch während sie den Herd ausschaltete, sich ihren Handheld-Computer, die Bücher und Disketten und die Schlüsselkarte vom Küchentisch schnappte und zur Tür rannte, grinste sie vor lauter Entzücken.

Sarxos, ich komme!

2

Virtuelles Reich von Sarxos – 23. Tag des Grünmonats, Jahr des Drachens-im-Regen

Das Wirtshaus bestand aus einer einzigen Stube, und sein Dach war leck. Draußen fiel sanft und stetig der Regen und tropfte durch ein Loch im Strohdach. Die Tropfen schlugen mürrisch auf den brüchigen Schieferherd der Feuerstelle. Wo sie auftrafen, stieg zischender Dampf auf. Blau wie Smog zog der Rauch einer schlecht belüfteten Feuerstelle unter den geschwärzten Balken hindurch. Von diesen hingen ein paar flackernde Lampen herab, deren Licht im Rauch schwamm. Einige Strahlen fanden tatsächlich ihren Weg hinunter zu den alten, von Messern zerschrammten Tischen aus massivem Holz.

An diesen Tischen aß und trank ein bunt zusammengewürfelter Haufen: Bauern, die von den Feldern kamen; Adelige, die hochnäsig auf ihren zusammengelegten Umhängen saßen, um den Körperkontakt mit den Bänken zu vermeiden; Söldner in vernarbten Lederrüstungen; gut gekleidete, weit gereiste Händler, die sich angeregt über Investitionen in Sarxos und die Auswirkungen der derzeitigen Kriege darauf unterhielten. Mit anderen Worten, es saß das typische Mond-Tag-Abend-Publikum im Pheasant & Firkin, und alle stürzten Kräuterbier oder *gahfeh* oder den wässrigen (doch zum Glück nicht verbleiten) Hauswein des Wirts in sich hinein, beäugten einander misstrauisch und amüsierten sich.

Es fehlte nicht einmal der obligatorische düstere

Fremde mit Kapuze – er stand in der Kaminecke, die Füße auf einem massiven Feuerbock, und rauchte eine lange Pfeife. Unter der Kapuze glitzerten seine Augen, während er die Gesellschaft beobachtete. Eine große, schmutzweiße Katze mit eingerissenen Ohren und einem milchigen, blinden Auge tapste an dem Fremden vorbei, sah ihn an und sprach: »Hm. *Du* schon wieder ...« Dann ging sie weiter.

Leif Anderson saß allein an einem kleinen Tisch nahe der Tür und blickte sich in dem Wirtshaus um. Dabei ging ihm durch den Kopf, dass er sich hier wohl an einem Ort befand, vor dem ihn seine Mutter immer gewarnt hatte. Das Problem war, dass sie sich manchmal in Beschützerlaune Sorgen machte, er könnte in der realen Welt in ein solches Etablissement stolpern – dabei bezweifelte Leif, dass es so etwas dort überhaupt gab. Jedenfalls was seine Reichweite betraf – New York oder Washington D.C. In der Mongolei, das konnte sein, oder auf den Äußeren Hebriden oder vielleicht am Yukon. Leif lächelte in sich hinein. Seine Mutter hatte jahrelang im New-York-City-Ballett getanzt und verfügte daher über einen gestählten Körper und eine rasiermesserscharfe Zunge. Es belustigte ihn immer, dass jemand, der so taff war wie sie, sich so große Sorgen über ›ihren kleinen Jungen‹ machte – als hätte er keine ihrer Eigenschaften geerbt.

Plötzlich sah der Wirt zu ihm herüber. »Brauchst du den anderen Stuhl?«, fragte er. Genauso wie der Kerl am Kamin handelte es sich bei ihm um ein Stereotyp: Er war fett, kahlköpfig, trug eine Schürze, die offenbar zuletzt vor dem gegenwärtigen Drachenzyklus gewaschen worden war, und war permanent schlechter Laune.

Leif sah auf. »Ich erwarte jemanden.«

»Großartig«, antwortete der Wirt und griff mit einer Hand nach dem freien Stuhl. »Wenn er kommt, kannst du einen zweiten Stuhl haben. Den hier brauch' ich für *zahlende* Kunden.«

Leif hob den Krug mit Kräuterbier, an dem er sich gütlich getan hatte, und winkte dem Wirt damit bedeutungsvoll zu.

»Pech«, entgegnete der. »Wenn du noch 'n Stuhl willst, dann zahl für noch 'n Getränk.« Er lachte über seine vermeintliche Schlagfertigkeit und zeigte dabei Zähne wie aus dem Horrorroman eines Zahnarztes.

»Einen Zauberer zu beleidigen«, warnte Leif, »zeugt nicht von Klugheit.«

Der Wirt musterte ihn verächtlich. Was er sah, beeindruckte ihn offenbar überhaupt nicht – ein schlanker junger Mann in etwas schmuddeliger Kleidung, die mit ausgebleichten, undurchsichtigen alchimistischen und magischen Symbolen verziert war. »Bist ja nur 'n Heckenzauberer«, spottete er. »Was willst du schon machen? Mir kein Trinkgeld geben?«

»Nein«, erwiderte Leif milde. »Du sollst dein Trinkgeld bekommen.« Er nahm den Hut ab, kramte einen Augenblick lang darin herum und zog das Gesuchte dann hervor. Er warf es dem Wirt zu und murmelte dabei etwas in sich hinein.

Der Wirt fing den Gegenstand reflexartig auf. Er starrte kurz darauf – es sah wie ein mit einer Schnur umbundener Lumpen aus. Dann bekam sein Gesicht einen ungläubigen Ausdruck. Aus dem Nichts bildete sich um ihn herum eine Rauchwolke. In der ganzen Stube drehten sich Köpfe um.

Der Rauch verzog sich allmählich. Wo der Wirt gestanden hatte, saß nun eine kleine weiße Maus auf dem Boden und blickte verstört um sich.

Leif bückte sich und hob den umwickelten Talisman auf. »Selbst Heckenzauberer«, erklärte er, »kennen ein paar Zaubersprüche. Reicht dir das?« Dabei sah er unter den nächstgelegenen Tisch, bevor sein Blick zu der Maus zurückkehrte. »Schönen Tag noch.«

Die Maus blickte sich nach dem um, was Leifs Aufmerksamkeit auf sich gezogen hatte. Da kam die altersschwache weiße Katze schon mit einer Miene auf sie zu, die deutlich erkennen ließ, dass sie einer Zwischenmahlzeit vor dem Abendessen nicht abgeneigt war.

Die Maus rannte über die rissigen, ausgetretenen Steinfliesen, und die Katze spazierte gemächlich und voller Freude auf ihre Vorspeise hinterher.

Ziemlich unbesorgt wandten sich die anderen Gäste vom Geschehen ab, da die Wirtstochter ungerührt angefangen hatte, die Bestellungen aufzunehmen. Leif steckte den Talisman ein, lehnte sich mit seinem Getränk zurück und richtete die Aufmerksamkeit wieder auf die Gespräche der ausländischen Kaufleute über Zukunftsmärkte.

Hier wie in der Echtwelt handelten die Kaufleute rege mit Schweinebauch-Optionen. Es fiel Leif nicht schwer, sich seinen Vater vorzustellen, wie er mit diesen Kerlen dasaß und über Gewinnmargen und Leerverkäufe redete.

Ich sollte ihn wirklich dazu überreden, mal hier vorbeizuschauen, dachte Leif träge. *Vielleicht können wir etwas ›Geld‹ machen.* Das Talent seines Vaters für Investitionen führte allerdings dazu, dass er physisch wie virtuell über den ganzen Planeten reisen musste – so dass es ihm meistens widerstrebte, seine karge Freizeit in einer virtuellen Umgebung oder mit Dingen zu verbringen, die auch nur annähernd wie Geschäftsverhandlungen aussahen. *Wenn ich ihn hierher bringen könnte, würde er wahrscheinlich viel lieber als wilder Krieger im Lendenschurz kommen. Er würde alles tun, um nicht im Anzug herumlaufen zu müssen …*

In dem Moment zog ein Gast auf der gegenüberliegenden Seite des Raumes Leifs Aufmerksamkeit auf sich, ein hochgewachsener, schlanker junger Mann im dunklen Wams. Er war damit beschäftigt, eine Waffe zu überprüfen und zu säubern. Es handelte sich um eine halbautomatische Pistole, die wohl eine Glock im Stammbaum hatte. Normalerweise hätte man erwartet, dass dies für einiges Aufsehen sorgen würde, aber das Pheasant & Firkin lag im kleinen Fürstentum Elendra – und Elendra gehörte zu den Orten in Sarxos, an denen Schießpulver nicht funktionierte. Tatsächlich galt das für die meisten Spielregionen. Der Schöpfer des Spiels hatte seine Alternativwelt hauptsächlich auf Menschen ausgerichtet, denen mechanische Waffen lieber waren – vor allem solche, mit denen man einander erst im Nahkampf umbringen konnte.

Doch Chris Rodrigues war offenbar auch der Ansicht gewesen, dass es immer Leute geben würde, für die laute Waffen einfach dazugehörten. *PENG* sollten sie machen, je öfter und lauter, desto besser. Für sie gab es in Sarxos die Nachbarstaaten Arstan und Lidios, in denen Sprengstoff und andere Waffen auf chemikalischer Basis zulässig waren. In diesen Ländern war es laut, und es gab dort häufig Kriege mit vielen Toten. Zahlreiche Sarxonier mieden Arstan und Lidios geflissentlich. Sie fanden, es wäre besser, Leute mit solchen Vorlieben nach ihrer Fasson glücklich werden zu lassen, anstatt sie mit Visionen von einer Welt zu irritieren, in der die Menschen ihre Angelegenheiten anders regelten.

Einige Spieler schienen diese Visionen trotzdem zu

stören, denn es wurden häufig Versuche unternommen, einen Sprengstoff oder etwas Pulverähnliches zu finden, das in ganz Sarxos funktionierte – obwohl der Schöpfer des Spiels behauptete, dass es eine derartige Substanz nicht gebe und niemals geben würde. Hin und wieder verbrachten Spieler – Möchtegern-Alchimisten oder -Waffenhändler – viel Zeit mit dem Versuch, eine solche Substanz zu erfinden. Solchen Leuten stießen häufig Unfälle zu, die sich schwer erklären ließen, außer mit einem alten sarxonischen Sprichwort: »Die Regeln verschaffen sich selber Geltung.«

Neben Leif drehte sich der gusseiserne schwarze Türgriff. Die Tür öffnete sich mit einem Knarzen auf ihn zu und verdeckte ihm die Sicht. Die Gäste hielten inne und glotzten – das taten sie immer, selbst wenn ein Bekannter das Wirtshaus betrat. Aber diesmal war das offensichtlich nicht der Fall. Sie glotzten weiter.

Die Person, die eben eingetreten war, drehte sich um und schloss die Tür. Mittelgroß, sportliche Figur, langes braunes Haar, das hinter dem Kopf zu einem Dutt zusammengebunden war. Eine braune Tunika, eine schwarze Reithose und Stiefel, über all dem ein schwarzes Wams. Die Reithose wurde von dunkelbraunen Lederbändern gehalten. Das Mädchen trug einen schwarzen Mantel, der hinten zum Reiten geschlitzt war, und ein braunes Lederbündel. Ob sie bewaffnet war, konnte Leif nicht erkennen.

Sie sah sich lang genug um, um ihrer Rolle im Glotz-Spiel gerecht zu werden – denn es handelte sich um ein Spiel. Man musste den Anwesenden in die Augen sehen, musste sie wissen lassen, dass man ebenso das Recht hatte hier zu sein wie sie, sonst gab es Ärger. Als das Publikum des Pheasant & Firkin den

Blick des Mädchens bemerkte, verlor es auch das Interesse an ihr.

Das Mädchen sah zu Leif herüber. Er lüpfte seinen Hut, so dass sie sein rotes Haar sehen konnte.

Sie lächelte, setzte sich zu ihm und blickte mit einem schiefen Gesichtsausdruck um sich. »Kommst du oft hierher?«, fragte sie.

Leif verdrehte die Augen über diese abgedroschene Phrase.

»Nein, im Ernst. Das ist ein richtiges Loch. Wie bist du darauf gestoßen?«

Leif lachte. »Ich bin letztes Jahr zur Kriegszeit hereingestolpert. Die Kneipe hat einen gewissen ländlichen Charme, findest du nicht?«

»Hier gibt's Mäuse«, antwortete Megan, zog die Füße ein Stück zu sich her und sah unter den Tisch, wo eine Maus vorbeiflitzte. »Ach, was soll's, da kommt die Katze ...«

Leif lachte wieder. »Willst du was trinken? Der Tee ist nicht schlecht.«

»Später. Ich vermute, du hast die Liste von Winters bekommen.«

»Ja ... vor ein paar Tagen.« Leif schob den Teekrug von sich weg und machte ein nachdenkliches Gesicht. »Zum Teil haben mich die Informationen überrascht. Das Problem ist, dass ich die meisten von den Leuten, wenn überhaupt, unter ihrem Spielnamen und nicht unter dem Echtwelt-Namen kannte – andernfalls wäre ich vielleicht früher aufmerksam geworden. Wahrscheinlich wäre es vielen so gegangen. Aber man sieht sofort, dass alle, die rausgeworfen wurden, sehr aktive Spieler waren. Keine Dillies.« Leif gebrauchte den sarxonischen Ausdruck für ›Dilletanten‹ – Leute, die weniger als einmal pro Woche ins Spiel kamen. »Und so weit ich sehen kann, hat es keine Nebenfiguren getroffen. Alle, die rausgeflogen sind, waren auf die eine oder andere Art Macher und Anführer.«

Megan nickte. Anscheinend war ihr das auch aufgefallen. Trotzdem warf sie ihm einen Seitenblick zu. »Vor ein paar Tagen? Ich dachte, du willst erst jetzt mit dem Suchen anfangen.«

»Das habe ich ja auch getan.« Leif grinste sie an. »Aber ich wollte erst allein die Lage ein wenig erkunden. Ich dachte mir, besser verschwende ich nur meine Zeit, nicht auch noch deine.«

»Oh. Okay. Und wo hast du Nachforschungen angestellt?«

»Größtenteils im Norden.« Sarxos bestand aus zwei Hauptkontinenten, einem im Norden und einem im Süden. Vom nördlichen aus zog sich ein großer Archipel als ›Halbmond‹ hinab in den Süden. Dadurch boten sich Piraten, Rebellen und all jenen, die sich ein paar Wochen von den Spielgeschäften erholen und sich etwas virtuelle Sonnenbräune zulegen wollten, Tausende geeigneter Ankerplätze. »Ich habe mit ein paar Leuten geredet«, fuhr Leif fort. »Einer davon war ein Kerl mit dem Spielnamen Lindau.«

»Der Lindau vom Sturmangriff auf Inner Harbor?«, rief Megan.

»Genau der. Nicht, dass er viel erstürmt hätte, seit er rausgeworfen wurde. Ich hatte auch ein Gespräch mit Ereignis, die lange Zeit Lindaus Erzfeindin war. Sie ist eine ziemliche Klatschbase.« Leif streckte sich und warf einen Blick unter den Nebentisch. »Und ich habe mit ein paar Leuten gesprochen, die Feinde von Shel oder anderen Opfern waren. Mit einigen ihrer Freunde auch.«

Nach Megans Gesichtsausdruck zu urteilen, hatte er wohl ein wenig selbstgefällig dreingesehen. »Verstehe«, sagte sie. »Und ist irgendein Name gefallen? Ich meine, öfter?«

Leif lächelte ein wenig. »Darauf wollte ich gerade kommen.«

»Argath«, sagte Megan.

Leif nickte.

Argath war König von Orxen, einem der nördlich gelegenen Länder, das bergig und arm an Ressourcen war – ausgenommen eine große Zahl in Felle gekleideter Barbaren. Das Volk zog liebend gerne von einem Moment zum nächsten in den Krieg. Orxen hatte sich den Beinamen ›Schwarzes Königreich‹ erworben, da es seit vielen Spieljahren dazu tendierte, sich dem Dunklen Herrscher während seiner regelmäßigen Aufstände anzuschließen. Dennoch wurde es aus irgendwelchen Gründen nie selbst überrannt, was bei einigen anderen Spielern ein gehöriges Maß an Ärger und Neid verursachte.

Argath hatte sich in den letzten zehn Spieljahren die Herrschaft über Orxen mit Mitteln erschlichen, die in Sarxos als normal galten. Er hatte sich unter der Regentschaft eines schwachen und unfähigen Königs als fähiger General der Streitkräfte von Orxen bewährt. Niemand war sehr überrascht, als eines Nachts der ältliche König Laurin einen Unfall am Fischteich erlitt. Am Morgen fanden ihn seine Leibdiener mit dem Kopf nach unten zwischen den erstaunten Karpfen – er war Stunden zuvor ertrunken. Als niemand Bestimmtes für den Mord verantwortlich gemacht werden konnte, wunderte sich auch kaum jemand. Und schließlich überraschte es keinen, als Argath zum König gewählt wurde, zumal der unglückliche König Laurin seine Nachkommen alle überlebt hatte.

Nach sarxonischen Maßstäben verlief Argaths Karriere in der Folge unspektakulär. Im Sommer führte er wie die meisten Spieler Krieg, und im Winter intrigierte er, arrangierte Abkommen mit anderen Spielern oder brach sie. Schlachten gewann und verlor er, doch meistens blieb er siegreich: Argath verstand sein Geschäft. Shel war etwa vor einem Jahr in einem ähnlichen Scharmützel wie gegen Delmond gegen ihn angetreten und siegreich hervorgegangen, was einige der Ansässigen erstaunte. Denn Argaths Heer war dem von Shel zahlenmäßig weit überlegen.

»Und Argath«, sagte Megan, »ist kein Konstrukt – er ist nicht künstlich ins Spiel eingebaut.«

»Nein, er lebt wirklich, das weiß ich«, antwortete Leif. »Irgendwer hat mir mal erzählt, was er in der Echtwelt macht. Es sieht ganz so aus, als würde es Argath einem übel nehmen, wenn man ihn in einem fairen Kampf besiegt.«

»Aber erst in letzter Zeit«, gab Megan zu bedenken. »Sämtliche Rauswürfe haben in den letzten drei Spieljahren stattgefunden. Warum sollte er auf einmal über die Leute herfallen?«

»Warum *nicht*?«, entgegnete Leif mit einem Achselzucken. »Aus privaten Gründen. Irgendetwas zerbricht. Dann fängt er plötzlich an, mit harten Bandagen zu kämpfen.«

»Kann schon sein, aber dafür haben wir keinerlei Beweise«, widersprach Megan. »Und Sherlock Holmes zufolge ist es falsch, ohne ausreichende Fakten Hypothesen aufzustellen. Auf jeden Fall haben wir bisher nur Indizien.«

»Aber irgendwo müssen wir ja anfangen«, gab Leif zurück. »Argath passt doch – außer dir fällt etwas Besseres ein.«

»Ich weiß nicht, ob meine Idee besser ist«, sagte Megan. »Ich hatte gedacht, dass wir nach Minsar gehen.«

»Wo sich der letzte Rauswurf ereignet hat.«

»Nicht so sehr deswegen. Aber alle Schlüsselfiguren sind zurzeit dort versammelt. Wenn ein Heerführer vermisst wird und zu vermuten ist, dass er rausgeworfen wurde, zieht selbst eine kleine Armee eine Menge Aufmerksamkeit auf sich. Und die Söldner werden in Minsar bleiben, bis die Situation geklärt ist. Bis sie einen neuen Herrscher finden, dem sie Loyalität schwören können, oder sich auflösen. Wir könnten viel herauskriegen, wenn sich alle dort einfinden, die mitmischen wollen.«

»Das klingt viel versprechend. Aber ich finde trotzdem, dass wir der Sache mit Argath nachgehen sollten.«

Megan verzog ein wenig das Gesicht. »Na ja, warum nicht. Und wo genau hält sich der große Meister derzeit auf?«

»Rate mal.«

»In Minsar?« Megan war verblüfft. »Du machst wohl Witze. Was hat er denn *da* verloren? Minsar ist doch ein viel zu kleiner Fisch für ihn. Für eine einzige Freie Stadt wird er sich nicht lange interessieren. Argath kämpft um Länder. Denk daran, was er in Sarvent getan hat, und oben in Proveis! Minsar ist strategisch auch nicht wichtig. Es ist ja nicht einmal der Fluss bis dorthin befahrbar.«

»Keiner ist sich darüber im Klaren, was Argath da vorhat«, sagte Leif. »Vielleicht geht es ihm nur um Rache. Schließlich hat Shel ihn einmal besiegt. Jetzt ist da ein Machtvakuum. Vielleicht denkt er, er kann einziehen und die Macht übernehmen.«

»Ich weiß nicht.« Megan schüttelte den Kopf. »Argath war doch bisher ein recht subtiler Spieler. Warum sollte er etwas so Offensichtliches unternehmen?«

»Nachlässigkeit«, schlug Leif vor. »Die Gewissheit, damit durchzukommen.«

»Na ja … kann sein. Aber du hast Recht, wir müssen irgendwo beginnen …« Megan sah sich um. »Bei wem bestellt man hier etwas zu trinken?«

»Bei der Wirtstochter. Ihr Vater ist beschäftigt.«

Der Anflug eines Lächelns auf Leifs Gesicht ließ Megan ihm einen schnellen Blick zuwerfen. Leif saß mit Unschuldsmiene da, bis die Wirtstochter kam und Megan ihre Bestellung aufgab. Als ihr Tee gebracht wurde, nippte sie einige Augenblicke lang daran und sah nachdenklich drein, während Leif sich dem Geschehen zuwandte, das gerade in der Dunkelheit unter dem rechten Nebentisch ablief.

»Also«, begann Megan dann. »Wie kommen wir nach Minsar? Zu Fuß? Oder hast du Pferde draußen stehen?«

»Was?« Leif schreckte hoch. »Äh, nein. Ich kann nicht reiten.«

»Ach.«

»Tja, so ist es nun mal. Reite du.«

Megan verzog das Gesicht. »Es gibt Sachen, die ich besser kann. Ich hätte nichts dagegen zu wandern, aber Minsar ist schon recht weit weg, und ich möchte ungern Zeit verschwenden.«

»Dann hast du Glück, dass du mit einem Zauberer reist«, erklärte Leif. »Ich habe etwa dreitausend Meilen gespart.«

Er genoss das rasche, erleichterte Grinsen, das Megan ihm schenkte. Wenn man nicht über ein Pferd oder andere Transportmittel verfügte, eine Sänfte mit Trägern zum Beispiel oder einen zahmen Basilisken, um in Sarxos herumzukommen, musste man für gewöhnlich laufen. Das schien oft eine Ewigkeit zu dauern, weil dem Sarxos-Schöpfer wichtig war, dass die

Spieler seine Welt ›wirklich erleben‹. Wer wollte, konnte die im Spiel angesammelten Punkte nicht in Geld oder Macht, sondern in Beweglichkeit umsetzen. Mit Hilfe eines so einfachen Transitzaubers, dass ihn selbst Nichtzauberer anwenden konnten, konnte man dann von einem Ort verschwinden und an einem anderen wieder auftauchen. Heere allerdings konnten sich diese Möglichkeit nicht zunutze machen – Rodrigues hatte angeblich erklärt, das wäre dann ›dem wirklichen Leben zu ähnlich‹. Doch Figuren, die friedlich und in Gesellschaft reisten, gelangten so zu jedem Ort ihrer Wahl.

»Das sind eine Menge Meilen«, sagte Megan. »Wie hast du es angestellt, so viele Punkte zu sammeln?«

»Mit den üblichen Heckenzaubereien«, antwortete Leif. »Kranke heilen ... Tote auferwecken.«

Megan zog eine Augenbraue hoch. Wenige Zauberer in Sarxos verfügten über diese Macht. »Also, eigentlich nur durch die Heilung von Kranken«, sagte Leif mit dem Anflug eines Lächelns. »Als ich zu spielen anfing, habe ich einer Zauberin, die sich zurückzog, einen Heilstein abgekauft. Er ist ziemlich gut, hilft gegen alles bis hin zu Verletzungen fünften und Krankheiten sechsten Grades.«

Megan blinzelte sichtlich beeindruckt. »Fünften Grades? Als Träger eines Objekts, mit dessen Hilfe du einen abgeschlagenen Arm oder ein Bein wieder anwachsen lassen kannst, musst du auf Schlachtfeldern ziemlich beliebt sein. Wie zum Kuckuck konntest du dir so etwas leisten?«

Leif lachte leise. »Na ja, eigentlich wäre das nicht gegangen. Aber die Dame war nett zu mir. Ich habe sie im Wald getroffen, sie hat mich um etwas Wasser gebeten, ich habe es ihr gegeben ...«

»Ach«, fiel ihm Megan ins Wort, »*so* eine alte Dame

war das. Du hast eine Gute Tat vollbracht, und sie hat dich dafür belohnt.« In Sarxos kamen solche Dinge häufig vor. Rodrigues scheute sich nicht, alte Märchen, Volkssagen und Fantasy-Geschichten aus jeder beliebigen Epoche auszuschlachten, von der Gegenwart bis zurück zu Lukian von Samosata. Er entnahm ihnen bekannte und unbekannte Motive. Das führte dazu, dass es sich üblicherweise als klug erwies, Fremde, die man im Wald traf, gut zu behandeln. Sie konnten verkleidete Mitspieler sein … oder auch der Schöpfer des Spiels, der sehen wollte, ob man die Einstellung an den Tag legte, die ihm vorschwebte.

»Also, belohnt, ja, aber sie hat mir den Stein nur billiger verkauft. Sie hat ihn mir nicht geschenkt.«

»Klingt trotzdem, als hättest du ein gutes Geschäft gemacht.«

»Habe ich auch. Das bietet mir einen denkbar guten Vorwand, nach Minsar zu gehen«, ergänzte Leif. »Wahrscheinlich gibt es da noch eine gute Zahl Verwundeter, die noch nicht versorgt sind, jedenfalls nicht von Zauberern. Was ist dein Vorwand?«

»Der übliche«, antwortete Megan. »Ich bin freischaffende Kriegerin, Diebin oder Spionin, je nachdem, was gefragt ist und wer mich bezahlt. Ich ziehe herum, beobachte, wer was mit wem tut, und verkaufe die Information an den Meistbietenden. Führe gelegentlich einen Diebstahl durch … für eine gute Sache natürlich. Kämpfe, wenn es notwendig ist. Selbst hier, wo die Leute es besser wissen sollten, machen sie sich nicht immer rechtzeitig klar, dass ein Mädchen oder eine Frau eine ebenso gute Kämpferin sein kann wie sie. Oder eine bessere.« Sie lächelte, was ihr einen etwas grimmigen Zug verlieh. »Wenn man nicht aussieht wie eine riesige Schildbraut mit Messing-BH und einem großen Speer, erwarten sie das erst recht nicht. Ist mir ganz recht so. Ich habe nichts dagegen, Klischees zu bedienen ... wenn auch nur, indem ich sie breche.«

Leif nickte nachdenklich. »Das ist eine gute Deckung. Spione haben gute Gründe, überall zu sein ... selbst wenn das in Wirklichkeit nicht stimmt. Und sie sorgen allein durch ihre Anwesenheit dafür, dass die Leute paranoid werden. Manchem geht die Zunge durch, was sonst nicht passieren würde.«

»Genau.« Megan nahm einen weiteren Schluck Tee; dann hielt sie kurz inne, um einen Blick in den Krug zu werfen. »Was zum ... Da ist was *drin.*«

»Was? Spezielle Kräuter?«

»Kräuter haben nicht so viele Beine. Ist nur ein Insekt.« Megan fischte es rasch heraus, begutachtete es einen Moment lang mit kritischem Blick und warf es dann über die Schulter. »Okay. Du hast also eine Menge Meilen. Machen wir uns auf den Weg, sobald wir hier fertig sind – wenn du so weit bist.«

»Klar. Bevor wir aufbrechen, muss ich nur kurz die Koordinaten checken. Ich hab' keine Lust, aus Versehen in Wussonia zu landen.«

Megan warf ihm einen fragenden Blick zu. »Wussonia? Sagt mir nichts.«

Leif schnitt eine Grimasse. »Das liegt genau gegenüber von der Bay of Twilight. Kleiner Ort. Abgelegen. Aus gutem Grund.«

»Ach?«

»Schau nicht so neugierig! Es würde dir da nicht gefallen.« Leif schüttelte sich leicht. »Es ist, sagen wir, weichgespült. Voller Prinzessinnen mit Heimweh, die als Barden verkleidet nach dem Magischen Irgendwas suchen, dazu weise Einhörner mit telepathischen Fähigkeiten und großen Augen voll von altem Schmerz, winzige Zwerge mit spitzen Hüten, die auf freundlichen Waldtieren umherreiten. Miniaturbären und -dachse, die in kleinen Häusern in Baumstämmen leben. Winzige Feen, die auf Gazeflügeln herumflattern.«

Megan verzog das Gesicht. »Klingt, als wäre es schlecht für den Blutzuckerspiegel.«

»Oder für die geistige Gesundheit. Das Problem ist, dass Wussonia nicht weit von Minsar entfernt ist. Eine falsche Stelle nach dem Komma beim Transitzauber, und wir landen dort. Oder noch schlimmer, in Arstan oder Lidios.« Er warf dem Kerl, der zum dritten oder vierten Mal sein Glock-Imitat reinigte, noch einen Blick zu.

»Nein, danke«, sagte Megan. »Wo ich herkomme, gibt's schon genug Schusswaffen.«

Leif nickte, lehnte sich zurück und streckte die Beine aus. »Selbst wenn wir noch nicht auf der richtigen Fährte sind, was ich bezweifle, sollten wir oben in Minsar etwas Nützliches herausfinden können – wenn, wie du sagst, die wichtigen Spieler dort aufeinander treffen. Nach einer Schlacht gibt es immer die heißesten Gerüchte ... vor allem, wenn einer der Kämpfer rausgeworfen wurde.«

»Darauf zähle ich«, antwortete Megan. »Wenn wir nur ... Was ist?«, fragte sie neugierig, da Leif schon wieder unter den Nachbartisch sah.

»Oh, oh«, machte Leif. »Na, ich glaube, das reicht. *Esmiratoveithoth*!«

Verdrängte Luft verursachte einen lauten Knall unter dem Tisch. Im gesamten Raum drehten sich Köpfe – am auffälligsten der des Kerls, der an der Beinahe-Glock herumputzte. Alle starrten in ihre Richtung.

Ein wenig verschmiert und fluchend krabbelte der Wirt unter dem Tisch hervor. Sein Gesicht und seine Arme waren zerkratzt. Die Spuren sahen aus wie von

Katzenkrallen, wirkten aber viel tiefer und breiter, als sie sein sollten. Der Wirt brummte etwas vor sich hin, sah Leif aber demonstrativ nicht an. Er stand auf, wischte sich den Dreck ab und ging unter immer ungehemmteren Flüchen in die Küche.

Der Junge im Eck mit der dunklen Kapuze lachte, mehr über den Kerl mit der Glock als über den Wirt. Megan sah Letzterem interessiert hinterher. »*Er* war die Maus?«

»Mhm.«

»Verletzt das nicht das Gesetz des Quadratwürfels oder so? Ich meine, was ist mit seiner ganzen Masse passiert, als er die Größe einer Maus hatte?«

»He, es handelt sich hier um Zauberei, also erledigt die Software die Drecksarbeit. Verschone mich mit Fragen zum Design ... das ist nicht meine Spezialität.«

Sie standen auf. Megan warf eine Münze klirrend auf den Tisch. Die Wirtstochter ergriff sie, biss in der gewohnten Weise darauf und ließ sie im Ausschnitt verschwinden. »Das geht auf mich«, erklärte Megan, während das Mädchen sich entfernte. »Unter den gegebenen Umständen bekommst du vielleicht Ärger, wenn du zu zahlen versuchst. Vielleicht denkt der Typ, du willst ihn verfluchen.«

»So etwas würde ich doch nie tun.«

»Das erzähl ihm mal«, gab Megan zurück und sah noch einmal nach dem stier blickenden, fluchenden Wirt.

Dann verließen sie das Wirtshaus.

Megan war es ganz recht, dass sie gingen, denn der Typ mit der Glock und der Mann in der dunklen Kapuze, der am Kamin saß, gerieten gerade aneinander. »Was schaust du so blöd?«, wollte der Typ mit der

Glock wissen. »Ist etwa sonst keiner da, den man anschauen kann. Was schaust du *mich* an?«

»In paar Minuten wird es hier lebhaft zugehen«, meinte sie, während sie und Leif über die große Rasenfläche vor dem Pheasant & Firkin gingen – das sollte wohl der ›Dorfanger‹ sein.

»Dann lass uns zusehen, dass wir von hier verschwinden«, sagte Leif. »In Minsar ist es sowieso interessanter. Apropos, wenn wir ankommen – kennen wir uns dann?«

Megan überlegte, während sie durch die Dunkelheit auf ein leeres Stück Grünfläche gegenüber der Wirtschaft zugingen. Hier und da grasten Schafe, die im Gras das hinterlassen hatten, was Schafe eben hinterlassen. Megan passte also auf, wo sie hintrat. »Eigentlich spricht nichts dagegen. Es gibt in Sarxos so viele Zufallsbegegnungen, dass keiner besonders Verdacht schöpfen wird. Und niemand von uns ist so eine bedeutende Person, dass man darauf achten wird, in welcher Gesellschaft er auftritt.«

»Richtig«, stimmte Leif zu. »Okay, von hier aus können wir den Transit durchziehen.«

»Nicht hier«, widersprach Megan mit einer Geste zum Boden hin. »Außer du willst den Haufen da mitnehmen, den ein nettes Schaf hinterlassen hat.«

»Oh.« Leif machte ein paar Schritte zur Seite. »Stimmt.«

»Wie groß ist der Transit-Radius?«, fragte Megan.

»Anderthalb Meter. Fertig? Los.«

Megan vergewisserte sich mit einem Blick, dass nichts von ihren Sachen sich außerhalb des Radius befand. In Ordnung. Ihre Waffen waren allesamt fest an ihrem Körper befestigt – soweit sie nicht ohnehin Teil von ihr waren.

Leif sprach ein Sechzehn-Silben-Wort.

Die Welt wurde schwarz, dann weiß, dann verdunkelte sie sich wieder, und Megan knallte es laut in den Ohren. Ein paar Sekunden später knallte es erneut, während sie noch damit beschäftigt war, sich die tanzenden Phophen-Punkte aus den Augen zu reiben. Das Dumme an diesen Transitzaubern war, dass sie sich in der Virtuellen Realität für kurze Zeit so auswirkten wie ein Sprung in den oder aus dem Hyperraum: Man verlor die Orientierung und wurde für einige Sekunden halb blind, als hätte einem jemand eine Glühbirne vor das Gesicht gehalten und sie abrupt gelöscht.

Megan blinzelte. Ihre Sehfähigkeit kehrte rasch zurück. Sie standen in der tiefen Stille eines dichten, dunklen Kiefernwaldes, wie man ihn aus vielen Märchen kannte, und die Nacht zog schnell herauf. Die Stadt Minsar war nirgends zu sehen.

»Daneben«, sagte Megan. Sie versuchte, nicht zu vorwurfsvoll zu klingen.

»Merde«, brummte Leif. »Verflixter Mist *du tonnere*, wie ist *das* passiert?«

»Darüber würde ich mir keine Gedanken machen.« Megan musste an sich halten, um nicht loszulachen. Sie wusste, dass Leif sprachbegabt war, aber mit einer solchen Verwendung seiner Kenntnisse hatte sie nicht gerechnet. »Schauen wir doch einfach, wo wir sind.«

»Ja, richtig ...« Leif sah sich um, steckte dann die Finger in den Mund und ließ einen durchdringenden Pfiff ertönen.

Megan beobachtete ihn mit einem Anflug von Neid. Trotz ihrer vier Brüder hatte sie sich diese Fähigkeit nie aneignen können. Anscheinend standen ihre Zähne einfach falsch zueinander. Leif stieß einen noch lauteren Pfiff aus und blickte erwartungsvoll um sich.

Neben ihnen in einer Kiefer raschelte es. Eine schwarze Gestalt ließ sich von einem höheren Ast zu einem niedrigeren fallen.

Es war ein Pfadfindervogel. Diese Vögel waren hier und da als allgemeine Ratgeber im Spiel verteilt. Wenn schon nicht anderswo, so konnte man in Sarxos behaupten, eine Information ›von einem Vöglein‹ eingesungen bekommen zu haben. Dieser hier glich von der Größe und Farbe her einer Krähe, verfügte aber über ein schlaues, leicht verschlagenes Aussehen, wie es wenige Krähen für sich beanspruchen konnten.

»He«, rief Leif, »wir brauchen einen Rat.«

»Hab' eben heute Morgen frischen Nachschub bekommen«, antwortete der Vogel. Seiner ziemlich schmierigen Stimme nach mochte er in einem früheren Leben Gebrauchtwagenhändler gewesen sein. »Wenn du hier abbiegst und der Straße da etwa eine Meile weit folgst« – er deutete mit dem Schnabel nach links – »findest du auf einer Bergspitze eine schöne Jungfrau, die auf dem Felsen liegt, umringt von Feuer ...«

»Äh, nein, nicht mit mir«, sagte Leif schnell. »Ich weiß, wie das endet. Da wäre mir ein Atomkrieg lieber.«

»Danach würdest du bestimmt nicht so viel Gesang hören«, warf Megan ein. »Vogel, in welcher Richtung liegt Minsar?«

Der Vogel musterte sie kühl. »Was ist euch die Antwort wert?«

»Einen halben englischen Muffin?«

Der Vogel erwog das Angebot. »Ihr seid dabei.«

Megan kramte in ihrer Tasche herum, zog den Muffin heraus und begann ihn auf den Boden zu zerkrümeln. Der Vogel flog hinab und fing an, nach den

Krumen zu picken, doch Megan verscheuchte ihn mit einem Schritt auf ihn zu.

»He!«, schrie der Vogel beleidigt.

»Erst die Wegbeschreibung«, verlangte Megan.

»Folgt dieser Straße anderthalb Meilen, biegt bei der ersten Gelegenheit links ab, geht wieder anderthalb Meilen, dann seid ihr an den Furten«, antwortete der Vogel. »Von da aus liegt die Stadt zwei Meilen nördlich. Jetzt gib her.«

Megan trat einen Schritt zurück, und der Vogel flatterte vorwärts. »Nichts ist mehr wie früher, sag' ich euch«, brummte er, während er sich über die Muffinkrümel hermachte. »Kein Vertrauen, das ist das Problem. Niemand vertraut mehr irgendwem.«

Leif lachte in sich hinein. »Du meinst wohl, niemand bekommt etwas umsonst«, sagte er. »Bye-bye, Vögelchen.«

Der Vogel, ganz mit Fressen beschäftigt, antwortete nicht.

Sie wandten sich zum Gehen. Leif wirkte immer noch ein wenig niedergeschlagen, weil er den Transit vermasselt hatte. »Ich kann uns von hier aus schnell hinbringen«, schlug er vor. »Die Koordinaten dürften keine Probleme bereiten.«

Megan zuckte die Achseln. »Wozu die guten Meilen aufbrauchen, wenn wir ohnehin so nahe dran sind. Das können wir auch zu Fuß gehen. Der Wald ist ja nicht verzaubert oder so.«

»Nicht, dass ich wüsste«, sagte Leif. »Aber trotzdem ...«

»Wenn du springen willst, in Ordnung«, gab Megan zurück. »Aber ein paar Meilen durch die Dunkelheit zu gehen macht mir nichts aus.«

»Na gut ... schätze, du hast Recht. Gehen wir.«

Sie trotteten vor sich hin. Nach Minsar zu gelangen kostete sie eine gute Stunde. Doch schon lange, bevor die beiden die Stadt zu Gesicht bekamen, hörten und rochen sie sie. Vor dem Geruch der Stadt erwartete sie jedoch der des Schlachtfelds unten an den Furten.

Subjektiv verging die Zeit in Sarxos langsamer als in der Echtwelt. Rodrigues hatte das anscheinend von Anfang an so geplant. Zum einen bekamen seine Spieler so mehr Erfahrung für ihr Geld, zum anderen handelte es sich um einen scherzhaften Verweis auf die alten Legenden, denen zufolge die Zeit für Menschen langsamer verstrich, wenn sie von Elfen oder anderen übernatürlichen Wesen in eine Andere Welt entführt wurden. Das bedeutete, dass seit Shels Schlacht mit Delmond in der Außenwelt anderthalb Wochen vergangen sein mochten, hier aber erst ein paar Tage. Und nicht einmal eine Armee von Straßenkehrern hätte in dieser Zeit die Artelfurten zu säubern vermocht. Es war weit nach Einbruch der Dunkelheit, daher waren die Aasvögel nicht mehr da. Doch als Leif und Megan zu den Furten hinabstiegen und ihre Schritte auf dem steinigen Sand knirschten, blinkten ihnen zahlreiche Augen neugierig über den Fluss entgegen – sie unterbrachen ein Festmahl.

»Das sind nur Wölfe«, sagte Leif.

Megan biss die Zähne zusammen, des Geruchs und der Augen wegen, die den beiden interessiert folgten, als sie durch das kalte, flinke Wasser wateten. »Nur. Nur an die Hundert Wölfe.«

»Dem Geruch nach haben die genug zu tun«, beruhigte Leif sie. »Sie werden uns in Ruhe lassen.«

»Und wenn nicht …«, sagte Megan leise. Leif warf ihr einen Blick zu und sah dann etwas überrascht auf das lange, scharfe Messer, das plötzlich in ihrer Hand erschienen war.

»Wo hattest du das versteckt?«, fragte er.

»Wo man's nicht sieht«, erwiderte Megan, während sie mitten über das Schlachtfeld gingen. Es war zwecklos, es umlaufen zu wollen – überall lagen Leichen. Die Augen beobachteten sie im Vorbeigehen, dann wandten sie sich wieder ihrer grausigen Mahlzeit zu. In der Stille der Nacht war das nasse Geräusch der Bisse ins Fleisch und der zermalmten Knochen deutlich zu hören.

Megan war überaus erleichtert, als sie schließlich die Straße erreichten und das Geräusch nach einer Kurve hinter ihnen verklang. Der Gestank verging weniger schnell, und als er verschwunden war, stiegen ihnen bereits die Ausdünstungen der Kanalisation von Minsar in die Nase: Die Abwässer aus den Rinnsteinen in den Straßen mündeten in Teiche draußen vor den Stadtmauern.

Minsar war mehrere hundert Jahre alt und hatte seine Größe über die Mauern hinaus verdoppelt. Um die alte Granitmauer lag eine mehr oder weniger dauerhafte Stadt aus Zelten und Hütten; dort befand sich auch die unvermeidliche kleine Ansammlung von Gewerbebetrieben, die zu übel rochen oder zu gefährlich waren, um innerhalb der Stadtmauern zugelassen zu sein – die Gerber, die Papierproduzenten und die Bäcker (wie in anderen Städten hatte man auch in Minsar entdeckt, dass Mehl unter den richtigen Umständen hochexplosiv war). Jetzt zog sich jedoch ein neuer Ring von Zelten und Übergangsbauten um den ›äußeren Ring‹: die Zeltstadt und die Wägen des Heeres, das Minsar verteidigt hatte, sowie die Einrichtungen mehrerer weiterer kleiner und großer Gruppen von Kriegern, die unter der Führung des einen oder anderen Fürsten gekommen waren, um die Situation in Augenschein zu nehmen.

Durch einen Mahlstrom von Lärm und Gerüchen bahnten Megan und Leif sich ihren Weg zu den Stadttoren. Grillfleisch, verschütteter Wein, frisches Brot (offenbar arbeiteten die Bäcker vierundzwanzig Stunden am Tag, um der gestiegenen Nachfrage gerecht zu werden), Pferde und Pferdeäpfel, der Gestank der stehenden Gewässer unter den Stadtmauern, dazu gelegentlich eine Duftwolke von einer vorbeigehenden Frau aus dem Tross oder einem frisch geschrubbten und parfümierten Landsknecht, der aus den vor der Mauer errichteten Bädern kam – all diese Gerüche vermischten sich unter dem Klang zahlreicher Stimmen, die in vielen Sprachen redeten, schrien, lachten, fluchten, scherzten und sich unterhielten. Leif und Megan fingen so viel sie konnten von den Gesprächen auf, während sie auf die Tore zugingen und sie dann passierten.

Die Torwächter erledigten ihren Dienst mit größter Nachlässigkeit. Ganz offensichtlich war die Stadt noch in Feiertagsstimmung, nachdem sie vor der Plünderung durch Delmond gerettet worden war. Die meisten Gespräche, die Leif und Megan im Vorübergehen auf der gepflasterten Hauptstraße mithörten, drehten sich um dieses Thema: wie knapp man davongekommen war, dass das Heer ohne Feldherr dastand, und was jetzt mit der Armee geschehen würde.

»Wo ist das Messer?«, fragte Leif leise.

»Weg«, antwortete Megan.

»Gut. Messer sind hier verboten.«

»Ich glaube nicht, dass irgendwer dieses Gesetz heute Abend durchsetzen kann«, sagte Megan mit einem Blick auf die herumziehenden Horden von bewaffneten Männern und Frauen, die in die Kneipen am Hauptplatz drängten oder mit Getränken in den

Händen herausgespült wurden. Ein in grelle Farben gekleideter, buckliger Zwerg, der ihren Weg kreuzte, schob sich mit einem Miniaturschwert fuchtelnd unter dem Gegröhle der Umstehenden durch die Menge. Megan bemühte sich, ihn nicht anzustarren. »Willst *du* etwa all diesen Leuten die Schwerter abnehmen? Was meinst du, wie viele Wachen es hier in Minsar gibt?«

»Heute Nacht? Weniger als üblich«, erwiderte Leif. »Du hast Recht.«

Sie zogen an einem weiteren Auflauf vor einem Wirtshaus vorbei. Drinnen drängte sich eine unglaubliche Menschenmenge wie mittelalterliche Sardinen; man brüllte und arbeitete sich unter vollem Körpereinsatz an die Bar vor oder davon weg. Eine stämmige Bedienung schob sich, beide Hände voller Bierkrüge, durch die Menge; die Krüge waren nicht aus Glas oder Ton, sondern aus innen geteertem Leder. Diese Behältnisse benützte sie als wirksame Angriffswaffen; die Leute machten Platz, um nicht bespritzt oder niedergetrampelt zu werden, und so bildete sich um die Kellnerin herum ein kleiner Freiraum.

Leif verschwand in der Menge vor dem Eingang und drang ein Stück weit in die Kneipe vor. Megan folgte ihm. Das Stimmengewirr schlug über ihrem Kopf zusammen wie Wasser über einem Schwimmer.

»... weiß nicht, warum Ergen unbedingt nachts kommen will, wenn am meisten los ist ...«

»... hier raus ...«

»oben im Saal auf der Suche nach Elblai, sie blieb nicht lange, also dachte ich mir ...«

»... zu viele Idioten hier, die sich besaufen und dann Streit suchen, ich würde nicht ...«

»... fünf Malzbier und einen Glühwein ...«

Megan beobachtete einen der Sprecher, der sich,

gefolgt von ein paar Freunden, aus der Menge drängte. Sie stieß Leif an und bedeutete ihm, ihr zu folgen.

Leif nickte und trat hinter ihr ein wenig aus dem Gedränge heraus. »Schade, dass es hier keine Duschen gibt«, brummte er. »Ich habe das Gefühl, nachher werde ich eine brauchen.«

»Die Nacht ist noch jung. Hör mal, ich habe einen bekannten Namen gehört.«

»Ach ja?«

»Ja. Elblai. Siehst du die Typen da vorne, die die kleine Seitenstraße hinunterlaufen? Komm.«

Leif drehte sich um und machte sie in der Menge aus: zwei groß gewachsene und zwei kleinere Männer – einer davon wirklich sehr klein –, die eine Straße oder eher Gasse hinuntergingen. Megan folgte ihnen bereits.

Leif eilte hinterher. »Was haben sie gesagt?«

»Nur eine Kleinigkeit, die mich neugierig gemacht hat.« Sie lächelte in der von Fackeln beleuchteten Dunkelheit. »Wenn man lange genug Spion ist, bekommt man ein Gefühl dafür, wann es sich lohnt zuzuhören. Hier könnte das der Fall sein.«

Mit Leif im Schlepptau bog Megan in die Seitenstraße ein. Die Gasse war nicht mehr als einen Meter zwanzig breit und hatte auf beiden Seiten geschlossene Türen und Fensterläden. »Das ist keine Straße«, murmelte Leif vor sich hin, »das ist ein begehbarer Schrank.« Am Ende der Gasse stand eine Tür einen Spaltbreit offen. Feuerschein flackerte heraus, und aus dem Inneren waren gedämpft Gespräche, Gelächter und Geschrei zu hören.

Die Türe öffnete sich weiter, um die Männer vor Megan und Leif einzulassen, dann begann sie sich wieder zu schließen. Megan folgte ihnen rasch, bevor die Tür ganz zufallen konnte. Sie zwängte sich möglichst unauffällig hinein. Drinnen stand genau gegenüber vom Eingang ein Kamin, und daneben befand sich eine Durchreiche in die Küche. Die Durchreiche hatte ein breites Sims, auf dem mehrere Bierkrüge warteten. Als Megan und Leif eintraten, wurde ein Paar Hände herausgestreckt, das einem vorbei eilenden Kellner ein Brathuhn auf einem Servierteller übergab. Es handelte sich hier offenbar um ein halbwegs exklusives Etablissement. Wo an den Wänden anderer Kneipen Fackeln in eisernen Halterungen steckten, gab es in dieser echte Öllampen aus Glas. Über die zerschrammten alten Tische waren Binsenlichter verteilt. Jeder Docht wurde von einem eisernen Ständer gehalten und brannte wie ein kleiner rauchiger Stern. Die meisten Tische waren voll besetzt mit Leuten, die aßen, rauchten, tranken und sich unterhielten.

Leif, der hinter Megan stand, stieß sie an und deutete auf einen leeren Tisch auf der einen Seite, nicht zu nahe beim Tisch der Männer, denen sie gefolgt waren, aber auch nicht außer Hörweite. Zum Glück schienen sich die Männer nicht sonderlich darum zu kümmern, ob man sie hörte oder nicht. Sie brüllten nach dem Wirt, bestellten Wein, machten es sich an ihrem Tisch bequem und nahmen ihr Gespräch mehr oder weniger dort auf, wo sie es abgebrochen hatten.

»... einfach so abzuhauen.«

»Er ist rausgeworfen worden. Das weiß jeder.«

»Na schön, aber weiß man auch, dass der Rauswurf echt ist?«

»Ach, hör auf, wer hat je davon gehört, dass jemand einen Rauswurf vortäuscht? Ich glaube nicht, dass das geht. Die Regeln ...«

»Ich wüsste nicht, dass die Regeln das verbieten«, versetzte der kleinste, ein Kerl mit Habichtsgesicht und schlauen kleinen Augen. »Könnte eine interessante neue Taktik sein. Verschwinden ... und dann zurückkommen, wenn dich keiner erwartet.«

Megan verlor den Faden, als eine hochgewachsene, schlanke Frau an ihren Tisch trat. »Was wollt ihr?«

»Euren besten Honigtrunk, gute Frau«, antwortete Leif. »Und für meine Begleiterin ...«

»*Gahfeh,* bitte«, fiel Megan ihm ins Wort. »Dazu Morstofischen Braten mit dicker Sahne, doppelt süß.«

Die große schlanke Frau warf ihr langes, dunkles Haar zurück und sagte: »Sahne gibt's nicht. Doppelt süß kost' extra.«

»Na dann ohne Sahne und normal süß«, gab Megan resigniert zurück. Die Frau verließ den Tisch mit einer Miene, als wäre Megan nicht ganz bei Trost, Extrawünsche zu äußern.

»... dass ich so eine Taktik testen würde«, erklärte einer der Männer. »Und Shel sieht sie auch nicht ähnlich.«

»Ach, du kennst ihn gut, ja?«

»Nein, aber ich höre dieselben Geschichten wie alle anderen. Wenn er ...«

Sie hielten inne, als die Bedienung an ihren Tisch kam, und es kam zu einem langen Exkurs, der sich größtenteils um heiße und kalte Getränke drehte. Das interessierte Megan nicht, doch sie war neugierig auf die Reaktionen einiger anderer Anwesender, Krieger und Kaufleute, die nahe genug saßen, um die Diskussion mitzuverfolgen. Einige lehnten sich in Richtung der Männer und versuchten, dabei nicht zu sehr aufzufallen. Als die Kellnerin verschwand, senkten die Männer, die Megan belauscht hatte, merklich ihre Stimmen. Sie runzelte die Stirn und wandte ihre Aufmerksamkeit dem *gahfeh* zu, der gerade gekommen war.

»Eine böse Vermutung«, sagte Leif leise.

»Manchmal ertragen Leute das nicht, was wirklich passiert«, entgegnete Megan. »Sie fangen an, zu rationale Erklärungen zu suchen. Ich wünschte nur, sie würden diesen Namen wieder nennen.«

Leif schüttelte den Kopf, als wollte er sagen »Was würde das helfen?«

Eine der Männerstimmen wurde lauter: »... warum sollen wir uns hier in der Gosse aufhalten, wenn alle anderen oben in der Großen Halle sind?«

Megan ertappte sich bei dem Wunsch, dass das kein Spiel, sondern eine herkömmliche Freizeitbeschäftigung wäre, die man einfach lauter stellen konnte.

»Die lassen uns nie rein«, meinte der Nachbar des Sprechers.

Es entstand eine weitere Pause, da die Getränke serviert wurden. Der erste Mann hob den Lederkrug mit Ale, den er bestellt hatte, und nahm einen langen, schnellen Zug. »Uns vielleicht nicht, aber die wichtigen Spieler, die kommen allesamt rein. Die können es sich da oben nicht leisten, heute Abend irgendwen zu verärgern. Wer weiß, wer vielleicht aufkreuzt, nicht reingelassen wird, sauer wieder abzieht ... und nächste Woche mit fünftausend Mann da steht, die keiner abzuweisen wagt? Ich wette, die Stadt übernimmt heute die Rechnung für die Bosse. In ihrem eigenen Interesse. Morgen, wer weiß, geht ihnen das Essen aus und sie setzen alle vor die Tür. Aber heute Nacht wirft keiner die großen Fische raus. Da sind zu viele Deals am Kochen.«

»Ach, was weißt du schon von Geschäften?«

»Oh, ich kenne mich aus.«

»Sicher, du bist Argaths Busenfreund, das ist mir klar. Deshalb sitzt du ja mit uns hier unten und trinkst dieses verwässerte Gesöff.«

Gelächter wurde laut – und ein Fauchen, das vermuten ließ, es könnte Ärger geben, wenn die anderen den Mann weiter auf die Schippe nahmen.

Leif sah zu Megan. »Einen Namen hast du vorhin gehört? Welchen?«

Sie sagte es ihm.

»Na, ich glaube, jetzt haben wir gerade einen zweiten gehört. Klingt, als würde sich ein Besuch lohnen.«

»Ja, sicher, wenn wir uns etwas ausdenken, um da reinzukommen, ohne dass sie uns am Schlafittchen packen und wieder hinausbefördern.«

Leif machte ein nachdenkliches Gesicht. Megan saß ein paar Sekunden lang schweigend da. Die Konversation am anderen Tisch war wieder so leise geworden, dass man nicht mithören konnte. Zwei der Männer versuchten offenbar, den zu beruhigen, der sich angegriffen gefühlt hatte.

Schließlich flüsterte sie Leif zu: »Wie gut bist du als Heckenzauberer eigentlich?«

Er betrachtete sie, ein wenig in seiner Berufsehre gekränkt. »Ziemlich gut.«

»Willst du's noch mal mit einem Transit versuchen?«

»Was, von hier aus? Wenn wir uns um eine Dezimalstelle vertun, enden wir in einer Wand, und zwei hervorragende Figuren sind beim Teufel. Und unsere ganze Mission dazu. Nein, danke!«

»Okay. Hast du Unsichtbarkeit drauf?«

Leif sah sie leicht überrascht an. »Selbstverständlich.«

»Für zwei?«

Er überlegte. »Nicht sehr lange.«

»Muss auch nicht sein. Nur so lange, bis wir in der Großen Halle sind, wo die Bosse versammelt sind. Danach können wir uns hinter den Wandteppichen oder sonst wo verstecken.«

»Das wird mich Punkte kosten«, gab Leif zu bedenken.

»Es ist doch für ein gute Sache. Ach, komm schon, Leif. Ich überweise dir einige Punkte, um unsere Kosten abzudecken! Ich habe ein gutes Punktepolster.«

»Okay«, willigte Leif ein. »Aber gehen wir so nahe wie möglich hin. Wo ist die Große Halle?«

»Im Zentralbereich der Burg, da bin ich ziemlich sicher.«

So beiläufig sie konnten tranken sie aus, zahlten und traten auf die winzige Gasse hinaus, während sie eine Plauderei führten, die sich hoffentlich normal anhörte. In so einer Nacht erregten Leute Aufmerksamkeit, die leise durch die Dunkelheit schlichen. »Wenn beide dort sind«, sagte Leif, »sind wir im Geschäft.«

»Wenn«, betonte Megan. Sie gingen auf den Bergfried zu, ein hohes, rechteckiges Gebäude aus Stein, das sich auf der Rückseite des zentralen Marktplatzes erhob.

Um das offene Eingangstor waren allem Anschein nach mehrere Gruppen von Leibwächtern postiert, die aus Metallbechern tranken und sich ruhig unterhielten, während ihre Blicke in die Runde wenigstens den Schein von Wachsamkeit aufrecht erhielten. Die meisten trugen bunte Überwürfe über der Rüstung, und fast alle hatten das Wappen eines Herren auf der Brust eingestickt. Sie musterten Megan und Leif nur mit beiläufigem Interesse, als diese auf die abgewandte Seite des Bergfrieds zugingen, wo eine enge Straße tiefer in die Stadt führte. Im Vorbeigehen erhaschte Megan einen schnellen Blick durch das große Tor auf das Geschehen im Gebäude. Ein Wirbel von Farben, Stimmengemurmel, das von der hohen Decke des Saals widerhallte, riesige Wandteppiche auf der Rückseite des Raumes, die sich im Luftzug der dahinter verborgenen, hohen Fensterschlitze leicht bewegten.

Leif wählte eine Stelle gleich um die Ecke, den das Licht der Fackeln nicht erreichte, und tastete eine seiner Taschen ab. »Spielunterbrechung«, wisperte er in die Luft.

Megan spürte eine leichte Vibration in der Luft, die anzeigte, dass der Spielcomputer unhörbar für Dritte mit Leif sprach. »Punkteübertragung«, sagte Leif. »Unsichtbarkeit. Für zwei Personen.« Er hielt inne, und seine Augenbrauen hoben sich. Er warf Megan einen Blick zu. »Hast du eine Ahnung, wie teuer das ...?«

»Das ist mir egal, so lange es nicht mehr als dreitausend kostet«, unterbrach sie ihn. »Mehr habe ich nämlich nicht.«

»Ach was, es sind nur zweihundert.«

»Schön. Spielunterbrechung«, flüsterte sie.

»Eingabebereit«, sprach ihr der Computer leise ins Ohr.

»Übertragung von zweihundert Punkten an Leif.«

»Ausgeführt.«

»Beenden.«

»Okay«, meldete sich Leif zu Wort. »Weißt du, wie das funktioniert?«

»So ungefähr.«

»Vermeide es, vor starken Lichtquellen im Blickfeld von Personen zu stehen«, sagte er. »Zum Glück gibt's hier hauptsächlich Fackeln. Halt dich nah an den Wänden, das ist das Beste, und wenn du vor einer Lichtquelle durchgehen musst, dann bück dich. Sprich nur ganz leise. Die Tarnaura verstärkt den Klang. Und um Rods willen, renn niemanden über den Haufen.«

»Alles klar.«

»Spielintervention«, wandte sich Leif an den Computer.

Ein Moment Stille. »Beginn der Unsichtbarkeit«, befahl Leif.

Plötzlich summte alles, und Megans Haut juckte. Alles war wie gewohnt, nur als sie sich die Hände vor die Augen hielt, konnte sie sie nicht mehr sehen.

Sie drehte sich um und begriff, dass sie auch Leif nicht sehen konnte. Das war eine Nebenwirkung, die sie aus welchem Grund auch immer nicht vorausgesehen hatte.

»Okay«, hörte sie unnatürlich laut seine Stimme neben sich. »Also, ich gehe jetzt durch die Vordertüre, wenn die Wachen nicht zu sehr auf den Zwischenraum achten und keiner hineingeht oder rauskommt. Tu du das Gleiche. Dann gehe ich zum erstbesten Versteck auf der rechten Seite. Du auch, aber halt dich links. Geh ein bisschen herum. Dann such dir den dicksten Wandteppich und versteck dich dahinter. Ich hebe die Unsichtbarkeit auf, solange wir dort sind – es ist anstrengend, sie zu lange aufrecht zu erhalten.«

»In Ordnung. Aber was ist, wenn hinter dem größten Vorhang schon einer steckt?«

»Dann nimmst du den nächstgrößten. Und bete, dass der nicht ebenfalls besetzt ist.«

Sie bewegten sich vorsichtig auf das große vordere Tor zu. Megan musste ein paar Mal schnell ausweichen, als Passanten sie fast berührten. Das wiederholte sich ein paar weitere Male, während sie am Vordereingang auf ihre Gelegenheit wartete. Aber endlich kam eine Zeitspanne von wenigen Sekunden, in denen keiner rein- oder rausging und die Wache haltenden Soldaten beide in eine andere Richtung blickten.

Megan schlich hinein – und stieß gegen etwas Unsichtbares: Leif. Sie brauchte einen Augenblick, um sich von dem Schock zu erholen, dann war sie auch schon im Saal und duckte sich an einem elegant gekleideten Edelmann vorbei, der geradewegs auf sie zukam. Sie blieb gerade lange genug stehen, um rasch einen Blick durch den Saal schweifen zu lassen. Dafür, dass er einmal aus nichts als vier Wänden und einer Menge Löchern bestanden hatte, die für die Deckenbalken ausgespart waren, hatte man den Saal nobel dekoriert. Mittlerweile gab es eine dauerhafte Decke anstelle der Übergangslösung aus der Zeit, als man den Bergfried lediglich zu Verteidigungszwecken erbaut hatte. Man hatte längs hohe weiße Säulen installiert. In der Mitte des Saales lag ein großer, rot und blau gemusterter Teppich. Vor den hinteren Wänden, wo die Wandteppiche hingen, um die nackten Wände zu schmücken und vor dem Luftzug zu schützen, waren diverse Tierfelle verstreut, hauptsächlich von Schafen. Die Gäste standen größtenteils in Gruppen von drei oder vier Personen in der Saalmitte, tranken und redeten. Am hinteren Ende vor dem größten Wandteppich stand ein Podest – eigentlich verdiente es den Namen kaum. Es war nur eine Stufe hoch, und darauf stand ein weißer Thron. Dieser Thron war leer.

Er kündete womöglich beredter als alles andere von der Situation. Die Stadt Minsar hatte, seit Shel weg war, keinen echten Herrn. Jetzt war die Große Halle voller potenzieller Herren – Leuten, die davon ausgingen, dass der frühere Herrscher nicht zurückkehrte oder zu lange fernblieb, um sie an der Übernahme zu hindern. Unter ihnen waren viele, die man nicht als Zauderer bezeichnen konnte.

Während Megan sich vorsichtig zur linken Wand vorarbeitete und sich dann dagegenlehnte, um einen

Moment lang Atem zu schöpfen und das Summen in den Ohren loszuwerden, blickte sie sich um. Ihr ging durch den Kopf, dass schlechte Zeiten auf Minsar zukommen mochten. Wenn die Stadt nicht bald einen mächtigen Schutzherrn fand, würde sie binnen kurzem den einen oder anderen der Kandidaten vor ihren Toren sehen. Er würde eine Streitmacht anführen, und seine Botschaft würde lauten: »Nehmt uns als eure ›Beschützer‹ an … oder verliert, was euch gehört.« Es bestand die Möglichkeit, dass ihr potenzieller Beschützer sich unter den Anwesenden befand. Das war, so vermutete Megan, überhaupt der Grund für dieses Fest. Keine Stadt wollte sich schlecht mit ihrem neuen Herrscher stellen oder sich den Vorwurf einhandeln, ihn oder sie nicht mit der gebotenen Gastfreundlichkeit empfangen zu haben.

Megan warf einen Blick durch den Saal, um den größten Wandteppich zu suchen. Es war der hinter dem Thron, daran führte kein Weg vorbei. Viele Leute beäugten den Thron von weitem, aber keiner machte sich zu nahe an ihn heran. *Vielleicht will keiner zu einem so frühen Zeitpunkt allzu versessen darauf wirken,* dachte Megan.

Sie machte behutsam einen Schritt von der Wand weg und ging langsam an der linken Saalseite entlang auf das Podest zu. Dabei spitzte sie die Ohren. Vor ihr standen die Tische in U-förmiger Anordnung, und die edlen Gäste waren dabei, sich auf das Büffet zu stürzen, als hätten sie tagelang nichts gegessen. Dazwischen ging ein Mann umher – Megan schien es, dass er versuchte, nicht aufzufallen. Er war recht einfach in Dunkelgrau gekleidet, trug aber eine dicke Goldkette um den Hals, deren Glieder so dick wie Fäuste waren.

Das war der Bürgermeister, die einzige Amtsperson in Minsar, seit Shel weg war. Obwohl er sich lässig gab, fiel Megan sein gequälter Gesichtsausdruck auf – er beobachtete die Gäste mit einer Miene, als fürchtete er, es könnte an Ort und Stelle ein Streit um seine Stadt ausbrechen. Glücklicherweise gab es dafür keinerlei Anzeichen. Megan sah den Adeligen und hochrangigen Kämpfern zu, wie sie auf Minsars Kosten aßen und tranken. Sie glaubte bei ihnen in erster Linie die Absicht zu erkennen, ein gutes Mahl zu genießen. Dagegen bemerkte sie keine Grüppchenbildung, die auf die Anwesenheit wirklich wichtiger Personen hätte schließen lassen. Sie hatte gelernt, auf solche kleinen, statusorientierten Zirkel zu achten; das kannte sie von den Cocktailpartys, die ihre Eltern gelegentlich gaben. Es war die Regel, dass die bedeutendste Person auf einer Party unweigerlich das Zentrum einer derartigen Gruppe wurde, obwohl die Mitglieder der Gruppe im Lauf der Party wechseln konnten. Die zweite Regel lautete, dass sich früher oder später alle in der Küche aufhielten – doch das war hier unwahrscheinlich. Die Küche war den Dienern vorbehalten.

Megan ging so nahe, wie sie es wagte, am Büffet vorbei und lauschte angestrengt; sie traute sich nicht, näher zu treten, damit ja niemand mit ihr zusammenstieß. Manche Spieler würden auf etwas, das sie nicht sahen, mit dem Messer reagieren.

»... wirklich guter Lachs ...«

»... der Wein aus. Wo ist nur dieses Mädchen? Eine Schande, so wenig Diener ...«

»... nicht die Mühe wert, glaube ich. Es ist eher klein, und der Zank hat schon begonnen.«

»Ach?«

»Selbstverständlich. Schaut euch doch um. Alle ernst zu nehmenden Kandidaten sind irgendwo hinter den Kulissen und machen ihre Deals. Aber nicht mit *ihm*, er ist aus dem Spiel …«

Der Sprecher, seiner formlosen kleinen Krone nach ein Herzog oder Baron, warf dem Bürgermeister einen Seitenblick zu, lächelte und wandte sich wieder ab. Dann kam er auf dem Weg zu einem Spanferkel schnurstracks um den Tisch herum auf Megan zu.

Sie wich eilends zurück, um den Weg freizumachen. Der Herzog oder Baron drehte ihr den Rücken zu und griff nach einem bereit liegenden Messer.

Megan trat aus seiner Reichweite hinaus. Manche Leute konnten Unsichtbarkeit spüren, und es war ratsam, Vorsicht zu üben – besonders in der Nähe von Messern, die eine Hand ohne Vorwarnung verlassen konnten, wie sie sehr gut wusste. Megan zog sich so leise wie möglich zu dem großen Wandteppich hinter dem Thron zurück.

Ein gutes Stück weiter bemerkte sie eine Ausbeulung im Teppich, deren Form Leif glich. Er hatte sich vorsorglich dort postiert, wo das Podest und der Teppich verhinderten, dass jemand seine Füße sah. Megan schloss zu ihm auf.

»Hast du ihn gesehen?«

»W-was? Ach, du bist's. Wen meinst du?«

»Den Bürgermeister«, antwortete Megan. »Er schmiert den Honoratioren Honig ums Maul. Buchstäblich.«

»Ja.«

»Jetzt nimm das mal von mir weg. Dieses Gesumme geht mir auf die Nerven. Ich kann nichts hören.«

»Das kommt von dem Zauber«, erklärte Leif. Als er den Zauber aufhob, verschwand das Geräusch tatsächlich auf der Stelle. »Das Summen wird man nicht los, ohne zugleich den Zauber aufzugeben. Wenn's dir nicht passt, dann …«

»Keine Chance«, fiel Megan ihm rasch ins Wort. »Mein Outfit ist für diese Gesellschaft viel zu schlampig. Und was dich angeht, du siehst aus, als hättest du auf einem Baum geschlafen. Hast du schon gemerkt, dass dir ein Strohhalm am Zauberhut steckt?«

»Das gehört dazu«, sagte Leif in etwas beleidigtem Ton. »Ein Heckenzauberer muss doch aussehen, als wäre er in letzter Zeit in einer Hecke gewesen.«

Megan kicherte. *Diesen* Aspekt seiner Figur hatte Leif gut im Griff. »Ich gehe noch mal raus«, kündigte sie an. »Aber das nervt wirklich. Ich hätte große Lust, eine Kellnerin zu überfallen, ihr die Kleidung wegzunehmen und mit einem Weinkrug herumzulaufen. Da könnte ich besser hören.«

Leif hob die Augenbrauen. »Wie du meinst. Bist du schon auf etwas gestoßen?«

»Nein, ich habe nur eine Bemerkung gehört, aus der ich schließe, dass alle für uns interessanten Gespräche anderswo stattfinden.«

Leif grunzte. »Schätze, das ist keine Überraschung. Trotzdem ... wir treffen uns in ein paar Minuten wieder hier. Willst du den Zauber, oder hast du wirklich vor, die Magd zu überfallen?«

Megan seufzte. »Den Zauber.« Einen Moment darauf war ihr Ohrensausen wieder da und Leif nicht mehr in Sicht. »Danke. Bis gleich.«

Der Wandteppich beulte sich leicht aus, und Leif war verschwunden. Megan ging auf der anderen Seite hinaus und achtete peinlich genau darauf, wo sie hintrat. Unsichtbarkeit war eine nützliche Sache, aber man musste Augen im Hinterkopf haben; man wusste ja nie, aus welcher Richtung sich jemand unerwartet näherte. Und es war *sehr* seltsam, beim Gehen die eigenen Füße nicht sehen zu können.

Megan ging wieder zum Büffet und verbrachte die

nächsten fünfzehn bis zwanzig Minuten damit, mit zunehmender Geschicklichkeit an das Essen und die Gespräche heranzukommen, ohne in jemanden hineinzulaufen oder sich auf die Füße treten zu lassen. Mit äußerster Vorsicht stibitzte sie sogar ein paar Happen. Der Lachs war ausgezeichnet, und Megan liebte Lachs.

»… war's dann wohl, denke ich«, sagte ein ausgesprochen einfach in geschlitztes und bordiertes Mitternachtsblau gekleideter Mann.

Seine ältliche Gesprächspartnerin, deren schönes silbernes Haar fest zurückgebunden war und die ein reich verziertes schwarz-silbernes Kleid trug, antwortete: »Nun, ich vermute, dass das Schicksal der Stadt in wenigen Tagen entschieden sein wird, zum Guten oder zum Schlechten. Ein Jammer. Irgendwie war mir diese Westentaschendemokratie sympathisch. Aber jemand wird Ansprüche geltend machen – voraussichtlich im Gefolge der Ereignisse in den Marschen.«

»Was, in den *Nord*-Marschen? So nah? Und so bald? Ich hätte erwartet, dass sich diese Angelegenheit mindestens noch ein paar Wochen hinzieht.«

Die ältere Dame blickte sich um, bevor sie antwortete. Niemand war in der Nähe – so schien es zumindest –, also senkte sie ihre Stimme und flüsterte: »Ich glaube, Elblai hat ein As im Ärmel. Ich habe gesehen, wie sie nach oben ging, um mit Raist zu sprechen … und da *er* nicht da ist, liegt es nahe, dass Raist die Verhandlungen führt.«

»Argath ist nicht hier?«

»Er ist vor etwa einer Stunde gegangen – das habe ich mit eigenen Augen gesehen. In Eile war er auch noch. Ich denke, dass es vielleicht bald losgeht … da ist etwas mit seinen Armeen im Busch. Er braucht sein berühmtes Charisma, um damit fertig zu werden.«

»Und er lässt Raist den Verschlagenen die Einzelheiten regeln?«

»Ich glaube nicht, dass es für Raist viel zu regeln gibt …« Die alte Frau lachte. »Ich setze auf Elblai …«

Die beiden gingen weiter. Megan warf einen Blick auf den Wandteppich hinter dem leeren Thron, sah, dass er sich bewegte, schluckte und machte sich auf den Weg dorthin.

Hinter dem Teppich stand Leif und kratzte sich. »Der Juckreiz ist wirklich übel«, brummte er.

»Das hättest du besser nicht gesagt«, beschwerte sich Megan, die sich plötzlich wie eine wandelnde Reklame für ein Anti-Flöhe-Präparat fühlte. »Hör mal, ich habe eben etwas aufgeschnappt, das uns betrifft. Argath ist nicht da.«

»Nein?« Leif hielt inne, holte dann Luft und begann, in einer Sprache, die Megan für skandinavisch hielt, von Herzen vor sich hinzuschimpfen. Jedenfalls klang sein Gemurmel nicht nach Gebeten.

»Jetzt mach mal halblang, ja?«, bat Megan.

»Die ganzen Meilen im Eimer …«

»Sei nicht so ein Geizkragen, Leif. Dazu fehlt uns die Zeit. Weißt du, wer da ist?«

»Wer?«

»Elblai.«

Leif blinzelte. »*Die* Elblai?«

»Genau die. Wie ich hören konnte, ist sie irgendwo im ersten Stock und hat mit einem von Argaths Beratern eine Unterredung.«

»*Zaffermets*«, entfuhr es Leif. »Weißt du noch, was der eine Typ in der Kneipe gesagt hat …«

»Ja, und ich setze diese Diskussion nicht fort, wenn du mir nicht verrätst, was für eine Sprache *zaffermets* ist! Ich glaube, du erfindest diese Wörter, um die Leute zu beeindrucken. Aber du sprichst ja auch so schon jede Menge Sprachen.«

»Das ist Romansch«, sagte Leif träge und ließ seinen Blick schweifen. »Sursilvanischer Dialekt, glaube ich. Hör zu, ich ertrage schätzungsweise noch eine Runde Unsichtbarkeitszauber.«

»Sicher?«

»Du willst doch Elblai belauschen, oder nicht?«

»Mensch …« Megan war mit ihrer Geduld am Ende. »Komm, wir müssen sie finden.«

»Das sollte nicht schwer sein. Aber unsichtbar bleiben …«

»Halt durch, damit der Zauber nicht aufhört«, bat Megan. »Komm jetzt, die Treppe ist da drüben. Wir halten uns an der Wand und passen auf, dass wir nicht zusammenstoßen, okay?«

Die Treppe war bewacht, doch das stellte für Megan und Leif kein Hindernis dar. So wachsam die Posten auch waren, sie konnten Unsichtbares nicht spüren und hatten keine Chance, sich gegen das zu wappnen, was sie weder zu sehen noch zu hören vermochten. Megan und Leif stahlen sich an ihnen vorbei und gingen leise die Treppe hoch, die an der linken Mauer entlang in den ersten Stock führte. Leif konzentrierte sich so gut er konnte darauf, den Unsichtbarkeitszauber aufrecht zu erhalten. Er hatte wie Megan auch dafür bezahlt, doch wenn man nicht Acht gab, entglitt einem der Zauber – wie man ein teures Objekt nach dem Kauf fallen ließ, das dann zersprang. Jetzt den Zauber ›loszulassen‹, konnte ebenso kostspielig werden.

Der erste Stock war ein einziger großer Raum ohne Trennwände, der hier und da nach nördlicher Sitte durch hölzerne Paravents oder Stoffvorhänge unterteilt war, so dass für die Bewohner zeitweise ein privater Raum entstand. Weitere schwere Wandteppiche hingen an den Wänden, um die Zugluft aufzuhalten, die durch die Fensterschlitze strömte. Auf einer Seite saß Elblai in einem großen, reich verzierten Sessel. Vor ihr hatte ein Mann auf einem kleineren Stuhl Platz genommen. Er war klein, schlank, hatte kurzes Haar und einen kurzen Bart und trug dunkle Kleidung.

Leif bewegte sich vorsichtig in diese Richtung und hielt sich dabei eng an der Wand. Hinter sich konnte er Megans leise Bewegungen hören. Die Beleuchtung war gedämpft und beschränkte sich hauptsächlich auf die Mitte des Raumes. Sie stammte von ein paar Öllampen, die in kunstvollen, schmiedeeisernen Ständern steckten.

Leif beschloss, nicht näher als drei Meter an die beiden heranzutreten. Er schmiegte sich an den Vorhang, darauf bedacht, ihn nicht in Bewegung zu versetzen, und konnte spüren, wie sich der Stoff sanft bewegte, als Megan ihm nachkam. Beide musterten Elblai für einen Augenblick. *Es lohnt sich, sie anzusehen*, dachte Leif. Sie war etwa fünfzig, besaß einen etwas untersetzten Körper, kurz gestutztes silberblondes Haar und ein Gesicht, das ganz und gar nicht zu dem Hausfrauenkörper passen wollte. Sie hatte leicht schiefe Augen, die ihrem Gesicht einen exotischen Touch gaben, aber die Augen waren groß und gedankenvoll und von einem so tiefen Blau, wie Leif es noch nie gesehen hatte – fast schon violett. Sie sah aus wie eine Großmutter ... Sie saß gelassen da, in der Hand ein Schwert, das sie auf den Steinboden stützte. Über einer langen, gefütterten Seidentunika trug sie ein schönes Kettenhemd, dessen Farbe der Spitze einer Kerzenflamme glich. Ihre abgetragenen Stiefel lagen auf einem Schemel vor dem Sessel, und sie saß zurückgelehnt, eine Hand auf dem Heft des Schwertes. Während sie sprach, neigte sich die Klinge in einer Schaukelbewegung ein wenig zur einen, dann wieder zur anderen Seite.

»Die drei sind mir seit Monaten ein Stachel im Fleisch«, sagte sie im weichen Dialekt des Mittleren Westens zu dem kleinen Mann vor ihr. »Jetzt ist Euer Herr in der Position, mir einen Dienst zu erweisen.«

»Ich bin sicher, dass er sich dazu überreden lässt«, erwiderte der Mann und strich sich über den kurz geschnittenen Bart. »Vorausgesetzt, Ihr könnt ihm klarmachen, worin für ihn der Vorteil einer solchen Intervention liegt.« Er war ganz in schimmerndes Schwarz gekleidet, gestepptes Satin. Seine Tunika war so geschnitten, dass sie unter einem Kettenhemd getragen werden konnte, doch er hatte dieses abgelegt und lediglich einen langen Dolch am Gürtel.

Elblai lachte laut auf. »Raist, Ihr könnt mir nicht weismachen, dass Lillan, Gugliem und Menel ihm nicht ebenso lästig geworden sind wie mir. Seit dem Frühling ziehen sie im Norden herum und suchen nach Streitigkeiten, in die sie sich einmengen können. In meinen Angelegenheiten wünsche ich ihre Einmischung nicht, und das habe ich ihnen gesagt. Dazu gab ich ihnen den Rat zu verschwinden, bevor mir der Geduldsfaden riss. Nun ja, sie sind tatsächlich verschwunden, aber wohin? Direkt in die Marschen von Orxen, und da haben sie nichts besseres zu tun, als ihre Armeen an Argath zu verkaufen.«

»Also, bitte«, sagte der kleine Mann, »bitte, Lady Elblai, Ihr verwechselt hier ein paar Dinge. Jene Söldner wurden von Enver, dem Herrscher über die Marschen, in Sold genommen, der, wie alle wissen …«

»... der, wie alle wissen, keinen Furz lässt, ohne sich von Argath sagen zu lassen, in welcher Farbe das geschehen soll«, fiel ihm Elblai mit ungeduldiger Miene ins Wort. »Beleidigt nicht meine Intelligenz mit dem Versuch, mir Enver als eine Art Freischärler verkaufen zu wollen. Argath hat ihn angewiesen, klammheimlich diese Söldner in Dienst zu nehmen, und die drei Heere gegen meine zu hetzen. Ich darf vielleicht anmerken, dass diese im Sommerquartier saßen und sich ganz friedlich um ihre eigenen Angelegenheiten kümmerten. Ein Zustand, den euer Herr nicht begreift, und daher glaubt er, dass irgend eine Intrige dahinter steckt.«

Elblai schlug die Beine auf der anderen Seite über, während sie weiterhin das nach unten gerichtete Schwert sanft hin und her wiegte, so dass es den Schein einer der Öllampen auffing. Die Spiegelung bewegte sich auf dem Wandteppich vor und zurück, und die rennenden Jagdhunde auf dem Teppich schienen dem beweglichen Lichtflecken hinterherzusehen. »Nun, wenn er das wünscht, können wir gerne über Intrigen reden. Denkt nicht, dass mir die Truppenbewegungen in den letzten Tagen entgangen sind. Ich merke es, wenn mich jemand zu umzingeln versucht. *Versucht*, betone ich. Euer Herr, Argath, sollte einen Blick nach Osten werfen, denn Verstärkung ist schon unterwegs, und zwar eine umfangreiche. Es sind dreimal so viele Krieger, als er zurzeit ins Feld führen kann. Ich kenne seine Zahlen – und seine Absichten, wenn er auch nicht die meinen kennt. Aber dafür bezahle ich ja meine Berater und vergewissere mich, dass mir die besten zur Verfügung stehen.«

Der kleine Mann saß ganz still da. Sein Gesicht zeigte nicht die Spur einer Veränderung.

»Nun hat Euer Herr verschiedene Möglichkeiten«,

sagte Elblai gelassen. »Er kann so weitermachen wie bisher. In dem Fall werden Lillan, Gugliem und Menel morgen Abend oder übermorgen früh zu Dünger verarbeitet sein. Und wenn sie ihrer nützlichsten Bestimmung zugeführt sind, werde ich meine Aufmerksamkeit zu demselben Zweck Argath widmen. Das dauert vielleicht ein wenig länger, aber meine Krieger sind mobilisiert und stehen bereit, während die seinen überall verstreut sind – vermutlich, um die umliegenden Königreiche einzuschüchtern, damit sie nichts unternehmen. Nun, das werden wir sehen. Ich vermute ja, dass in dem Moment, wo jemand Argath mit einer ausreichend großen Streitmacht angreift, alle Nachbarn sich anschließen. Sie haben seine Raubzüge nun lange genug erduldet. Glaubt Ihr, dass er sich einen Angriff an fünf oder mehr Fronten wünscht? Denn darauf läuft es hinaus. Wenn mein Pferd und alle übrigen damit fertig sind, über ihn hinwegzutrampeln, wird Argath, König der Orxenier, nur noch ein roter Fettstreifen auf dem Boden sein.«

Elblai machte eine Pause. Äußerste Stille herrschte im Raum, bis auf das nahezu unhörbare Kratzen von Elblais Schwert über den Steinboden. Leif hielt die Luft an; er war sicher, dass man ihn in der Stille atmen hören könnte. Neben ihm tat Megan das Gleiche.

»Nun«, fuhr Elblai fort, »das ist eine Möglichkeit. Eine weitere Möglichkeit besteht darin, dass er seine drei kleinen Freunde zurückpfeift und ihnen sagt, sie sollen mit ihren Armeen verschwinden. In dem Fall wird jeder in Bälde erfahren, was passiert ist. Keiner von den dreien hat je ein halbwegs wichtiges Geheimnis für sich behalten können, besonders, wenn sie der Ansicht waren, zu Zwecken benutzt worden zu sein, die sie vorher nicht im Sinn hatten. Im vorliegenden Fall werden sie gewiss zu diesem Schluss kommen, und euer Herr wird eine Menge Ansehen verlieren und sich allerlei Unannehmlichkeiten aussetzen, wenn nicht in diesem Jahr, dann im Nächsten. Aber ich persönlich würde auf dieses Jahr tippen.«

»Ihr seid euch all dieser Dinge sehr sicher, nicht wahr?«, fragte Raist.

»Darauf könnt Ihr euch verlassen«, antwortete Elblai. »Und ich bin mir ebenso sicher, dass euer Herr sich auch nicht für die zweite Möglichkeit entscheiden wird. Es ist zu wahrscheinlich, dass er am Ende dumm dasteht. Also kommt die dritte Möglichkeit in Frage ... Die wäre, dass er Lillan, Gugliem und Menel selber fertig macht und ihre Armeen ausradiert – dann hat sein Heer etwas anderes zu tun, als sich von meinem auslöschen zu lassen. Und so macht er sich einen Namen als der, der ›in den Marschen für Ordnung sorgt‹. Da hinterlässt er zur Abwechslung einmal einen guten Eindruck. Ein Ärgernis, die drei und ihre Armeen, wird entfernt. Und Argath verliert sein Gesicht nicht.«

Raist öffnete den Mund.

»Aber normalerweise würde er sich auch nicht für die dritte Möglichkeit entscheiden«, sagte Elblai, »weil *er* nicht zuerst daran gedacht hat.«

Raist klappte den Mund wieder zu.

»Wahrscheinlich würde er auch Lord Enver töten müssen«, fügte Elblai hinzu. »Aber das hat er sowieso schon eine Zeit lang vor.«

Sie schwiegen erneut einige Atemzüge lang. »Also«, begann Elblai wieder. »Geht zurück zu Eurem Herrn – er ist vor einer Stunde nach Norden zu seinem Heerlager aufgebrochen – und erklärt ihm die Alternativen. Bringt ihm die Lage vorsichtig bei. Mir persönlich wäre die dritte Möglichkeit am liebsten. Aber wenn er den Bogen überspannt, bin ich bereit, ihn und seine Armeen von der Oberfläche von Sarxos zu tilgen, und nicht einmal Rod wird ihm eine Träne nachweinen. Lasst ihn darüber nicht im Unklaren, denn ich schätze seit jeher eine gute Schlacht vor Herbstbeginn … und wenn er unbedingt will, trifft es ihn. Das ist seine letzte Chance, es sich anders zu überlegen, aller Welt einen schönen, ruhigen Herbst zu verschaffen … und sicherzustellen, dass er so lange am Leben bleibt.«

Raist erhob sich. »Mit eurer Ladyschaft Erlaubnis …«

»Einen Augenblick noch. Ich weiß auch, dass er nach diesem Feldzug plant, gegen Lord Fettick und die Herzogin Morn zu ziehen. Ihre Länder sind bisher in einer recht prekären Situation. Nun, wir haben Gespräche geführt. Sie bereiten ein strategisches Bündnis mit einer anderen Macht vor – nicht mit mir, Euer Herr soll ruhig ein paar Nachforschungen anstellen –, die sie nur zu gerne unter ihre Fittiche nimmt. Wenn dieses Bündnis in Kraft tritt – es kann sich, denke ich, nur um Tage handeln –, dann werden sie in der Lage sein, massive Kräfte ins Feld zu führen. Es ist so gut wie sicher, dass sie in den Krieg ziehen werden, um sich Argath endlich vom Hals zu schaffen. Und Herzog Mengor werden sie gleichfalls unschädlich machen. Sie sind sich darüber im Klaren, wozu Argath diese kooperationsbereite Marionette eingesetzt hat. Bringt ihm also zu Bewusstsein, dass die Schwierigkeiten für ihn erst anfangen.«

Raist stand nervös und still da. Einen Augenblick später nickte ihm Elblai zu. »So geht. Seid auf dem Weg achtsam. Zurzeit laufen hier viele Wölfe herum …«

Raist verbeugte sich hastig und verließ den Raum. Seine Schritte hallten auf den Stufen.

Elblai saß ruhig in dem stillen Raum. Nach einem Moment erklangen erneut Schritte auf der Treppe, und eine junge blonde Frau in einem einfachen, langen blauen Gewand erschien auf dem Treppenabsatz.

»Tante El?«, rief sie.

»Hier drüben, meine Liebe.«

Tante?, dachte Leif.

Die junge Frau trat ein. »Und?«, fragte sie.

Elblai seufzte und stützte das Schwert an die Armlehne ihres Sessels. »Er wird angreifen«, antwortete sie. »Da bin ich mir ziemlich sicher.«

»Und was wirst du unternehmen?«

Elblai stand auf und streckte sich. »Ich werde ihn und seine Truppen ungespitzt in den Boden rammen. Ich sehe eigentlich keine andere Möglichkeit, meine Position zu sichern. Ihn würde ich lieber am Leben lassen, aber er hat ja weniger Grips, als Rod den Austern von Long Island verliehen hat – er wird unbedingt den Helden spielen wollen. Dieses Mal wird ihm das aber nicht helfen.«

Die junge Frau seufzte; es klang fast genauso wie bei ihrer Tante. »Also gut«, sagte sie. »Ich spreche mit den übrigen Heerführern und setze sie ins Bild. Wir schicken Boten zu den Entsatztruppen.«

»Tu das. Sag ihnen, ich denke, dass Argath versuchen wird, weitere Truppen in den tributpflichtigen Reichen zu sammeln. Ich glaube jedoch nicht, dass er so kurzfristig mehr als ein paar Tausend zusätzliche Soldaten auftreiben kann. Wir werden immer noch drei Mann gegen einen stehen – und so stelle ich mir das auch vor. Ich hatte noch nie Zeit für diese Tod-oder-Ruhm-Kämpfe zwischen gleichstarken Gegnern.« Sie grunzte. Leif, der dieses Geräusch gelegentlich von seiner Großmutter hörte, musste lächeln. »Bringen wir's hinter uns, und dann gehen wir nach unten zum Abendessen, bevor die anderen alles wegessen.«

Sie verließen den Raum.

Erneut löste Leif den Unsichtbarkeitszauber. Zu ihrer beider Erleichterung legte sich das Ohrensausen sofort.

Leif sah Megan von der Seite an.

»Wir haben ein Riesenproblem«, flüsterte Megan.

»Ja? Was für eines?«

»Sprich leise! Hast du nicht zugehört? Sie wird Argath attackieren. Das macht sie zu einer erstklassigen Zielscheibe für einen Rauswurf.«

Leif sah sie schief an. »Moment. *Du* bist doch so darauf herumgeritten, dass man ohne ausreichende Informationen nicht spekulieren sollte. Wir haben jetzt nicht mehr Informationen als zuvor. Wir wissen nur, dass ein Angriff bevorsteht.«

»Sicher, aber du hast es doch gehört, Leif! Sie hat dreimal so viele Krieger wie Argath. Sie wird ihn vernichten. Und die Leute, die ihn früher fertig gemacht haben, die wurden rausgeworfen.«

»Weißt du, ich hoffe, sie macht ihn wirklich fertig«, flüsterte Leif. »Er ist nicht gerade ein moralisches Vorbild für Sarxos, oder? Und außerdem, wenn seine Figur umgebracht wird und weitere Leute rausgeworfen werden, haben wir vielleicht den Beweis dafür, dass er nicht der Täter ist.«

Megan starrte ihn an. »Das wäre genau so ein Indiz wie das, was wir jetzt in der Hand haben«, gab sie zurück. »Leif, wenn Elblai angegriffen wird und wir das schon vorausahnen, dann müssen wir uns ein wenig aus dem Fenster lehnen und sie darüber informieren! Der Spieler hat da eine fantastische Figur aufgebaut – es wäre unfair zuzulassen, dass sie rausgeworfen wird, nur um den Rausschmeißer aus seiner Deckung zu locken. Elblai muss ein paar Vorsichtsmaßnahmen ergreifen.«

»Wenn wir sie tatsächlich warnen«, wandte Leif ein, »könnte das Argath abschrecken oder eben den, der für die Rauswürfe verantwortlich ist. Dann haben wir eine Chance vergeben, ihm oder ihr auf die Schliche zu kommen.«

Megan griff sich an den Kopf. »Ich kann es nicht fassen, dass wir darüber diskutieren! Du kannst doch nicht einfach einen Mitspieler als Köder benutzen!«

»Megan, denk doch mal nach! Wie willst du sie denn warnen? Wir wissen nicht, wer sie im wirklichen Leben ist, und das werden wir auch nicht herausfinden. Was ist mit den Vertraulichkeitsregeln? Wenn Elblai inkognito spielt und das auch bleiben will, dann finden wir sie nie.«

»Wenn wir an den Spiel-Administrator herankommen«, überlegte Megan, »über die Net Force …«

»Na klar. Die Verantwortlichen bitten, dass sie auf der Grundlage eines vagen Verdachts die Vertrauensregeln brechen? Das machen die nie. Selbst wenn wir sie dazu überreden könnten, würde das zu lange dauern. Das würde doch nichts mehr bringen.«

»Dann müssen wir sie eben jetzt warnen«, meinte Megan.

Leif sah sie einen langen Moment an. Dann lenkte er widerstrebend ein: »Also gut. Du hast ihr Wappen gesehen – diesen Basilisken. Unten tragen den auch ein paar Leute. Gehen wir runter und stellen uns vor … ganz offen.«

»Einverstanden.«

Erleichtert, sie nicht mehr aufrecht erhalten zu

müssen, gab Leif die Unsichtbarkeit auf. Er und Megan gingen die Treppen hinunter. In der Großen Halle sahen sie sich um, doch von Elblai war keine Spur zu sehen.

»Auf den Seiten gibt es ein paar kleine Privaträume«, sagte Leif. »Vielleicht ist sie da …«

»Nein«, widersprach Megan. »Die wären bewacht. Aber schau mal da drüben.«

Da stand die junge Frau, die sie zuvor mit Elblai gesehen hatten. Sie hatte über ihre blaue Robe eine dunklere geworfen, auf der das Wappentier von Elblais Volk leuchtete. Nachdenklich sah sie den Edelleuten und Kriegern im Saal zu, die aßen, tranken und redeten.

Megan und Leif gingen zu ihr hinüber; der Anblick dieser zwei etwas eigenwillig gekleideten, ungeladenen Gäste sorgte unter den versammelten Adeligen für einiges Aufsehen und Belustigung.

»Entschuldigt«, wandte sich Leif an die junge Frau und verbeugte sich ein wenig. »Wenn Ihr, wie ich annehme, zur edlen Lady Elblai gehört …«

»Wenn Ihr eine Audienz wollt«, erwiderte die Frau, während sie ihn interessiert musterte, »so fürchte ich, dass sie heute Abend nicht verfügbar ist.«

»Keine Audienz«, entgegnete Megan leise. »Eine Warnung.«

Die Frau zog die Brauen hoch. »Wovor?«

»Argath«, antwortete Leif.

Der Gesichtsausdruck der Frau wurde vorsichtiger.

»Wenn die Gerüchte wahr sind, denen zufolge Eure Herrin einen Angriff auf Argaths Streitmacht erwägt«, begann Leif, »so müssen wir sie warnen, dass ihr danach etwas … Unglückliches … zustoßen könnte. Leute, die Argath in letzter Zeit besiegt haben, sind dadurch in Schwierigkeiten geraten, wie auch aus der heutigen Zusammenkunft zu ersehen ist.«

Der Gesichtsausdruck von Elblais Nichte wurde nun unzweifelhaft frostig. »Eine interessante Warnung«, erwiderte sie. »Wer hat Euch gesandt?«

Leif öffnete den Mund, dann schloss er ihn wieder.

»Man könnte denken, dass eine solche Warnung Argath zum Vorteil gereicht«, sagte die junge Frau. »Falls ein solcher Angriff tatsächlich vorgesehen wäre.«

»Niemand hat uns gesandt«, erklärte nun Megan. »Wir arbeiten unabhängig und wollen Eurer Tante, Lady Elblai, nur Gutes.«

Die Augen der jungen Frau weiteten sich ein klein wenig, dann wurden sie wieder hart. »Die Art unserer Beziehung ist nicht vielen bekannt«, gab sie zurück. »Wer *seid* Ihr?«

»Äh …«, stammelte Megan.

»Wir untersuchen die Rauswürfe«, antwortete Leif. Megan war erleichtert, dass er nicht hinzufügte ›im Auftrag der Net Force‹. So weit durften sie nicht gehen. »Wir fürchten, dass Eure Tante Gefahr läuft, einem solchen Anschlag zum Opfer zu fallen, wenn sie diesen Weg weiterverfolgt.«

»Ach ja? Und welcher wäre das?«

Wie kann ich das möglichst diplomatisch ausdrücken?, überlegte Leif. Er fragte sich, wie sein Vater es formulieren würde. *Wahrscheinlich ziemlich elliptisch.* »Wenn Lillan, Gugliem und Menel …« setzte Leif an.

Die Augen der jungen Frau verengten sich. »Mit Leuten, die man nicht kennt und deren Vertrauenswürdigkeit nicht gesichert ist, spricht man üblicherweise nicht von – äußeren Dingen.« Ihr Ausdruck war jetzt ziemlich kalt. »Ich denke, ich muss Euch jetzt bitten zu gehen.«

»Bitte – lasst uns kurz mit Lady Elblai sprechen.«

»Das ist unmöglich. Sie ist wegen geschäftlicher Angelegenheiten fort. Vielleicht ist das ein Glück.«

»Es ist wirklich wichtig«, insistierte Megan.

»Für Euch mag es das sein«, entgegnete die junge Frau kühl. »Ich würde Eure Warnung freundlicher aufnehmen, wenn es nicht offensichtlich wäre, dass Ihr oder jemand, der mit Euch in Verbindung steht, uns vor kurzem ausspioniert hat. Wie man sagt, ist der Rat von Spionen eine zweischneidige Sache. Und es ist meine Aufgabe, meine Tante vor Leuten zu schützen, die ihr schaden könnten.«

»Aber das versuchen wir doch gerade ...«

»Gute Nacht«, wies sie die junge Frau bestimmt ab. »Geht jetzt, sofort, bevor ich Euch entfernen lasse.«

Megan und Leif warfen ihr einen letzten Blick zu und gingen dann zum Ausgang.

Als sie den Saal verließen, drehte sich Leif noch einmal nach Elblais Nichte um. Sie hatte einen hochgewachsenen, kahlköpfigen Mann zu sich gewunken, der ebenfalls das Wappen ihrer Tante trug, und flüsterte ihm jetzt eindringlich etwas ins Ohr. Der Mann sah Leif und Megan hinterher und verließ den Saal dann eilig durch einen Seitenausgang. Megan und Leif standen immer noch im Gewirr des Hauptplatzes, als ein Reiter geschwind an ihnen vorbeiritt – und dann auf einmal mit dem Geräusch verdrängter Luft verschwand.

»Toll«, murmelte Leif. »Jetzt werden wir nie erfahren, wo sie hin ist.«

»Ich bekomme allmählich ein ganz schlechtes Gefühl bei der Sache«, sagte Megan. »Ich glaube, dass die Geschichte mit Argath zu heiß geworden ist. Warum sollte er sonst weg sein?«

Leif schüttelte den Kopf. »Na ja«, sagte er, »wenigstens haben wir's versucht.«

»Ein Versuch reicht nicht«, zitierte Megan düster. »Erfolgreich muss er sein.«

Leif warf ihr einen Seitenblick zu, während sie über den Platz liefen. »Ach, mal wieder die Klassiker. Emerson? Ellison?«

»Meine Mutter«, gab Megan zurück. »Komm … verschwinden wir von hier. Wir müssen nachdenken, und so ungern ich das zugebe, das kann ich offline immer noch am besten.«

Sie loggten sich aus dem Spiel aus und gingen in Leifs Arbeitsbereich. Megan kannte so etwas nur von Fotos – ein Holzhaus in altisländischer Bauweise, völlig mit Dachschindeln bedeckt. Die steilen Giebel waren mit sorgfältig geschnitzten Drachenköpfen geschmückt. Innen war das Haus sehr sauber und einfach in einer Hightechversion des New-Danish-Modern-Stils eingerichtet. Die großen polarisierten Fenster gingen auf wogende grüne Felder hinaus, über denen sich ein hoher blassblauer Himmel wölbte.

Megan war nicht in der Stimmung, die Umgebung oder die Landschaft zu genießen. Sie und Leif diskutierten etwa eine Stunde lang über ihr Verhalten und was sie besser hätten machen können. Am Ende wurde daraus ein Streit, obwohl sie das eigentlich nicht gewollt hatten.

»Ehrlich gesagt bin ich nicht sicher, wie wir es besser hätten machen können«, sagte Leif. »Es ging bei dem Auftrag darum, Fakten zu suchen. Gut. Wir haben welche gefunden. Und zwar ziemlich wichtige.«

»Ja, schon … Aber, Leif, wir werden nicht schnell genug etwas herausfinden, das uns auch weiterbringt! Ich werde das Gefühl nicht los, dass wir etwas systematischer hätten vorgehen sollen.«

»Ach ja? Und seit wann hast du dieses Gefühl? Ich

glaube, bevor wir uns ausgeklinkt haben, war da nichts.«

»Wie auch immer, jetzt ist es da. Und ich mache mir auch Sorgen um die anderen beiden Figuren, die Elblai erwähnt hat. Fettick und Morn.« Megan ging kopfschüttelnd auf und ab. »Nehmen wir mal an, Argath gelingt es, dem angekündigten Kampf auszuweichen – und das ist sehr wohl möglich. Er ist dafür bekannt, ungeschoren davonzukommen, selbst wenn seine gesamte Armee massakriert wird. Was, wenn er dann beschließt, sich auf die beiden zu stürzen? Nach dem, was Elblai gesagt hat, werden auch sie in der Lage sein, ihn zu besiegen. Und das verwandelt sie in potenzielle Opfer eines Rauswurfs.«

»Das stimmt nur«, entgegnete Leif, »wenn wir mit unserer Argumentation nicht von Anfang an auf dem Holzweg sind.«

»Wenn du was Besseres auf Lager hast«, fuhr Megan auf, »dann würde ich das wirklich gerne hören.«

Leif setzte sich auf eine strenge, schmucklose Couch und fuhr sich mit einer Handbewegung durch das rote Haar, die erkennen ließ, dass er nichts anderes aufbieten konnte. »Hör mal«, schlug er vor, »machen wir eine Pause. Wir drehen uns nur im Kreis.«

Megan seufzte und nickte. »Okay. Wann treffen wir uns wieder?«

»Vielleicht morgen Abend?«

»Da kann ich nicht«, antwortete Megan. »Morgen ist unser Familienabend. Da spiele ich nicht, sondern sehe meinen Brüdern zu, wie sie uns arm essen. Wie wär's mit übermorgen Abend?«

»Einverstanden.«

Bevor sie ihrem Implantat den Befehl zur Beendigung der Sitzung gab, sagte Megan: »Hör mal, es tut mir Leid, dass ich dich angeschrien habe.«

»Tut es nicht«, gab Leif mit einem – wenn auch schiefen – Grinsen zurück.

»Gut. Dann eben nicht. Aber du hattest trotzdem Recht: Wir haben erst einmal unser Bestes getan.«

Leif steckte sich einen Finger ins Ohr, als wollte er es putzen. »Ich hab' wohl den Unsichtbarkeitszauber zu lange aufrecht gehalten«, sagte er. »Ich hätte geschworen, dass du mir gerade Recht gegeben hast.«

»Ich geb' dir gleich was anderes«, erwiderte Megan. »Und zwar in einer Sprache, die selbst du nicht verstehst. Also, bis übermorgen Abend.«

Leif winkte ihr zum Abschied zu.

Megan blinzelte und fand sich in ihrem Schreibtischsessel wieder. Die Beleuchtung im Raum war heruntergedimmt. Sie warf einen Blick auf die Uhr. Dafür, dass sie morgen Schule hatte, war es sehr spät. Zum Glück hatte sie ihre Hausaufgaben schon erledigt, bevor sie sich zu dem Treffen mit Leif nach Sarxos verdrückt hatte. *Das hätte mir gerade noch gefehlt, dass Mutter mir Stress macht …*

Sie erhob sich steif aus dem Sessel. *Ich muss mich wirklich noch einmal um das Muskelbewegungs-Programm kümmern. Ich fühle mich, als hätte ich mich stundenlang nicht bewegt.* Leise ging sie durch das Kellerbüro und schaltete die Komponenten des Computers ab, die nicht über Nacht anblieben. Neben dem Schreibtisch blieb sie stehen, wo ausnahmsweise jemand so aufmerksam gewesen war, einen Bücherturm aus der Verbindungslinie des optischen Implantats zu schieben. *Dinner mit William Shakespeare. Durchblick im Chaos der Termingeschäfte. Krieg im Jahr 2080. Der Ritter, der Tod und der Teufel.*

Was stellt der nur für Nachforschungen an?, dachte Megan, gähnte und ging zu Bett.

Als Megan am nächsten Morgen herunter kam, saß ihr Vater schon am Küchentisch und blickte gebannt in das Stereo-Video-Fenster, das in die Küchenwand eingelassen war. Er sah ziemlich besorgt drein. »Machst du das nicht auch in deiner Freizeit?«, fragte er und deutete auf das Fenster.

Megan kämpfte gerade mit einem Pullover. Schließlich schaffte sie es, ihn über ihr Hemd zu ziehen, und starrte auf das Fenster. Es zeigte das Sarxos-Logo, und dahinter lief in Stereoton Bildmaterial, wie eine Krankenbahre aus einem Rettungshubschrauber in einen OP geschoben wurde. Die Rettungssanitäter trugen die üblichen orangen Overalls mit dem blauen LifeStar-Stern auf dem Rücken. »... steht der Angriff nach Aussagen der Nichte des Opfers, die ebenfalls in Sarxos spielt, eventuell in Zusammenhang mit einer Fehde oder der Rache eines anderen Mitspielers. Ellen Richardson, die in dem beliebten VR-Rollenspiel unter dem Spitznamen Elblai agiert, war auf dem Weg zu ihrer Arbeitsstelle im Postamt von Bloomington, Illinois, als ein noch flüchtiger Fahrer ihr Fahrzeug von der Straße gegen einen Laternenpfahl drängte. Sie wurde ins Mercy-Downtown-Krankenhaus eingeliefert, wo sie seither im Koma liegen soll. Ihr Zustand wird als kritisch, aber stabil bezeichnet.«

Das Bild wechselte zu einer Frau in einem Arztkittel, die eine vorbereitete Erklärung verlas. »Die Patientin zeigt derzeit keinerlei Reaktion, wird aber sobald wie möglich operiert. Die Ärzte sehen im Augenblick eine Chance von siebzig zu dreißig, dass ...«

»O mein Gott!«, sagte Megan leise.

»Du hast sie nicht etwa gekannt, oder?«, fragte ihr Vater.

Sie schüttelte den Kopf, unfähig, den Blick von dem Stereofenster abzuwenden, auf dem nun das

Gesicht der jungen blonden Frau erschien, mit der sie vor nicht einmal acht oder neun Stunden gesprochen hatte. Es war tränenüberströmt und von mühsam kontrollierter Wut verzerrt. »Wir haben eine Warnung erhalten«, sagte sie. »Wenn meine Tante eine bestimmte Spielstrategie weiter verfolgte, könne ihr ein nicht näher definiertes Unglück zustoßen. Meine Tante nahm diese Warnung nicht ernst. Im Lauf des Spiels bekommt man viel Derartiges zu hören – es gibt Leute, die andere mit solchen Bluffs von etwas abzubringen versuchen. Keiner hatte die leiseste Ahnung, dass jemand …«

Sie bekam einen Weinkrampf und wandte sich unter abwehrenden Gesten von der Kamera ab.

Megan stand da. Der Schreck fuhr ihr heiß und kalt in die Glieder.

Wir sind zu spät gekommen. Zu spät.

Und wenn …

… o nein, wenn jemand auf die Idee kommt, dass wir …

Sie rannte zum Computer, um Verbindung mit James Winters aufzunehmen.

3

Als Megan Winters in seinem Büro erreichte, waren die Jalousien heruntergelassen, und er sah gedankenverloren auf ein Audio-Stereo-Informations-Pad auf seinem Schreibtisch. »Ja«, meldete er sich, ohne gleich hochzusehen. »Ich habe deinen Anruf schon erwartet. Wie weit bist du über die Ereignisse informiert?«

»Ich habe gehört, was der Dame in Bloomington zugestoßen ist«, antwortete Megan. »Mr. Winters, ich habe ein schlimmes Gefühl – wir waren erst gestern mit ihr in einem Zimmer …«

»Das hat Leif mir schon erzählt«, sagte Winters. »Aber sie wusste nicht, das ihr da wart.«

»Nein.«

»Sag mal«, begann Winters. Dann hob er die Hand. »Nein, warte einen Moment. Bevor wir damit weitermachen …« Er blickte wieder auf das Pad. »Ich habe hier eine Nachricht vom Krankenhaus in Bloomington liegen. Sie wird jetzt operiert. Ihre Verletzungen sind im Grunde nicht allzu schwer. Aber es ist das übliche Problem mit dem Hirntrauma. Bevor das Gehirn Zeit gehabt hat, die Verletzungen zu registrieren und darauf zu reagieren, weiß man nicht, wie schlimm es ist. Anscheinend hat sie einen so genannten Contrecoup erlitten. Das heißt, das Gehirn stößt von innen gegen die Schädeldecke und wird dadurch gequetscht. Wenn es den Ärzten gelingt, die Schwellung rechtzeitig abklingen zu lassen, wird sie wieder gesund. Wenigstens sieht es nicht so aus, als wäre sie in unmittelbarer Lebensgefahr.«

»O Gott«, rief Megan, »wir hätten noch mehr versuchen müssen, wir hätten uns etwas ausdenken müssen, um sie trotzdem zu warnen, wir hätten …«

»Ja«, stimmte Winters trocken zu, »hinterher ist man immer schlauer. Aber in diesem Fall solltest du die Ereignisse ein wenig distanzierter betrachten und nachdenken, ob dein Urteil durch das getrübt wird, was geschehen ist. Ich gebe ja zu, dass es schockierend ist.«

Er seufzte und schob das Pad beiseite. »Jedenfalls möchte ich, dass ihr euch von jetzt an aus der Angelegenheit heraushaltet und uns alles Weitere überlasst. Wenn es nur um technische Geräte geht, um Einbruch und Sachbeschädigung, ist das eine Sache. Aber wenn schwere Körperverletzung dazu kommt – noch dazu durch ein Attentat wie hier –, dann ist das keine Aufgabe mehr für die Explorer. Ich weiß jedoch jede Information über eure Mutmaßungen zu schätzen.«

»Mehr als Vermutungen haben wir nicht«, antwortete Megan. »Aber ich werde den Gedanken nicht los, dass sie ausgereicht hätten, um sie zu retten.«

»Kann sein«, erwiderte Winters. »Leif hat mir eine ganze Reihe von Dingen über eine Figur namens Argath erzählt.«

Megan nickte. »So ungefähr jeder, der in den letzten drei Spieljahren mit ihm gekämpft und ihn besiegt hat, ist offenbar aus dem Spiel geworfen worden.«

»Aber ihr seid nicht sicher, dass er selbst dafür verantwortlich ist.«

»Ich weiß nicht. Gestern hatte ich ihn im Verdacht, aber … es gab nicht genug Informationen.«

Winters lächelte ein wenig grimmig. »Die gibt es wohl immer noch nicht. Wir müssen uns hier wirklich an Holmes orientieren. Wenn die Net Force eingreift, werden wir die Sarxos-Leute selbstverständlich dazu veranlassen können, mit uns zu kooperieren und die tatsächlichen Namen der Spieler, ihre Spielprotokolle und dergleichen freizugeben. Das wird natürlich einen geordneten Weg gehen müssen. Man gibt anwendereigene Informationen nie gerne und leichthin aus der Hand.«

»Vielleicht wäre es gut, wenn ein Spieler sich an Chris Rodrigues wendet.«

Winters antwortete: »Wir können uns zum gegebenen Zeitpunkt nicht zu lange mit Spekulationen aufhalten. Wir werden schulmäßig vorgehen. Wie dem auch sei: Gibt es noch jemanden, der nach euren bisherigen Ermittlungen als Tatverdächtiger in Frage kommt?«

»Nein, uns ist da niemand aufgefallen. Die Schwierigkeit besteht darin, dass es so wahnsinnig viele Spieler gibt. Selbst wenn wir an sie herankämen, die Datenbank ist zu umfangreich. Mir geht dauernd durch den Kopf, dass es irgendwie möglich sein muss, alle zu sichten, aber ich weiß nicht, wie. Eine Menge Spieler hätte Eigenschaften, aufgrund derer sie ein Tatmotiv hätten, aber nur einer war es. Man kann nicht herumlaufen und jemanden auf die vage Möglichkeit hin beschuldigen, dass er vielleicht der Täter ist.«

»So spricht eine künftige Agentin«, erwiderte Winters, und in seiner Stimme lag ein grimmiger Ton von Anerkennung. »Also gut, Megan, du stehst noch unter Schock. Das ist nachvollziehbar. Leif ging es auch so. Lassen wir es vorerst dabei. Aber ich hätte gerne in den nächsten achtzehn bis vierundzwanzig Stunden einen schriftlichen Bericht von dir. Etwas, um unsere Agenten ins Bild zu setzen, wenn wir sie auf den Fall ansetzen. Schreib ihn möglichst detailliert. In der Tat wüsste ich es zu schätzen, wenn du mit den Sarxos-Leuten redest und uns Zugang zu deinem Spielprotokoll von gestern Nacht verschaffst.«

Das ließ Megan rot anlaufen. »Mr. Winters«, sagte sie sehr leise, »ich fürchte, dass ein paar Dinge, die wir gesagt haben, wie Drohungen klangen ...«

»Ich habe die Aussage von Mrs. Richardsons Nichte gehört«, antwortete Winters. »Ich kann verstehen, wenn ihr euch in der gegebenen Lage Gedanken über eure rechtliche Situation macht. Ich denke, ihr wisst, dass ich euch vertraue. Sollte es zu juristischen Konsequenzen kommen, wisst ihr, dass wir euch unterstützen werden. Aber nur für den Fall, dass das Thema aufkommt – kann irgendwer zu Hause dein Alibi für gestern Abend stützen?«

Megan schüttelte den Kopf. »Nur das Netz selber«, sagte sie. »Es ist schließlich unmöglich, seine Identität zu fälschen, wenn man sich einloggt. Es ist das eigene Gehirn, der eigene Körper und das eigene Implantat. Und was den Rest betrifft ...« Sie zuckte die Achseln und fügte mit einem ganz kleinen Lächeln hinzu: »Ich weiß nicht, wie ich rechtzeitig nach Bloomington in Illinois hätte fahren können, um Elblai – Mrs. Richardson – mit einem Auto von der Straße zu drängen.«

»Das stimmt«, pflichtete Winters ihr bei und ließ ebenfalls ein kleines Lächeln sehen. »Mach dir keine Sorgen. Momentan bist du aus dem Schneider. Lass dich nicht aufhalten, geh in die Schule und schreib mir heute Abend einen Bericht. Wir setzen baldmöglichst Agenten auf den Fall an. Dir sollte einstweilen klar sein, dass ihr des Falles enthoben seid. Aber ich möchte euch für eure bisherige Hilfe sehr danken. Ihr zwei habt uns wenigstens eine Spur an die Hand gegeben, die wir verfolgen können, und ein paar potenziell brauchbare Ansätze dazu. Außerdem habt ihr eine wesentlich bessere strategische Einschätzung hinbekommen, als wir das so kurzfristig gekonnt hätten. Das wissen wir zu schätzen. Ihr habt eure Talente und eure Zeit eingesetzt – und nach allem, was wir über die gesuchte Person wissen, womöglich auch eure Sicherheit, falls dem Betroffenen irgendwie klar geworden sein sollte, wer ihr seid und was ihr wollt.«

»Ich glaube nicht, dass wir auch nur in seiner Nähe waren«, antwortete Megan. »Danke trotzdem.«

Sie brach die Verbindung ab, dachte kurz nach und wies dann ihr Implantat an, Leif anzurufen.

Er saß an seinem Arbeitsplatz im Holzhaus und wirkte zutiefst niedergeschlagen – so kannte sie ihn gar nicht. Er blickte auf, als Megan in seiner Umgebung erschien.

»Hast du mit ihm gesprochen?«, fragte er.

»Ja.«

»Sie haben uns den Fall weggenommen.«

»So ist es.«

Leif sah Megan von der Seite an. »Sind wir wirklich aus dem Spiel?«

»Was willst du damit sagen? Natürlich sind wir draußen. Er hat uns abgezogen.«

»Und du willst dich einfach zurücklehnen und es auf sich beruhen lassen? Einfach so?«

»Na ja.« Megan fing seinen Blick auf.

Leif erhob sich und begann herumzulaufen. »Schau mal«, sagte er. »Ich will nicht den Helden spielen oder so. Ich weiß nicht, wie es dir geht, aber ich fühle mich ein bisschen schuldig.«

»Wofür? *Wir* haben sie doch nicht von der Straße gedrängt!«

»Wir haben versucht, sie zu warnen. Wir haben es falsch angestellt. Sie hat's nicht kapiert. Fühlst du dich deswegen nicht schuldig?«

Megan setzte sich auf die strenge, schmucklose Couch und ließ den Kopf in die Hände sinken.

»Doch«, gab sie zu. »Doch. Sehr sogar. Aber ich weiß nicht, was wir jetzt tun sollen, wo es schon passiert ist.«

»Nicht einfach aufgeben«, sagte Leif.

»Aber Leif, du hast Winters gehört. Er hat uns aus dem Spiel genommen. Wenn sie uns erwischen ...«

»Wie sollen sie uns denn erwischen? Es ist ja nicht so, dass wir keine Sarxos-Spieler wären. Wir haben doch das Recht zu spielen, sooft wir wollen. Stimmt das etwa nicht?«

»Ja, aber – Leif, wenn wir das tun, merken sie gleich, worauf wir aus sind!«

»Tatsächlich? Aber wir sind doch gute kleine Net Force Explorer, oder nicht?« Auf Leifs Gesicht erschien ein Grinsen, das einen Augenblick lang ungewohnt spitzbübisch aussah. »Wer würde uns jemals verdächtigen, Befehle zu missachten? Absichtlich jedenfalls.« Er hob den Kopf und sah für einen Moment unmöglich edel, unschuldig und harmlos drein.

Megan musste lachen.

»Nicht, dass sie uns überhaupt Befehle erteilen könnten«, fügte Leif hinzu. »Bitten, das ja ...«

»Du bist unglaublich«, sagte Megan.

»Danke. Und bescheiden.«

»Aua«, machte Megan.

»Denk mal darüber nach. Wir haben sowieso nur deshalb das Glück, Explorer zu sein, weil sie in uns etwas gesehen haben, das sich vom üblichen Verhalten unterscheidet. Vielleicht, weil wir ein bisschen eher bereit sind, uns auf Unbekanntes einzulassen. Wenn wir jetzt einfach aufgeben, nur weil man uns das befiehlt ...«

»Wenn wir richtig bei der Net Force wären, müssten wir auch das tun, was man uns sagt, Leif! Disziplin ...«

»Kadavergehorsam«, unterbrach Leif. »Na ja, so war das nicht gemeint. Aber wir gehören nicht voll dazu. Das gibt uns ein wenig …«

»… Spielraum?«, fragte Megan mit finsterer Miene.

»Megan, ich kann dir nur sagen, in dieser Sache liege ich richtig. Und das weißt du auch. Deshalb schaust du mich die ganze Zeit so komisch an. Du solltest dich sehen.«

Sie warf ihm einen zweifelnden Blick zu. Es widerstrebte ihr zutiefst, Winters' ›Bitte‹ zu ignorieren. Sie verstand seine Besorgnis. Sie wusste, was ihre Eltern sagen würden, wenn sie ihnen auch nur das Geringste von dieser Geschichte erzählte. Aber ob sie das vorhatte – jedenfalls in diesem Augenblick –, das war eine andere Frage. *Später vielleicht. Aber jetzt muss ich mich entscheiden.*

»Na ja …«, begann sie.

»Und schau«, fiel ihr Leif erneut ins Wort, »wir haben noch immer Probleme. Argath oder wer auch immer ist noch da, und ich wette, er, sie oder es …«

»Er, hundertprozentig«, sagte Megan.

»Okay … Auf alle Fälle, sie haben es immer noch auf Leute abgesehen. Was ist mit den anderen beiden Fürsten, die Elblai erwähnt hat? Fettick und Morn? Nach dem, was sie gestern Nacht gesagt hat, sind sie wahrscheinlich die nächsten Ziele. Ich meine, sieh's dir doch an, Megan! Wer immer dahinter steckt, die fackeln nicht lange, um Leute zu erledigen, die Argath besiegt haben. Ob es Argath selbst ist oder jemand, der irgend eine eigenartige Deckung benützt …«

»Ich verstehe immer noch nicht, warum jemand das tun sollte.«

»Aus Rache«, erwiderte Leif. »Oder der Angreifer ist verrückt. Ist auch egal … das lässt sich herausfinden. Aber was der Grund auch sein mag: Wer auch immer dahinter steckt, er ist ungeduldig geworden. Er geht gegen Leute vor, bevor sie tatsächlich gegen Argath kämpfen, wenn es nur so aussieht, als könnten sie ihn schlagen.«

»Okay, einverstanden. Irgendwie hast du ja Recht. Also – was machen wir? Ziehen wir los und versuchen, sie zu warnen? Welche Königreiche kommen noch in Frage?«

»Errint und Aedleia. Ich kenne mich da ein bisschen aus. Das sind die nördlichen Nachbarstaaten von Orxen. Ich habe mehr als genug Transit, um uns dahin zu bringen. Wir können heute Nacht dort sein. Ihre Schlachten dürften nicht sofort stattfinden. Es kann sein, dass wir es noch schaffen ...«

»Was schaffen? Sie dazu zu bringen, dass sie einen Feldzug nicht durchführen, den sie geplant haben und den sie unbedingt wollen? Das wird ja super.«

»Wir müssen es versuchen. Gestern Abend haben wir uns nicht genug angestrengt ... und schau, was passiert ist. Willst du mit ansehen, wie diese Zielpersonen von einer Straße gedrängt werden oder wie noch Schlimmeres passiert? Und was ist mit all den anderen, die sich vielleicht bald in der gleichen Situation befinden? Es gibt noch mehr Spieler, die auf ihre Chance gelauert haben, es mit Argath aufzunehmen. Später werden sie ebenfalls bedroht sein. Wenn es uns gelingt herauszufinden, welche weiteren Spieler darauf aus sind, mit ihm zu kämpfen, können wir vielleicht eine andere Verbindung herstellen – Informationen zusammenstellen, die uns zu dem Täter führen. Und ich *will* ihn kriegen«, sagte Leif leise. »Ich *will* ihn.«

Megan nickte langsam. Sie war nicht oft in gewalttätiger Stimmung. Selbst wenn sie hin und wieder einen Vorwand fand, um ihre Brüder herumzuschubsen, war das in erster Linie Spaß. Es amüsierte sie, ihre Gesichter zu sehen, wenn sie ihnen in Erinnerung brachte, dass das Leben nicht immer vorhersehbar war. Doch jetzt, jetzt hatte sie entgegen ihrer üblichen Einstellung Lust, jemanden zu verletzen. Konkret denjenigen, der Elblai ins Krankenhaus gebracht hatte, mit einer Sauerstoffmaske über ihrem hübschen mütterlichen Gesicht.

»Hör zu«, sagte Leif. »Schreib deinen Bericht für Winters. Mach ihn fertig und lass ihn dann mit einer Zeitschaltung auf deinem Computer, so dass er heute Abend rausgeht, wenn wir schon in Sarxos sind. Oder nachdem wir zurück sind.«

»Leif, heute Abend kann ich nicht«, wandte Megan ein. »Ich habe es dir doch erzählt, wir haben diese Familienaktion ...«

»Das hier ist ein Notfall«, erwiderte Leif. »Oder? Kannst du nicht *einmal* absagen?«

Sie überlegte, dachte an den besorgten Gesichtsausdruck ihres Vaters. »Wahrscheinlich schon«, antwortete sie. »Aber ich mache das normalerweise nicht.«

»Komm schon, Megan. Es ist wichtig. Und es geht nicht nur um diese anderen Leute.« Er sah sie mit einem intensiven Blick an. »Was möchtest du nach der Schule wirklich machen?«

»Na, ich will natürlich in den Bereich strategische Operationen, aber ...«

»Aber wo? In irgend einem Think Tank? An einem trockenen, langweiligen Ort, wo du nie rauskommst und siehst, ob deine Planungen umgesetzt werden? Du willst zur Net Force, stimmt's?«

»Ja«, gab Megan zu. »Natürlich. Sie ist ... Ich glaube, sie ist einer der wichtigsten Dienste, die wir derzeit haben, obwohl manche Leute diese Einschätzung wahrscheinlich übertrieben nennen würden.« Sie rutschte ein wenig unruhig auf dem Stuhl hin und her. »Die Net Force hat eine Vorreiterrolle.«

»Na, und du willst dabei bleiben, oder? Wenn du dich jetzt aus der Angelegenheit zurückziehst, nur weil Winters dich angewiesen hat, die Gefahrenzone zu verlassen … Falls wir es eines Tages zur Net Force schaffen wollen, dann werden wir es mit Gefahren und Problemen zu tun haben. Das hier ist nur eine Übung. Außerdem beobachtet man uns. Du *weißt*, dass sie uns beobachten. Wenn wir gleichzeitig mit ihnen nach Sarxos gehen – vielleicht sogar *vor* ihnen – und diesen Fall knacken, mit offenen Augen und wachem Verstand, meinst du, sie werden deswegen sauer sein? Ich glaube nicht. Sie werden beeindruckt sein. Wenn wir sie jetzt beeindrucken …«

Megan nickte. »Ich kann nicht glauben«, sagte sie langsam, »dass wir nicht mindestens so gut sind wie die Agenten, die sie hineinschicken. Außerdem kennen wir Sarxos besser als jeder andere, den sie haben. Deshalb haben sie uns ja überhaupt erst gebeten, uns dort umzusehen. Weil wir die besten sind …«

Sie sah zu Leif hoch, grinste und stand auf. »Ich bin dabei«, erklärte sie. »Pass auf, ich weiß nicht, wann ich heute Abend ins Spiel kann. Mich aus dem Familienabend auszuklinken wird einiges an Erklärungen erfordern.«

»Okay. Dann gehe ich vor dir rein und warte auf dich. Ich lasse etwas Transit auf deinem Account. Wir treffen uns in Errint und sehen zu, ob wir Fettick antreffen und ihn warnen können. Das ist nur ein kleiner Stadtstaat, ein wenig wie Minsar. Wenn du in die Stadt kommst, gibt es da ein kleines Restaurant gerade innerhalb des dritten Walls, das heißt Bei Attila.«

Megan zog die Augenbrauen hoch.

»Ja«, fügte Leif hinzu, »da machen sie leckeres Chili. Ich werde mich dort vergnügen, bis du kommst. Dann ziehen wir los und organisieren einen Plausch mit Fettick … nehmen uns Zeit und vergewissern uns, dass er es begreift.«

»Alles klar«, stimmte Megan zu. »Wir müssen es versuchen. Aber jemanden dazu zu überreden, dass er einen Feldzug bleiben lässt, wird interessant.«

»Ich glaube schon, dass es uns gelingt, ihn umzustimmen. Danach können wir anfangen, uns nach weiteren Hinweisen darauf umzusehen, was wirklich abläuft. Ich bin sicher, dass wir den Fall lösen können, wenn wir etwas mehr Zeit bekommen.«

»Bestimmt. Bis heute Abend dann.«

Sie verschwand.

Leif kam spätnachmittags an einem klaren, goldenen Tag nach Errint. Die Stadt lag in einem kleinen Gletschertal, das sich an das östlichste Massiv der großen Hochgebirgskette des Nordens anschloss. Einst, vor langer Zeit in der geologischen Geschichte dieses Ortes, als auf dem Kontinent von Sarxos angeblich eine Eiszeit geherrscht hatte, bahnte sich ein riesiger, breiter Eisstrom langsam seinen Weg vom weiten, schneebedeckten Ring des Mount Holdfast ins Tal und verformte es zu einer langen, weich geschwungenen, U-förmigen Mulde, die fast neun Meilen lang war. Jetzt war der Gletscher bis direkt an den Fuß des Holdfast zurückgewichen. Nur ein Bach, der sich aus der Endmoräne des Gletschers hinunter ins Tal wand, kündete noch davon, ein Mäander aus verstreuten, runden weißen Steinen und dem eigenartigen, milchig-grünen Wasser, das ein mit Gletscher-›Mehl‹ bedecktes Flussbett verriet.

Errint lag auf einem kleinen Rest von Felsen, der

irgendwie der zerstörerischen Kraft des Gletschers entgangen war. In ihren frühen Tagen war die Stadt aus Holz erbaut worden, aber sie brannte immer wieder nieder, so dass man sie schließlich aus Stein neu errichtete und als Zeichen und Siegel den Phönix annahm. Die Bevölkerung war nicht groß, doch berühmt: ein zähes, unabhängiges Bergvolk, gefährlich in der Schlacht, gewandt im Umgang mit Hellebarde und Armbrust. Die Errinter blieben in der Regel unter sich und mischten sich nicht in fremde Kriege ein, außer die Bezahlung war gut. Ihre Stadt hatte durch Salz- und Eisenbergwerke eine kleine, aber stetige Einkommensquelle, die eifersüchtig gehütet wurde. Kein Außenstehender erfuhr von den geheimen, labyrinthischen Zugangswegen zu den Bergwerken. Die Errinter betrieben in dem langen, steinigen Tal Ackerbau im kleinen Stil. Hauptsächlich bauten sie Hafer und Gerste an und kümmerten sich ansonsten soweit wie möglich um ihre eigenen Angelegenheiten.

Seit einiger Zeit war das nicht mehr so einfach. Argaths Aufstieg in den Nordlanden hatte dazu geführt, dass sich die Königreiche an den Rändern seines Reiches nach Verbündeten umzusehen begannen oder nach Pufferstaaten, die sie von dem unfreundlichen Nachbarn abschirmten, der hinter den Bergpässen lauerte. Aus Sicht der Länder im Norden – also Argaths Herrschaftsgebieten – und im Süden – den Reichen des Herzogs Morgon und anderer – schien Errint ideale Bedingungen aufzuweisen: eine kleine Bevölkerung, die wahrscheinlich keinen nennenswerten Widerstand leisten würde; Land, das mit Ausnahme der Pufferfunktion nicht viel wert war, so dass sein Wert nicht durch die Schlachten zerstört würde, die darauf ausgefochten wurden; und dazu die Minen, Quelle des unvergleichlichen Holdfast-Erzes, nach dem in Sarxos starke Nachfrage für den Waffenbau bestand.

Die Errinter jedoch nahmen die Idee nicht wohlwollend auf, irgendjemandem als Pufferstaat zu dienen. Als Argath zum ersten Mal von den Bergen herunterkam, um das Land zu annektieren, hielten sie dagegen und vertrieben ihn. Im letzten Jahr war ihnen das abermals gelungen. Doch Argath hatte zweimal den Fehler begangen, sie bei ungünstigem Klima anzugreifen. Ihr Wetter kannten die Errinter besser als jeder andere. Selbst im Sommer konnten sich jene verschlafen wirkenden Gipfel in Wolken hüllen und wild werden. Dann fuhr schreiend ein tödlicher Sturm ins Tal – ein heftiger, heißer Wind, der über die nördlichen Bergkuppen strömte, die wenigen kleinen Gletscherseen in Aufruhr versetzte und Gewitter entfachte, die eine nahezu pathologische Neigung besaßen, Blitze in die Invasionstruppen zu schleudern.

Das kleine Errint war eine harte Nuss. Nicht, dass es unmöglich gewesen wäre, sie zu knacken, und die Führung des Landes gab sich da auch keinen falschen Illusionen hin. Man wusste sehr wohl um Argaths Macht, die im Norden lauerte. Nie war man in der Position gewesen, ihn auf eigene Faust anzugreifen. Aber vielleicht änderte sich die Lage jetzt …

Leif stand also am offenen Stadttor und sah sich um, und die Torwächter, auf ihre Hellebarden gestützt, blickten gleichmütig zurück. Es waren große, dunkelhaarige Männer mit groben Gesichtszügen, typisch für das Volk von Errint, das lieber Leder als Stoffkleidung trug. Leif nickte ihnen zu, da er wusste, dass sie ihn schon als harmlos und freundlich eingestuft hatten. Andernfalls läge er jetzt flach auf dem Boden, mit einem dieser übergroßen Armee-Dosenöffner im Bauch. Durchaus liebenswert nickten die Wächter zurück, und Leif betrat die Stadt.

Errint war im Wesentlichen etwa so aufgebaut wie Minsar, nur in einem viel kleineren Maßstab. Auch war hier nicht erlaubt, sich außerhalb der fünften und letzten Mauer einzurichten. Die Bäcker, Gerber und ihresgleichen waren weit in die hinterste Rundung zwischen dem vierten und fünften Wall zurückgedrängt, doch schon aus einem einfachen Grund stellte keiner Zelte oder Übergangsbauten draußen auf: Einer dieser plötzlichen Sommerstürme konnte sie geradewegs den Hügel von Errint hinab in den Fluss spülen. Der Marktplatz innerhalb des dritten Walls war daher ungewöhnlich voll von Zelten, Planen, Tischen, Strohsäcken und Ballen. Jeden Tag war Markttag in Errint. Schwunghafter Handel lief über die einzige Straße des Tals hinauf und ins Tiefland. Leute, die gekommen waren, um Metall oder ein Tierfell zu erwerben, blieben und kauften das eine oder andere dazu, ein Fässchen Bergbutter oder den berühmten Gletscherwein.

Es war bereits so spät, dass der Markt vieles an Umtriebigkeit verloren hatte. Noch waren Rufe zu hören wie »Kauft mein Bier!« oder »Felle! Gute Felle ohne Löcher!«, doch das alles hatte etwas Oberflächliches, als dächte jeder schon daran, allmählich zum Essen oder Trinken zu gehen. Auch ein stetiger, metallischer Klang war zu hören, den Leif kannte. Er lächelte, als er sich an den Marktständen vorbei zur Quelle des Geräuschs vorarbeitete.

In einer Bergbauregion wie dieser wussten viele Menschen etwas über die Schmiedekunst – das Grundlegende –, aber einen wirklich guten Grobschmied zu finden war schwer. Am schwersten aber war es, einen guten Hufschmied aufzutreiben. Diese reisten in der Regel dorthin, wo das Geschäft lief. Nur die besten hatten einen festen Arbeitsplatz, an dem sie darauf warten konnten, dass Kunden mit ihren Pferden den Weg zu ihnen fanden. In Errint arbeitete ein ausgezeichneter Schmied.

Leif bahnte sich einen Weg durch den Teil des Marktes, der den Metzgern vorbehalten war, vorbei an den letzten paar Rinderkarkassen, die in der späten Sonne hingen, von Fliegenwolken umschwärmt. Schließlich gelangte er an einen Punkt neben der Biegung in der Mauer, wo jemand einen Karren abgestellt hatte. Von da kam der rhythmische metallische Klang. Neben dem Karren stand mit gesenktem Kopf ein geduldiges Zugpferd, dessen Zügel an einen Eisenring hinten am Wagen gebunden waren.

Direkt vor dem Haus lag auf einem Stein ein Amboss, der wohl einmal einem reichen Errint als Steighilfe gedient hatte. Der kleine, gut aussehende Mann, der daran arbeitete, trug ein dunkles Hemd aus Segeltuch und abgetragene lederne Hosen; darüber hatte er eine dicke Lederschürze. Er hämmerte auf ein Hufeisen ein, das bis eben in der tragbaren Esse gewesen war. Diese hatte der Schmied vom Wagen herunter genommen und neben den Amboss auf den Boden gestellt. Im Gerüst des Karrens hing der Blasebalg bereit. Der Hufschmied hielt einen Augenblick lang inne, um das Hufeisen mit der Schmiedezange hochzuheben und es in die Kohlen zu werfen, damit es wieder heiß wurde. Als es rot wie eine Kirsche glühte, nahm er es mit der Zange heraus und fing wieder an, es gegen den Amboss zu schlagen.

»Wayland?«, begrüßte ihn Leif.

Das Gesicht, das zu ihm hochsah, war von Lachfalten durchfurcht. Die Augen hatten den fernen Blick eines Menschen, der in den Bergen aufgewachsen war, auch wenn er kein Einheimischer war. »Ei, der junge Leif!«, rief Wayland. »Eine gute Begegnung zur Nachmittagsstunde! Was führt Euch zu dieser Jahreszeit hierher?«

»Ich ziehe nur herum«, antwortete Leif, »wie üblich.«

Waylands Grinsen ließ erkennen, dass er Leifs Worte nicht für bare Münze nahm. »Ach, ja, soso.«

»Dasselbe könnte ich Euch fragen«, entgegnete Leif. »So kurz vor dem Herbst seid Ihr normalerweise nicht hier oben. Ich dachte, Ihr hättet beschlossen, dass Ihr von diesem Wetter genug habt. Euch liegen die Täler, sagtet Ihr doch, wenn es Herbst wird.«

»Na, es ist doch noch Sommer, nicht?«, gab Wayland zurück. Er senkte die Stimme. »Und was Euch angeht, mit Eurem Heilstein und so, ich glaube nicht, dass Ihr nur umherwandert. Ich würde wetten, dass Ihr noch einen anderen Grund habt, hier zu sein.«

»Schade, dass Ihr diese Wette verliert«, sagte Leif und setzte sich seitlich auf den Wagen, so dass er nicht im Weg war. Einige Minuten lang sah er Wayland zu, wie der das Hufeisen zu Ende bearbeitete. Wayland ließ es in einen daneben abgestellten Wassereimer fallen; das Wasser kochte und pfiff, Dampf schoss empor. Unbeeindruckt bewegte das Pferd die Ohren vor und zurück.

»Der Mensch muss von etwas leben«, sagte Wayland nachlässig. »Man muss dahin gehen, wo mit Geschäften zu rechnen ist.«

»Denkt Ihr, dass hier Geschäfte zu machen sein werden?«

»Allerdings«, antwortete Wayland, während er mit der Zange in dem Eimer fischte, um das Hufeisen herauszuziehen. »Ich denke, hier wird es bald eine Menge zu tun geben.« Er warf einen Blick auf die Stadttore und ließ ihn dann über die Mauer nach Osten schweifen, hinunter ins Tal. »Nicht mehr lange, und es gibt Krieg.« Er hob den rechten Vorderhuf des Pferdes, nahm ihn zwischen die Knie und drehte Leif kurz den Rücken zu.

»Was meint Ihr? Zwischen wem?«

Einen Moment lang schwieg Wayland. Er warf einen Blick über die Schulter – etwas hastig, dachte Leif – und machte sich dann wieder an die Arbeit. Leif wandte sich in dieselbe Richtung wie Wayland und sah hinter den immer noch zahlreichen Leuten auf dem Marktplatz und den Rinderkarkassen eine seltsame kleine Gestalt vorbeigehen. Ein eigenartiger kleiner Mann, weniger als einen Meter zwanzig groß. Nicht, wie es freundlicherweise heißen müsste, eine kleine Person, sondern definitiv ein Zwerg. Er war in ein schrilles oranges und grünes Narrengewand gekleidet, das den Augen wehtat, und hatte eine seiner Größe angepasste Laute an einem Bandelier über der Schulter hängen.

Der kleine Mann geriet für einen Moment außer Sicht. »Herzog Mengor ist zu Besuch«, sagte Wayland ohne erkennbaren Zusammenhang.

»Bei Lord Fettick?«, erkundigte sich Leif.

»Jawohl.« Wayland steckte einen Nagel in das erste Loch, das in dem Hufeisen ausgespart war, trieb ihn dann bis zur Hälfte hinein und begann, den überstehenden Rest nach außen zu schlagen und ihn über das Eisen zu biegen. »Er war etwa einen Tag hier. Sie haben sich unterhalten – was hohe Herren halt so reden. Hübsches Nachtmahl gestern Abend, oben im hohen Haus.« Er warf einen Seitenblick zu dem bescheidenen Schlösschen, das im innersten Ring der Stadt lag. »Manche sagen, dass Fetticks Tochter im Heiratsalter sei.«

»Ach ja?«

Waylands Gesicht verzog sich, und er spuckte aus. »Sie ist vierzehn. Das mag ja im Süden als heiratsfähig gelten, aber ...« Er hob die Augenbrauen. »Na, was weiß man schon von fremden Sitten.«

»Denkt Ihr, dass diese Hochzeit zustande kommt?«

»Nicht, wenn vorher etwas anderes passiert«, sagte Wayland ganz leise. »Jemand versucht, seine Haut zu retten.«

Leif senkte die Stimme ebenfalls. »Das hat nicht etwa was mit Argath zu tun, oder?«

Wayland warf ihm einen langen Seitenblick zu und spuckte dann ins Feuer – eine alte Geste unter Bergbewohnern, die bedeutete, dass manche Wörter am besten gar nicht ausgesprochen wurden, geschweige denn zu laut. Nach ein paar Sekunden sagte er: »Ich habe jemanden sagen hören, dass sich seine Armeen sammeln. Ich weiß aber nicht sicher, wo sie derzeit sind.«

Leif nickte. »Habe auch gehört«, fügte Wayland fast schon flüsternd hinzu, »dass jemand, der ihn in einen Kampf verwickeln und besiegen sollte ... nicht so weit gekommen ist.«

»Elblai«, wisperte Leif zurück.

»Wie es heißt«, sagte Wayland, »wurde sie rausgeworfen.« Er spuckte abermals ins Feuer.

Leif dachte einen Moment schweigend nach und beobachtete Wayland, der sich wieder dem Hufeisen zuwandte. Er bog den letzten Nagel zurecht, dann ließ er den Hammer fallen und begann die Kanten der Nägel abzufeilen. »Wayland«, sagte Leif, »hättet Ihr später Zeit für ein kurzes Gespräch?«

»Gewiss«, antwortete Wayland nach einem Moment. »Warum nicht?«

»An einem ruhigen Ort.«

»Kennt Ihr das Scrag End, hinten in der Winetavern Street? Zwischen dem zweiten und dem dritten Wall, von den Toren her südwärts.«

»Das Wirtshaus mit dem Bienenstock davor? Ja.«

»Dann sehen wir uns dort nach Einbruch der Dunkelheit?«

»Einverstanden. Passt es euch zwei Stunden nach Sonnenuntergang?«

»Gut.« Wayland richtete sich von der Arbeit auf. »Also dann, junger Mann ...«

Leif hob eine Hand zu einem nachlässigen Abschiedsgruß und ging unter trägen Blicken auf die wenigen noch ausliegenden Waren über den Markt von dannen: Stoffballen, ein paar letzte müde wirkende Käselaibe.

Er war froh, Wayland begegnet zu sein. Der Mann sah viel, es lohnte sich, ihn zu kennen. Leif kannte ihn schon recht lange, seit der ersten Schlacht in Sarxos, die er nach Erwerb des Heilsteins mitgemacht hatte. Tatsächlich hatten sie einander in einem Lazarett kennen gelernt, denn Hufschmiede, die mit heißem Metall und Brenneisen umzugehen verstanden, waren auf Schlachtfeldern sehr gefragt, wenn keine Zauberer zur Verfügung standen. Wayland war mit den Männern, die er behandelte, erstaunlich sanft umgegangen, so brutal die Behandlung selbst war. Ihm entgingen wenige Einzelheiten von dem, was um ihn herum geschah, und er hatte ein phänomenales Gedächtnis. Leif war froh, mit jemand anderem als Megan über die Angelegenheiten von Sarxos sprechen zu können. Mehrere Perspektiven konnten nie schaden.

Auf dem Weg zum Gasthaus machte sein Herz einen Satz, als ihm plötzlich jemand von hinten auf die Schulter tippte.

Er drehte sich von der Berührung weg, wie seine

Mutter es ihm gezeigt hatte, und fuhr herum, die Hand am Messer.

Aber es war nur Megan.

Sie sah Leif schief an. »Ich dachte, wir treffen uns im Gasthaus.«

»Oh … tut mir Leid. Ich wurde aufgehalten. Ich habe einen Bekannten getroffen.«

»Heißt das, du warst noch gar nicht drin, um dir den Bauch mit Chili voll zu schlagen?«

Unvermittelt knurrte sein Magen. ›Chili‹, hieß das wohl.

Megan grinste. »Komm«, forderte sie ihn auf – und hielt inne, als sie eine Stimme auf der anderen Seite der Marktstände ein eigentümliches Lied anstimmen hörte.

»Was zum Geier ist das?«, fragte Megan. Die Stimme wurde von einer Art Ukulele begleitet.

Hört das Lied von der traurigen Maid,
denn traurig war sie sehr,
Sie verlor ihre Liebe ans Wassermannskind
in den Wogen des salzigen Meers …

Der Sänger, wenn man ihn so nennen konnte, kam zwischen den Planen und Tischen hervor, verfolgt vom rauen Gelächter und den Pfiffen einiger Marktleute, als das Lied derber wurde. Es war der Zwerg in dem schrillen Narrenkleid. Er blieb bei einem der Stände stehen, einem Obststand, der gerade abgebaut wurde, und begann, mit einer Hand ziemlich disharmonische Akkorde anzuschlagen, während er mit der anderen versuchte, einige Früchte zu ergattern. Der Obstverkäuferin, einer großen, üppigen Frau mit einem Glasauge, riss schließlich der Geduldsfaden, und sie briet dem Zwerg mit einem leeren Korb eins über.

Er fiel hin, raffte sich auf und trottete mit einem dreckigen kleinen Kichern, das an eine Zeichentrick-Kakerlake erinnerte, davon.

Megan starrte ihm hinterher. »Was war denn *das*?«, fragte Leif die Obstverkäuferin.

»Gobbo«, antwortete die Marktfrau.

»Wie bitte?«, fragte Megan nach.

»Gobbo. Das ist der syphilitische kleine Zwerg von Herzog Mengor. Ein schöner Spielmann ist mir das!«

»Kein Spielmann, gute Frau, nicht mit dieser Stimme«, mischte sich einer der Metzger ins Gespräch, der mit einem Viertel Rinderkarkasse auf dem Rücken vorbeikam.

»Ein Possenreißer«, fügte die Obstverkäuferin hinzu. »Und eine schöne Nervensäge. Rennt immerzu durch die Gegend, klaut und stiehlt und sucht Ärger. Geht einem an die Röcke …«

»Ihr seid doch nur eifersüchtig, weil er Euch noch nie an die Röcke wollte, gute Frau«, machte sich ein weiterer Händler lustig, der gerade zusammenräumte.

Die Obstfrau wandte sich dem Mann zu und überschüttete ihn mit einem derartigen Wortschwall, dass er sich eilends hinter einen anderen Stand zurückzog. Leif lachte in sich hinein und wandte sich dann wieder Attilas Wirtshaus zu. Megan stand noch einen Moment lang da und blickte in die Richtung, in die der Zwerg verschwunden war.

»Ich weiß nicht, warum«, sagte sie zu Leif, »aber er kommt mir bekannt vor …«

»Ja …« Leif sah in dieselbe Richtung und fuhr dann fort: »Ich sage dir, warum. Du hast ihn in Minsar gesehen.«

»Wirklich? Kann sein.« Dann erinnerte sie sich an die seltsame kleine Gestalt mit dem Schwert, die über den fackelbeleuchteten Marktplatz lief und dieses bizarre kleine Kichern hören ließ. Sie fröstelte leicht, ohne zu verstehen, weshalb. »Wenn er so weit weg war«, sagte sie leise, »was macht er dann auf einmal hier?«

Leif fasste sie am Arm und zog sie auf Attilas Wirtshaus zu. »Schau mal«, gab er zu bedenken, »*wir* waren auch so weit weg und sind jetzt hier. Daran ist nichts Ungewöhnliches.«

»Bist du sicher?«, fragte Megan. Sie betrachtete Leif, der einen nachdenklichen Gesichtsausdruck bekam. Doch langsam verwandelte sich die Nachdenklichkeit in Misstrauen.

»Ich habe so meine Zweifel«, sagte er.

»Ich auch. Aber eines nach dem anderen«, erwiderte Megan, und jetzt war sie es, die Leif am Arm fasste. »Zweifel vertragen sich schlecht mit einem leeren Magen.«

»In Ordnung«, antwortete Leif. »Nachher haben wir übrigens eine Verabredung.«

»Ach?«

»Komm, das erzähle ich dir alles gleich. Vorausgesetzt, ich kann beim Essen überhaupt reden. Das Chili ist *so scharf* …«

»Wie scharf?«

»Sie benutzen es, um Drachen zur Räson zu bringen.«

»Auf geht's. Ich bin bereit!«

Eine Stunde später saßen die zwei allein in einer Ecke in Attilas Wirtshaus und versuchten, sich von ihrem Abendessen zu erholen. »Ich fasse es nicht, dass ich das gegessen habe«, stöhnte Megan. »Zwei Portionen!« Sie sah auf die Reste ihrer zweiten Schüssel hinunter.

Leif lachte in sich hinein und nahm einen Zug von seinem Getränk. Gegen Attilas Chili half nichts außer kaltem, süßem Eistee mit Sahne; also tranken sie beide dieses Getränk aus hohen Tonkrügen.

»Mir tun die Drachen Leid, von denen du erzählt hast«, sagte Megan dann.

Leif blickte mit zusammengekniffenen Augen zum Fenster hinüber. »Gleich geht die Sonne unter. Wir sollten uns auf den Weg machen.«

»Okay. Aber erzähl zu Ende, was du angefangen hast«, bat Megan. »Von Wayland.«

»Nein, ich war eigentlich fertig.«

»Es hatte was mit seinem Namen zu tun.«

»Ach, das ... Es ist einfach eine allgemeine Bezeichnung für einen umherziehenden Schmied. Ein kleiner Scherz. Aber Wayland ist gut. Und er kommt herum. Hört eine Menge Sachen. Doch ich wollte noch etwas anderes erwähnen, bevor wir ihn treffen.«

Leif sah sich im Raum um. Die Besitzerin des Wirtshauses hatte sich hinaus in die Abendkühle gestellt und lehnte an der offenen Tür, die auf den Marktplatz ging. Sie unterhielt sich mit einem Passanten.

Leise sagte Leif: »Bevor ich heute nach Sarxos kam, wollte ich noch etwas erledigen, was mir in den Sinn gekommen war.«

»Ach?«

»Also, du hast gesagt, dass es eine bessere Methode geben müsste, nach dem Rausschmeißer zu suchen. Ich finde, dass du Recht hast. Also dachte ich mir, wenn es nicht darum geht, wer Argath in der Schlacht besiegt hat – denn offensichtlich sollen wir das denken –, dann ist doch die Frage: Wer, welcher Spieler oder welche Figur, hat *ebenfalls* Schlachten oder Gefechte gegen dieselben Leute verloren? Gegen die Leute, die Argath geschlagen haben?«

Megan sah ihn nachdenklich an. »Siehst du«, fuhr Leif fort, »man muss das Problem betrachten, als wäre es eine Aufgabe aus der Mengenlehre. Man könnte es als ein Venn-Diagramm aufzeichnen, das in etwa so aussieht wie eine Sarxosversion von einem MasterCard-Logo. Man muss die gesamte Geschichte der Schlachten in Sarxos über eine Reihe von Jahren überblicken, um Überschneidungen dabei zu finden, wer mit wem kämpfte. Und um eine einheitliche Gruppe beschreiben zu können, müssen die Überschneidungen *exakt* sein. Die Schnittmenge. Kannst du mir folgen?«

Megan blinzelte und nickte dann. Sie wusste, dass Analysen eine von Leifs Stärken waren. Es frappierte sie nur ein wenig, ihn das einfach so aus dem Hut zaubern zu sehen. »Okay. Und was hast du gefunden?«

»Also, es geht damit los, dass Schlachten in Sarxos keine sehr durchorganisierte Sache sind. Es existiert nicht etwa ein fester Zeitplan oder so etwas. Aber es gibt die Tendenz, dass bestimmte Mitglieder einer Spielergruppe gegen andere Mitglieder der Gruppe kämpfen – die Zusammensetzung der Teilgruppen erfolgt grob nach der räumlichen Zugehörigkeit. Teilweise liegt das an der Logistik des Spiels. Eine große Anzahl von Leuten und große Truppenverbände von einem Ende von Sarxos zum anderen zu verschieben, kostet Wochen an Spielzeit. Das ist logistisch einfach nicht machbar. Wann hast du zuletzt von einer Schlacht zwischen dem nördlichen und dem südlichen Kontinent gehört?«

Megan schüttelte den Kopf. »Ich glaube, noch nie.«

»Es gab eine«, berichtete Leif, »aber das liegt in Spielzeit gerechnet zwölf Jahre zurück, und es trieb beide Seiten in den Bankrott. Schlimmer noch, keiner hat gewonnen – der Krieg endete mit einem Patt, denn mehrere Nachbarstaaten sowohl des nördlichen als auch des südlichen Reiches, die einander bekriegten, nützten die Gelegenheit, ihrerseits die kämpfenden Länder anzugreifen. Die Situation ähnelte der Lage während der Amerikanischen Revolution, nur viel schlimmer: wie Frankreich, die Niederlande und andere Staaten sich diplomatisch oder im Feld gegen Großbritannien zusammenschlossen, während die Briten versuchten, gegen die USA Krieg zu führen. Aber egal, interkontinentale Kriege passieren anscheinend einfach nicht mehr; sie zahlen sich nicht aus.«

Leif lehnte sich in seinem Stuhl zurück. »Also kommt es dazu, dass Länder, die genug Leute für Armeen zusammenbekommen – und das sind die meisten, alle kämpfen gerne, und viele kommen nach Sarxos, um Schlachten auszukämpfen –, im Lauf einer Feldzugsaison, vom Spätfrühling über den Sommer bis in den frühen Herbst, gegen alle anderen antreten, die in Reichweite sind. Am Ende ziehen sie gegen so gut wie jeden in derselben ›Liga‹ oder ›Gruppe‹ in den Krieg, einfach weil sie physisch in der Nähe sind. Die ›Ligen‹ sind über das gesamte Spielfeld ziemlich gleichmäßig verteilt.«

»Ist das nicht ein bisschen komisch?«

»In der Echtwelt vielleicht schon. Aber hier … Ich habe mich mit einer Sarxoskarte hingesetzt und etwas sehr Interessantes darüber herausgefunden, wie Rodrigues vorgegangen ist, als er Sarxos aufgebaut hat. Er hat sichergestellt, dass *kein* bevölkerungsreiches Gebiet ganz ohne strategischen Nutzen ist. Gleich, wo du wohnst, welches Land du ererbt oder erobert hast, es hat immer einen Nutzen. Aber wichtiger ist, dass sich immer etwas noch Interessanteres, ein Ort mit

Dingen, die du brauchen könntest, am Horizont oder über dem nächsten Berg befindet. Ein reiches Land ist genau zwischen zwei oder drei kleinere, ärmere eingezwängt. Oder ein großes, mächtiges Land findet sich von einer Reihe anderer Länder umgeben, die anzugreifen schlicht nicht möglich ist. Schau dir zum Beispiel Errint an. Argath ist gleich da drüben, und es hätte ihm leicht fallen sollen, dieses Land mit seinen großen Armeen zu überrennen, aber das geht nicht, wegen der Berge zwischen ihm und Errint. Die Pässe wurden anscheinend sehr sorgfältig platziert, um eine Invasion zu erschweren.«

»Eingebautes Frustrationsmoment«, sagte Megan.

»Ich glaube, es ist mehr als das«, meinte Leif. »Rod in seiner unendlichen Weisheit« – er blickte amüsiert zur Decke – »hat die Samen des Konflikts in seiner Welt gesät. Aber er hat auch Samen der Stabilität ausgestreut, um alles im Gleichgewicht zu halten. Dabei ist er recht subtil vorgegangen.«

»Hast du dir das alles selbst überlegt?«, fragte Megan beeindruckt und belustigt.

»Wie? Ach, das Meiste. Es sind einige Bücher über Sarxos geschrieben worden, aber im Wesentlichen hatten die Autoren keine Ahnung, oder sie haben sich an den tollen äußeren Einzelheiten aufgehängt, der Computer-Schnittstelle und dem Punktesystem und so, und sind nie in die Tiefe gegangen.«

»Also, für mich klingt das alles sinnvoll«, sagte Megan. »Wenn man ein Spieledesigner ist, will man ja sicherstellen, dass sich die Spieler nicht langweilen. Obwohl ich sagen muss, dass Sarxos da anscheinend keine Gefahr läuft.«

»Das ist allerdings wahr. Aber Rod hat ein paar Tücken eingebaut. Wenn wir Arstan und Lidios aus der Gleichung einmal beiseite lassen – sie sind wegen der Schießpulverregel Ausnahmen und kämpfen meistens miteinander statt gegen andere Länder –, kommt es mir so vor, als würde im Spiel abwechselnd auf zwei Arten Druck ausgeübt. Eine kommt von den Spielern. Sie wollen, dass die Dinge im Großen und Ganzen bleiben, wie sie sind, und sie wollen nur Veränderungen, die ihnen nützen. Die andere Art von Druck kommt meiner Ansicht nach von Rod: Das sind Druckmittel, die gewährleisten, dass statische Situationen nicht ewig so bleiben, und dass sich die Dinge, die im Wandel sind, nicht zu schnell verändern oder zu stark. Wenn man sich die Spielzusammenfassungen der letzten zehn Spieljahre ansieht, bekommt man den Eindruck, dass Sarxos hier und da einen Schubs bekommt, einen Impuls. Eine Entwicklung beginnt in eine Richtung in einem bestimmten Land – erinnerst du dich an die Sache mit der Sklaverei in Dorlien? Und dann geschieht etwas, das dieses Land sozusagen wieder auf Kurs bringt. Oder ein Reich hat sich lange Zeit immer gleich verhalten, und dann passiert plötzlich etwas, anscheinend genau im rechten Augenblick, das es aus der Bahn und in eine völlig andere Richtung bringt.«

Megan erwog das für einen Moment. »Das klingt wie eine tolle Art, die Dinge in Bewegung zu halten. Aber du willst doch nicht behaupten« – ihr Gesichtsausdruck veränderte sich auf einmal – »dass diese Rauswürfe so ein ›Schubser‹ sind? Du glaubst doch nicht, dass Rodrigues … dass Rod …«

Leif sah sie an und nickte langsam. »Ich habe mich gefragt, ob du auch zu einer solchen Schlussfolgerung kommen würdest.«

Megan überlegte. »Weißt du«, stellte sie dann fest, »Paranoia ist etwas Schreckliches. Sie dringt überall ein.«

»Ja«, stimmte Leif zu. »Doch die Frage bleibt: Sind wir paranoid oder nicht? Wenn die Verbindung mit Argath wirklich nur dazu dient, etwas zu verbergen, Rache oder Hass oder etwas, das noch schwerer zu erkennen ist, dann sieht es für mich so aus: Jemand hat sich hingesetzt und Struktur und Anlage des Spiels sorgfältig analysiert, um zu sehen, wo man am effektivsten eingreifen kann, und zwar so, dass sich die Schuld möglichst einem anderen in die Schuhe schieben lässt. Wenn du meinst, dass das zum Beispiel für den Erfinder des Spiels möglich wäre, der Sarxos organisiert hat …«

Megan schüttelte verwirrt den Kopf. »Eine Menge anderer Leute kämen ebenfalls in Frage.«

»Ja, ich weiß. Aber wir müssen die Möglichkeit mitbedenken.«

Megan begann, ihre Teetasse im Kreis zu drehen. »Ein Spieladministrator kann sein Spiel ablaufen lassen, wie es ihm passt. Aber warum sollte er seine zahlenden Kunden rausschmeißen? Ohne ein Motiv wird die Theorie nicht sattelfest.«

»Es ist noch keine Theorie. Nur eine Möglichkeit.«

»Sherlock Holmes würde das nicht einmal mit diesem Begriff adeln, glaube ich.« Doch dann schüttelte Megan den Kopf. Es gab keinen Grund, den Gedankengang auf der Stelle zu verwerfen. »Also, dann verlieren wir uns mal nicht in Einzelheiten. Du hörst dich jetzt ziemlich überzeugt an, dass jemand anderer als Argath für die Rauswürfe verantwortlich ist. Du denkst, dass es jemand ist, der von denen besiegt wurde, die auch Argath besiegt haben. Fein. Wie viele kommen dafür in Frage?«

»Sechs«, antwortete Leif. »Generäle oder Feldherren namens Hunsal, Orieta, Walse, Rutin, Lateran und Balk der Spinner.«

»Was für ein Name«, rief Megan.

»Allerdings. Wenn man die Daten auf diese Weise analysiert, wird es etwas einfacher, denn diese Spieler kommen alle aus dem Nordosten des Nordkontinents. Entweder sind dort ihre Städte, Reiche oder Armeen, oder die Schlachten fanden im Bereich dieser ›Liga‹ statt.«

»Klingt, als würde die Analyse die Wahrscheinlichkeit erhöhen, dass der echte Rausschmeißer einer von diesen sechs ist. Wenn es nicht Argath ist.«

»Stimmt. Wenigstens sieht es für mich so aus. Fällt dir eine andere Interpretation ein?«

Megan schüttelte den Kopf. »Nicht auf Anhieb. Eigentlich würde ich mir die Daten gerne selbst anschauen, aber das wäre besserwisserisch. Das ist deine Spezialität, und wenn du die Lage so interpretierst, schließe ich mich dir gerne an.«

»Großartig. Dann wissen wir also, wie es weitergeht«, sagte Leif. »Ach – du hast doch den Bericht für Winters fertig, oder?«

»Ja. Den müsste er allmählich bekommen haben. Wart mal kurz. Spielunterbrechung«, sagte Megan in die Luft.

»Eingabebereit.«

»Zeit an der Basis.«

»Einundzwanzig Uhr dreiundvierzig.«

»Abgeschickt. Vor einer Viertelstunde«, sagte Megan zu Leif. »Und du?«

»Mein Bericht wartet auf die automatische Versendung – Winters bekommt ihn in etwa einer Stunde.«

»Und was ist mit unserem aktuellen Ansatz?«, erkundigte sich Megan mit einem schlauen Gesichtsausdruck. »Hast du ihm von den neuen Informationen erzählt, die du ausgegraben hast?«

»Äh, na ja …«

»Wir halten ihn hin, um erst mal zu sehen, was wir selbst tun können, was?«, fragte Megan.

»Na ja, das entspricht doch dem, was wir abgesprochen haben, oder?

Megan war das ein wenig unangenehm. Gleichzeitig hatte sie das Gefühl, dass sie vielleicht wirklich an etwas dran waren.

»Schau, machen wir noch einen oder zwei Tage so weiter«, schlug Leif vor. »Wir sind nah dran, das weiß ich. Und ohne unmittelbar bevorstehende Schlachten …«

»Ich bin einverstanden, der Sache einen oder zwei Tage nachzugehen«, antwortete Megan, »aber nicht aufgrund der Annahme, dass keine Schlachten auf uns zukommen. Wir können nicht davon ausgehen, dass das irgendeinen Einfluss darauf haben wird, ob der Rausschmeißer jemanden angreift oder nicht. Ich glaube, er wird jeden rauswerfen, den er rauswerfen will, wann immer es ihm beliebt. Deswegen möchte ich heute Nacht so viel daran arbeiten wie möglich. Nach unserem Gespräch mit Wayland sollten wir sofort Lord Fettick kontaktieren und bei der nächsten Gelegenheit die Herzogin Morn. Wir müssen sichergehen, dass sie gewarnt sind und die Warnung ernst nehmen.«

»Genau«, sagte Leif. »Dann müssen wir uns mit diesen sechs Heerführern unterhalten oder andere Leute auf sie ansprechen. Das wird eine Menge Transit kosten, aber …« Er zuckte die Achseln.

»Also, du kannst dir ja ein wenig von der Lauferei mit mir teilen«, schlug Megan vor. »Ich habe auch noch etwas Transit – nicht so viel wie du vielleicht, aber es geht um eine wichtige Angelegenheit. Wir müssen uns aber ins Zeug legen. Es kann dauern, bis wir genug Informationen über die sechs gesammelt haben, um herauszufinden, wer der Rausschmeißer ist.«

»Und was machen wir dann? Das heißt, wenn wir sicher sind, den Richtigen gefunden zu haben?«

»Die Net Force rufen«, erwiderte Megan. »Ihr alles übergeben, was wir haben, damit sie sich den Rausschmeißer schnappt.«

»Ich werde darauf bestehen, dabei zu sein, wenn sie ihm das Handwerk legen«, sagte Leif.

»Darauf bestehen? Wem gegenüber? Winters?« Megan warf ihm einen skeptischen Blick zu. »Willst du eine Hochrechnung, wie deine Chancen liegen, damit durchzukommen?«

»Äh, na ja … Ich werde mich trotzdem dafür einsetzen. Würde mich einfach zufrieden machen.«

»Es wäre schön, da zu sein, wenn es passiert«, stimmte Megan zu. »Aber ich würde mich nicht darauf verlassen. Ich glaube, die ›Erwachsenen‹ wollen, dass wir aus dem Weg und in Sicherheit sind. Aber zufrieden? Das bin ich sowieso, wenn sie den Rausschmeißer in den Knast stecken.« Megan war Elblais Gesicht präsent, wie sie ins Krankenhaus eingeliefert wurde, die violetten Augen geschlossen und das Gesicht mit blauen Flecken übersät. »Und so oder so ernten wir den Ruhm. Die Net Force wird wissen, wer die Kärrnerarbeit geleistet hat.«

»Das ist nur fair«, sagte Leif, stand auf und reckte sich. »Komm. Machen wir uns auf den Weg zu Wayland.«

Langsam und vorsichtig legten sie den Weg ins Scrag End zurück. Die Straßen waren sehr dunkel, und obwohl der Mond bereits aufgegangen war, stand er noch nicht hoch genug, um viel Licht über die Mauern zu werfen. Leif und Megan gingen achtsam über die Pflastersteine und spitzten im Gehen die Ohren. Nicht, dass Errint für Sarxos eine unsichere Stadt gewesen wäre. Doch jede Stadt konnte im Schatten gelegentliche Fallstricke verborgen halten, wie einen Dieb, der einen um seine Börse oder sonstige Wertgegenstände erleichtern wollte. In der Tat war die Gilde der Diebe in Sarxos recht gut vertreten. Menschen, die in der Echtwelt ein unbescholtenes Leben führten, verbrachten ihre Freizeit damit, sich in Lumpen gekleidet in Gassen herumzudrücken, sich wie Gauner auf Rotwelsch zu unterhalten und andere Dinge zu tun, die in ihrem normalen Leben fürchterlich unsozial gewesen wären, in Sarxos aber nichts als Spaß bedeuteten. Hier galten sie als Teil der Landschaft, wie Hundehaufen auf den Fußwegen von New York.

Ein unangenehmes Kichern vom Ende einer Gasse ließ Megan aufblicken. Leif blieb stehen und starrte in die Dunkelheit, und Megan fluchte leise.

»Sehr interessant«, bemerkte sie nach einem Moment.

Leif konnte nichts sehen, doch die Stimme kam ihm bekannt vor. »Wer war das?«

»Unser kleiner Freund«, erwiderte Megan. »Gobbo, der singende Zwerg.«

»Na, so was!«, rief Leif.

»Man sollte denken, er ist oben im Schloss und macht das, was Possenreißer für ihren Boss so tun«, fuhr Megan fort.

»Kann sein, dass er einen Botengang erledigt. Ich glaube, das gehört zu seiner Stellenbeschreibung.«

»Hm«, gab Megan zurück. Sie klang nicht sehr überzeugt. »Also, gehen wir.«

Die beiden liefen weiter, kamen durch ein Tor zwischen zwei Wällen und gingen auf eine weitere dunkle Biegung in einer engen Straße zu. Leif zögerte, Megan schritt weiter.

»Halt«, sagte er. »Das ist es.«

Megan blieb stehen und sah die Straße auf und ab. »Das ist was?«

»Das Scrag End.«

Leif erinnerte sich daran, dass Megan das Pheasant & Firkin als ›Loch‹ bezeichnet hatte. Während sie vor dem Scrag End standen und der Mond ganz allmählich über den äußersten Wall lugte, starrte Megan auf das Gebäude, das in die Straße hinein ragte, auf seine zerbrochenen Holzschindeln und die eisenverkleidete, verkratzte Tür.

»Es sieht wie eine Scheune aus!«, entfuhr es ihr.

»Vielleicht war es das mal«, erwiderte Leif. »Komm.« Er schlug gegen die Tür. Ein kleiner, rechteckiger Eisenschlitz auf Augenhöhe wurde zurückgeschoben, und ein schwacher Lichtstrahl fiel, vom Schatten eines Kopfes abgeschnitten, auf die dunkle Straße heraus. Zwei zusammengekniffene Augen musterten Leif durch die Ritze hindurch.

»Wayland«, sagte Leif.

Die kleine Tür schloss sich, und man hörte, wie innen ein Holzbalken beiseitegeschoben und aus seiner Verankerung gehoben wurde. »Hightech«, flüsterte Megan.

Leif lachte in sich hinein. Die Tür öffnete sich schwungvoll nach außen. Erst zwängte sich Leif durch die Öffnung ins Innere, dann Megan.

Leif folgte Megans Blick und glaubte sehen zu können, wie sie den Gedanken zu Ende dachte: *Es* ist *eine Scheune!* Das war das Bauwerk wohl auch gewesen – eine große Scheune, die womöglich zu den alten Ställen gehört hatte, die sich früher in dieser Gegend befanden. Der Boden bestand aus den gleichen Pflastersteinen wie die Straße, und die Wände waren alt, geschwärzt und aus brüchigen Holzbrettern. Man hatte sie Kante an Kante zusammengezimmert und hier und da in dem erfolglosen Versuch, die Risse zu kitten, irgendein Füllmaterial darüber geschmiert. Vier, fünf einfache Holztischchen standen herum, jedes mit einem Binsenlicht bestückt. Ein Vorhang grenzte die Stube von einer Art Servicebereich dahinter ab, wo vermutlich die Bierfässer gelagert wurden.

Der Angestellte, der ihnen die Tür geöffnet hatte, war ein auffallend hochgewachsener und gut aussehender Junge in einem schmutzigen Kittel und Hosen. Er litt unpassenderweise an einer Stirnglatze und hatte langes Haar, das im Nacken sauber zusammengebunden war. Nachdem er die Tür geschlossen und wieder verriegelt hatte, musterte er sie von oben bis unten und verschwand dann hinter dem Vorhang. An einem Tisch ganz hinten nahe diesem Durchgang saß Wayland. Vor ihm stand ein Krug, daneben warteten zwei weitere.

»Hab' Euch bei Attila gesehen«, begrüßte er sie. Dann warf er Megan einen Blick zu. »Ich glaube doch, dass wir uns kennen.«

»Das meine ich auch«, gab Megan zurück und streckte die Hand aus, um die von Wayland zu berühren. Das war der allgemeine Brauch. »Beim Sommerfestival in Lidios, nicht wahr? Auf dem Markt.«

»Richtig, Brown Meg. Mein gewohnter Stand. Vor zwei Jahren?«

»Genau.«

»Du warst in Lidios?«, wandte sich Leif ein wenig überrascht an Megan. »Was hast du da gemacht?«

»Slum-Tourismus«, antwortete Megan mit dem Anflug eines Lächelns. »Ich wollte es mir mal ansehen. Einmal hat genügt.«

»Wie auch immer, seid mir willkommen«, sagte Wayland. Sie hoben die Krüge und tranken das dünne, blasse Bier von Errint, das an Malzbier erinnerte.

»Von da unten komme ich gerade«, erzählte Wayland. »Das Land ist in Aufruhr wie ein Hornissennest.«

»Weshalb?«

»Wegen der Neuigkeiten von hier oben.« Wayland nahm noch einen Zug, als wollte er einen schlechten Geschmack hinunterspülen. »Diese Sache mit dem Herzog, der sich aus dem Nichts auf uns stürzt und den armen Fettick zu einer Allianz mit Argath nötigen will …« Wayland schüttelte den Kopf. »Eine Menge anderer Länder hier oben, sechs oder sieben von den kleineren, stehen plötzlich unter dem Druck, Allianzen einzugehen. Irgendwer scheint es hier mächtig eilig zu haben.«

»Warum?«, fragte Megan. »Vor wem hat er Eurer Ansicht nach Angst?«

»Weiß nicht, ob es Angst ist«, antwortete Wayland. »Eher Wut, glaube ich.«

Er lehnte sich gegen die splittrige Wand zurück und beäugte sein Getränk. »Wie gesagt, ich war unten in Arstan und Lidios und machte auf dem Weg hier herauf Halt, um etwas Postarbeit zu erledigen …«

»Post?«, fragte Megan.

»Genau«, bestätigte Wayland. »Das Schnellpost-System hat eine Linie im Osten, die von den Lidiern nach Orxen und um die Daimische Halbinsel herum läuft. Ihre Poststelle liegt in Gallev, etwa – wie viel wird das sein? – hundert Meilen südlich von hier. Manchmal, wenn ich gerade keine Arbeit habe oder ein wenig zusätzliches Geld brauchen kann, halte ich dort und beschlage die Postpferde. Da gibt's immer was zu tun. Ständig gehen Postreiter ein und aus, Spezialboten und dergleichen.«

Er nahm einen weiteren Zug von seinem Bier. »Dieses Mal war ich gegen Mittsommer dort. Sie nützen die langen Tage, um zusätzliche Tagesreiter loszuschicken. Aus demselben Grund sind dann auch mehr Privatkuriere in beide Richtungen unterwegs. An dem Tag waren vier einzelne Kuriere von Argath da, die alle sein Siegel trugen und es wahnsinnig eilig hatten. Zwei hielten gar nicht an, zwei machten Halt, um die Pferde zu wechseln, und ritten dann weiter. Nicht ohne ein paar Worte darüber zu verlieren, was ihre Aufgabe war – Ihr kennt das ja, es muss langweilig sein als Postreiter, und sie beeindrucken die Leute gerne damit, wie wichtig sie sind. Idioten. Nun, zwei von diesen Postleuten – einer von denen, die nicht hielten, und einer von denen, die stoppten – kamen direkt von Argath aus dem Schwarzen Palast und waren unterwegs nach Gerna, in Toriva.«

»Wie, zu König Sten?«, fragte Leif.

»Nein, nein, zu seinem Feldherrn, Lateran.«

Leif betrachtete plötzlich interessiert sein Bier. Megan zog die Brauen hoch. »Den kenne ich nicht.«

Wayland zuckte die Achseln. »Noch so ein aufsteigender, ehrgeiziger junger General. Ein paar brillante Siege in den letzten Jahren. Auch ein paar gegen Argath. Ziemlich peinliche Scharmützel. Damals begannen die Leute Argath mit anderen Augen anzuschauen und zu sagen: ›Vielleicht geht es mit ihm den Bach runter.‹ Einige denken, dass die Geschichte mit Elblai im Norden so anfing.« Wayland schüttelte den Kopf. »Also sind plötzlich all diese Kuriere unterwegs, hin und her. Und der eine Postreiter, der anhielt, behauptete, dass der andere, der nicht hielt, den Schwarzen Pfeil trug.«

Megan begann sich ebenfalls in ihr Bier zu vertiefen. Leif tat sein Bestes, um sich nachlässig zu recken. Der Schwarze Pfeil war eine Tradition des Nordkontinents, eine Erklärung blutiger Fehde bis zum Tod.

»Vielleicht ist Argath es leid, geschlagen zu werden«, sagte Leif.

»Weiß nicht, ob es nur das ist«, erwiderte Wayland. Er trank aus und setzte seinen Krug ab. »Aber das … Danach habt Ihr mich doch gefragt, gewissermaßen, oder?«

Leif nickte. »Ihr habt Elblai erwähnt … dass sie rausgeworfen wurde.«

»Das habe ich gehört«, antwortete Wayland. »Die Nachricht verbreitet sich schnell.«

Leif nickte. In einer mittelalterlichen Umgebung brauchte eine Neuigkeit vielleicht Tage oder Wochen, um von einem Ort zu einem anderen zu gelangen, aber dies war eine mittelalterliche Umgebung mit E-Mail. Man benötigte weiterhin Postreiter, aber nicht so sehr für Nachrichten, als zum Transport von Objekten.

»Diese Schlacht wird nicht jetzt geschlagen werden«, nahm Wayland das Gespräch wieder auf. »Aber auf einmal … Es heißt anscheinend, dass Argath seine Aufmerksamkeit nach Süden wendet, nach Toriva, zu Lateran.«

»Warum der Wandel?«, fragte Megan leise.

Leif musterte Wayland. Ebenso leise sagte der Schmied: »Ihr habt nie Händel gesucht, junger Leif. Was ist Euer Interesse an der Sache? Wollt Ihr Euch einer Seite anschließen, gegen die andere? Es macht nicht den Eindruck, als sollte man sich in die Angelegenheit verwickeln lassen.«

Leif saß einen Moment lang still da und warf Megan einen Seitenblick zu.

Ganz leicht nickte sie.

»Es geht nicht so sehr um die eine oder andere Seite«, erklärte Leif. »Wir wollen den finden, der für diese Rauswürfe verantwortlich ist.«

Wayland nickte. »Das würden viele Leute gerne wissen. Dieser letzte …« Er schüttelte den Kopf. »Eine böse Geschichte. Dazu hat Rod das Spiel nicht geschaffen. Nicht, dass irgendeiner der Rauswürfe gut gewesen wäre. Jemand verbringt ein Jahr, zwei Jahre, fünf damit, eine Figur aufzubauen, und plötzlich …« Er machte eine Bewegung mit den Fingern, als würde er einen Brotkrümel vom Tisch schnippen. »Weg. Einfach so. Die ganze Arbeit, die ganzen Freundschaften. Das stinkt.« Er sprach sanft, aber mit Nachdruck.

»Allerdings«, stimmte Leif zu. »Hört zu.«

Kurz erläuterte er Wayland, was er und Megan besprochen hatten – die Möglichkeit, dass Argath nur ein Ablenkungsmanöver für die Ressentiments eines anderen Spielers gegen Teilnehmer war, die ihn einmal besiegt hatten. Und er erwähnte die Namen der Generäle und Anführer, die gegen dieselben Spieler unterlegen waren wie Argath: Hunsal, Rutin, Orieta, Walse, Balk der Spinner – und Lateran.

Dabei verzog sich Waylands Gesicht zu einem Lächeln. »Das ist ja sehr interessant. Sehr. Ich frage mich, denkt das jemand anderer ebenfalls? Hat noch jemand die Angelegenheit so genau analysiert?«

»Das versuchen wir herauszufinden«, antwortete Megan. »Bevor das Spiel für alle kaputt gemacht wird. Noch ist es ein Spiel. Es soll nicht in der Notaufnahme enden.«

Wayland nickte. Nach einem Moment seufzte er und sagte: »Ich werde Euch helfen, so gut ich kann. Noch einen Tag, dann ziehe ich weiter. Ich wollte wieder nach Osten. Aber ich könnte stattdessen nach

Westen und in den Süden gehen. Zu dieser Jahreszeit hat ein Mann das Recht, es sich anders zu überlegen, wenn er den Sommer genießt ...«

»Es wäre hilfreich, wenn Ihr das tun könntet. Und wenn Ihr etwas erfahrt ...«

»Schicke ich Euch eine E-Mail.«

»Eines müssen wir noch machen, bevor wir gehen«, sagte Megan. »Wir müssen mit Lord Fettick reden und ihn warnen, dass er wahrscheinlich ein Ziel für Angriffe ist. Ich wünschte nur, wir hätten jemand Bekannten hier, der sich für uns verbürgen würde. Als wir das letzte Mal eine solche Aufgabe erfüllen mussten, hat es nicht sehr gut geklappt.«

Wayland grinste. »Aber Ihr habt doch jemanden. Ihr habt mich. Ich kümmere mich um Fetticks Pferde. Bin eben heute Morgen mit ihnen fertig geworden. Wenn Ihr wollt, begleite ich Euch morgen vor dem Aufbruch hinauf zum Hofmeister im hohen Haus und stelle euch vor. Heute Nacht, fürchte ich, geht es nicht. Sie werden wieder mit dem Herzog zusammen sein und feiern. Diese Geschichte mit seiner jungen Tochter ...« Wayland schüttelte den Kopf.

»Man wird sie nicht wirklich an ihn verheiraten, oder?«, fragte Megan mit Zweifeln in der Stimme.

»O nein, gewiss nicht. Fettick ist verschossen in sie. Eher erwürgt er sie eigenhändig, als sie in so zartem Alter ziehen zu lassen. Vielleicht, hört man, wird er sie auch nie ziehen lassen. Aber es gehen noch einige Jahre ins Land, bis das ein Problem wird. Obwohl die kleine Dame Senel weiß, was sie will, wie die Leute sagen. In der Zwischenzeit muss Fettick dem Herzog Honig ums Maul schmieren, damit der keine unüberlegten oder plötzlichen Schritte unternimmt ... einstweilen. Er hofft, denke ich, dass sich die Lage in diesem Teil von Sarxos so schnell verändert, dass der Herzog ihm keine Schwierigkeiten mehr macht.«

»Wenn wir herausfinden, was wir suchen«, versetzte Leif, »dann mag es wohl so kommen.«

Wayland streckte sich. »Gut. Bis morgen früh also – ich erwarte Euch auf dem Marktplatz. Ich werde den Wagen nicht aus der Stadt bringen, bis ich alles Notwendige erledigt habe.«

»Großartig. Danke, Wayland.«

Wayland hob die Hand zu einem formlosen Gruß und ging zur Tür. Der junge Mann kam aus dem Rückraum und ließ ihn auf die dunkle Straße hinaus, dann schloss er die Tür wieder.

Megan und Leif blieben lange genug, um ihr Bier auszutrinken, dann traten auch sie auf die Straße hinaus und machten sich langsam auf den Weg zurück zum Marktplatz. »Schade, dass wir es nicht heute Abend zu Ende bringen konnten«, sagte Megan.

Leif zuckte die Achseln. »Macht nichts. Kannst du dich morgen früh einloggen? Dann werden wir uns darum kümmern.«

»Sollte kein Problem sein. Morgens ist es bei uns ruhig. Am Abend wird es ...«

Plötzlich fiel sie in Schweigen.

»Was?«, fragte Leif.

»Ach, nichts«, antwortete sie leise. »Gehen wir weiter.«

»Du hast doch was«, bohrte er nach. »Was ist los?«

»Abends ist es problematisch«, fuhr Megan laut fort und warf im Vorbeigehen einen Blick in eine Seitengasse. »Mein Vater kann fürchterlich nerven wegen der Familienabende. *Da ist er wieder!*«, wisperte sie.

»Ach ja, Väter«, antwortete Leif, während sie weitergingen. Megan bemerkte, dass er ebenfalls versuchte, wie sie unauffällig in die Seitengasse zu schauen. Aber er sah immer noch überrascht aus. *Schätze, ich sehe nachts besser als er …* »Sie gehen einem auf den Wecker, aber man kann nicht ohne sie leben, und umbringen kann man sie auch nicht … *Wer ›er‹*?«

»Gobbo«, flüsterte Megan. »Einmal ja. Beim zweiten Mal ist es Zufall. Aber das dritte Mal ist eine feindliche Handlung.«

»Wie bitte?«

»Er folgt uns.«

»Bist du sicher?«

»Hundertprozentig. Und weißt du was? Er ist seit Minsar hinter uns her.«

»Das ist vielleicht nur Paranoia, Megan.«

»Ist es nicht.« Sie bog plötzlich in eine andere Seitengasse ein und zog Leif hinter sich her. Für einen Augenblick lehnten sich beide an eine der feuchten Steinmauern. Es herrschte Totenstille.

Doch ganz tot war die Straße nicht. Füße scharrten über den Boden. Dann wieder. Jetzt klang es näher.

»Da«, flüsterte Leif.

»Kann sein. Ich warte nicht. Ich mag es nicht, wenn man mir folgt … ich bekomme Lust, Zwergenweitwurf zu üben.«

»Was?«

»Zwergenweitwurf. Eine sehr alte und sehr diskriminierende Sportart. Meine Mutter wäre über die bloße Erwähnung entsetzt.« Megan grinste und sah sich um. »Wo sind wir?«

»Zwischen dem dritten und dem vierten Wall.«

»Nein, ich meine, in welcher Richtung liegt Osten?«

Ein gutes Stück weiter vorne fiel etwas Mondlicht links auf eine Steinmauer. Leif deutete nach rechts.

»Ach ja«, sagte Megan leise und überlegte einen Moment. Als unheilbare Kartenleserin hatte sie vor dem heutigen Einloggen einen gründlichen Blick auf die im Spiel verfügbare Karte von Errint geworfen. Jetzt verglich sie ihren Standpunkt mit ihrer Erinnerung an die Karte und dachte noch ein paar Sekunden lang nach.

»Also gut«, flüsterte sie dann. »In der Mauer zu deiner Linken ist etwa fünfzig Meter weiter vorne ein Tor. Es führt in den nächsten Ring. Ich lasse dich jetzt allein. Zähl dreißig Sekunden ab und komm dann nach. Halt dich in der Mitte der Straße. Bleib beim Tor nicht stehen. Geh einfach weiter.«

»Was hast du vor?«

Sie lächelte. Und verschwand.

Leif starrte ins Leere. Megan hatte keinen dem Spiel inhärenten Zauber verwendet. Es gab eine typische Aura, ein Gefühl, das in Verbindung mit Magie auf kurze Distanz entstand. Er hätte es bemerkt. Nein, ganz still und einfach, schneller, als man schauen konnte, war Megan nicht mehr da, wo sie sein sollte. Das raubte ihm ein wenig den Nerv.

Eins, zwei, drei, dachte er und fragte sich wie immer, ob seine Sekundenzählung so exakt war, wie er glaubte. Leif lauschte der schlafenden Stadt, hörte genau hin. Irgendwo weit oben schickte eine Fledermaus ihr pfeifendes Sonar aus, vermutlich auf der Jagd nach Insekten, die von den Lichtern angezogen wurden, welche immer noch in den Fenstern der Türme des hohen Hauses brannten. Sonst bewegte sich nichts.

Wieder das Scharren.

Fünfzehn, sechzehn, siebzehn, achtzehn, zählte Leif. *Neunzehn, zwanzig …*

Draußen auf dem offenen Land erklang plötzlich ein kurzes, fernes, erstaunliches Lied. Eine Nachtigall. Sie sang ihre Melodie zu Ende, so dass Leif fast vergaß, wo er mit dem Zählen war. Einen Augenblick lang hielt das scharrende Geräusch inne. Dann fing es wieder an.

... achtundzwanzig, neunundzwanzig, dreißig ...

Leif trat auf die Straße hinaus und begann, ruhig auf das Tor zuzugehen. Sehr geheuer war ihm die Sache nicht. In Errint war es erlaubt, innerhalb der Stadtmauern Waffen zu tragen, also hatte er ein Messer bei sich. Er konnte gut genug damit umgehen, um jedem Probleme zu bereiten, der einen Angriff wagte, und hatte überhaupt genug Selbstverteidigungskenntnisse, um sich in jeder Großstadt der Echtwelt wohl zu fühlen. Aber das hier *war* keine Großstadt der Echtwelt. Das hier war Sarxos, und man wusste nie, wann einer mit einem geladenen Basilisken aus einer finsteren Gasse heraussprang ... Gegen den Kicks nach vorne überhaupt nichts brachten.

Leif ging weiter. Er musste der Versuchung widerstehen zu pfeifen. Konnte ja sein, dass man sich dann besser fühlte, aber es zeigte einem Verfolger, der in der Nacht vielleicht nicht besser sah als man selbst, genau an, wo man war. So ruhig er konnte, spazierte er vor sich hin und passierte die mondbeschienene Fläche auf der Mauer. Gerade zwei dünne Strahlen fielen zwischen zwei hohen Gebäuden auf der Ostseite durch. Das Tor, von dem Megan gesprochen hatte, befand sich etwa fünfzehn Meter weiter vorne. Ganz, ganz leise streckte Leif die Hand aus und lockerte allmählich das Messer in der Scheide.

Hinter ihm scharrte etwas fast unhörbar.

Leif blieb nicht stehen, um sich umzublicken, obwohl er größte Lust dazu hatte. Er ging weiter. Im

Kopf hörte er die Stimme seiner Mutter: *Ein normaler Räuber schleicht sich nie* ganz *an dich ran. Er rennt immer auf den letzten Schritten. Wenn es ein Profi ist, der dich erstechen will, hast du keine Chance. Da bist du wahrscheinlich schon tot. Aber wenn es nur ein Räuber ist, hast du, falls du nur diese letzten paar Schritte hörst, wenigstens einen knappen Meter zwischen dir und ihm. Wenn du diese Schritte hörst, ist er in Reichweite. Dann handle schnell …*

Leif schlenderte einfach weiter.

Scharr scharr … Pause … scharr, Pause …

Er ging weiter.

Da war das Tor, ein vager, breiter, matter Bogen in der Dunkelheit der Mauer zu seiner Linken. Achtlos ging er daran vorbei, ohne sich danach umzudrehen, ließ sich aber Zeit. Obwohl er aus dem Augenwinkel erkennen konnte, dass da niemand war.

Wieder das Scharren.

Schritte. Weiche Schuhe auf den Steinen. Viel näher jetzt.

Leif schluckte.

Scharr, scharr …

… und jetzt rannte jemand los …

Leif fuhr herum, riss das Messer hervor und stellte sich auf die Fußballen, um loszuspringen oder zu laufen.

Weder für das eine noch für das andere bekam er eine Gelegenheit. Eine dunkle Gestalt schoss aus dem Torbogen hervor und verkeilte sich in den kleinen, dunklen Punkt, der hinter ihm her gerannt war. Leif war sich nicht sicher, was als Nächstes geschah, außer dass sich die beiden dunklen Gestalten zu einer Form zusammenzufinden schienen … und dann flog eine von der anderen weg und mit erstaunlicher Wucht gegen die gegenüber liegende Mauer. Ein Aufschrei war zu hören und brach plötzlich ab, als die kleinere Gestalt an der Mauer hinabrutschte und auf dem Pflaster aufschlug.

Leif eilte hinüber. Megan stand da, nicht einmal sonderlich außer Atem. Die Hände an den Hüften beugte sie sich über die kleinere Gestalt und sah mit einer in der Dunkelheit schwer zu erkennenden Miene auf sie hinunter – doch sie machte einen nachdenklichen Eindruck.

»Er wiegt fast so viel wie mein Bruder Nummer Drei«, sagte sie nachsichtig. »Interessant. Also gut, Gobbo, heb deinen Hintern, so schlimm war es nicht.«

Der Zwerg lag stöhnend und wehleidig auf dem Boden. »Tut mir nicht weh, macht das bitte nicht noch mal.«

Megan griff nach unten, packte Gobbo an der Brust seines Narrengewands und drückte ihn mit ausgestrecktem Arm etwa auf Augenhöhe gegen die Mauer. Sie und Leif betrachteten sein Gesicht. Es gehörte einem Mann im mittleren Alter, war aber wegen seiner Zwergenhaftigkeit ganz in sich zusammengefallen: ein bösartiges Gesicht, das von dem vielen Ärger kündete, den er schon verursacht hatte.

»Ich bin eine sehr wichtige Person. Ich kann Euch eine Menge Unannehmlichkeiten bereiten«, quäkte der Zwerg. »Lasst mich los!«

»Na klar«, erwiderte Leif, »wir zittern schon. War das Zwergenweitwurf?«, wandte er sich an Megan.

»Wie gesagt, es ist eine Diskriminierung«, erwiderte sie in einem Tonfall, als wäre sie nicht ganz bei der Sache. »Aber man könnte sich daran gewöhnen.«

Das Gesicht des Zwergs verzog sich zu einer angstvollen Grimasse. »Nein!«

»Warum hast du uns verfolgt?«

»Warum bist du seit Minsar hinter uns her?«, hakte Megan nach. »Los, antworte – oder ich werfe dich über die Mauer, und dann werden wir sehen, für wie gewichtig die Schwerkraft dich hält.«

»Warum glaubt Ihr …«

Megan hob ihn noch etwas höher.

»Wird dein Arm müde?«, erkundigte sich Leif. »Ich könnte ihn übernehmen. Ich stemme derzeit fast einhundertfünfzig Kilo.«

»Nein«, antwortete Megan, »ist nicht nötig. Ich warte sowieso nicht mehr lange. Gobbo, das ist deine letzte Chance. Ich habe heute gesehen, wie eine Dame verletzt wurde, und das macht mich wirklich wütend, und ich habe nicht viel Geduld mit Leuten, die auf vernünftige Fragen nicht antworten.« Sie begann ihn weiter hoch zu heben.

Der Zwerg musterte sie mit einem merkwürdigen Ausdruck im Gesicht. »Lasst mich runter, und ich erzähle Euch, was Ihr wissen wollt.«

Megan sah ihn einen Moment lang an und setzte ihn dann ab. »Also gut«, sagte sie. »Raus mit der Sprache.«

Der Zwerg suchte in seinen Taschen herum. Megan beobachtete ihn wie ein Falke. Leif fragte sich, was diese Taschen wohl verbargen …

»Hier«, sagte der Zwerg und streckte Megan etwas hin.

Megan griff danach und nahm es voller Neugier entgegen. Sie hielt den Gegenstand nahe an die Augen und drehte ihn im Halbdunkel hin und her. Er glich einer Münze, nur war seine Kante glatt, nicht geriffelt. Er bestand auch nicht aus Metall. Es war ein runder Gegenstand aus einem dunklen Mineral, in das etwas eingraviert war. Megan hielt ihn an eine andere mondbeschienene Fläche an einer nahen Mauer und besah sich das Objekt im Mondlicht. Leif warf ebenfalls einen Blick darauf. Er erhaschte ein tiefdunkles Schimmern, das selbst in dem silbernen Licht erkennbar war. Der Gegenstand war aus einem taubenblutroten Rubin, und tief eingraviert trug er in einer alten Unzialschrift den Buchstaben *S*.

Megan sah Leif mit einem seltsamen Gesichtsausdruck an. »Spielunterbrechung«, sagte sie.

»Eingabebereit.«

»Objekt identifizieren.«

»Objekt identifiziert als Symbol des Schöpfers«, sagte die Computerstimme. »Das Siegel von Sarxos – sichere Identifikation des Erfinders des Spiels und Inhabers des Copyrights.«

Beide starrten in äußerstem Erstaunen auf den Zwerg hinunter.

»Ja«, bestätigte Gobbo mit völlig veränderter Stimme. »Ich bin Chris Rodrigues.«

4

Kurz darauf saßen sie wieder im Scrag End. Das Wirtshaus war geschlossen gewesen, als sie ankamen. Ein junger Mann wachte an der Tür. Der Schlitz öffnete sich. »Zeigt ihm, was ich Euch gezeigt habe«, wies sie der Zwerg an.

Megan hielt das Rubinsiegel hoch, so dass der Türwächter es sehen konnte. Seine Augen, die man durch den Schlitz erkennen konnte, weiteten sich. Die Öffnung schloss sich, und die Türe ging auf.

Als sie drinnen waren, musterte der junge Mann Megan mit größtem Erstaunen. »Du?«

»Nein, *er*«, entgegnete sie und deutete auf den Zwerg.

Nur war da kein Zwerg mehr.

Mit einem Mal stand ein hochgewachsener Mann in Jeans und T-Shirt und abgelaufenen Turnschuhen vor ihnen. Ein großknochiger Mann Mitte, Ende dreißig mit krausem, ungebändigtem Haar und braunen Augen, den freundlichsten Augen, die Megan je gesehen hatte.

»Hör zu«, wandte sich Rodrigues an den Mann. »Ich weiß, dass du dich gern mit mir unterhalten würdest, aber ich muss jetzt sofort mit diesen beiden reden. Es ist wichtig. Kann ich mich nächste Woche mit dir in Verbindung setzen? Wäre das in Ordnung?«

»Äh, sicher, klar«, antwortete der junge Mann. »Ihr vergesst nicht, die Tür zuzumachen, wenn ihr geht?«

»Bestimmt nicht.«

Der Türwächter ging zur Vordertür hinaus und schloss sie hinter sich.

Chris stand einen Moment da, dann schob er den Riegel vor. Sie nahmen an dem hintersten Tisch Platz, wo sie auch mit Wayland gesessen hatten.

Leif starrte Rodrigues an. Er hatte immer noch Mühe zu begreifen, was da geschah. »Sind Sie's wirklich?«

»Natürlich. Das ist unmöglich zu fälschen.« Chris berührte das Siegel auf dem Tisch. »Ich habe immer mit Situationen gerechnet, in denen ich mich zu erkennen geben muss. Also habe ich dafür gesorgt, dass es etwas gibt, woran mich die Spieler erkennen – etwas, das nicht gefälscht werden kann.«

Megan nickte. »Warum sind Sie uns gefolgt?«, fragte sie.

»Weil ihr etwas mit diesen Rauswürfen zu tun habt, stimmt's?«

Megan und Leif starrten Rodrigues schockiert an.

»Ich will damit nicht sagen, dass ihr darin verwickelt seid!«, rief Rodrigues. »Aber ihr wart mit ein paar Leuten zusammen, die vielleicht darin verwikkelt waren, oder? Und eine davon – Ellen, Elblai ...«

»Ja. Wir haben sie an ihrem letzten Abend gesehen.«

»Das habe ich den Aufzeichnungen des Spiels entnommen. Und ihre Nichte hat euch ziemlich präzise beschrieben.« Rodrigues lehnte sich zurück. »Also dachte ich, die beiden schaue ich mir am besten selber an. Das war wohlgemerkt vor Elblais Unfall. Ich bin euch gefolgt und habe das System angewiesen, mich zu benachrichtigen, sobald ihr euch einloggt.«

»Ich muss Ihnen erklären«, sagte Leif, »dass wir das hier nicht nur zum Spaß tun. Wir gehören zu den Explorern ... Wir sind bei der Net Force.«

»Die Net Force, aha«, sagte Rodrigues und lehnte sich vor, wobei er sich mit den Händen durchs Haar fuhr. »Ja, ein paar von denen hatte ich heute schon da. Natürlich hat die Sache mit Elblai sie ins Spiel gebracht, und darüber bin ich froh. Aber ich weiß nicht, was sie ausrichten können. Ich habe meine Zweifel, dass irgendeiner von uns etwas ausrichten kann.«

Er klang mutlos. Megan erwiderte: »Wer auch immer die Anschläge verübt hat, er muss dabei Spuren hinterlassen haben. Es ist nur eine Frage der Zeit, bis wir oder die erwachsenen Net-Force-Agenten darauf kommen …«

Rodrigues sah auf. »Zeit«, sagte er. »Wie viel Zeit haben wir, bis dieser Mensch noch jemanden aus dem Spiel befördert? Und zwar gewaltsam? Die frühen Rauswürfe, die Einbrüche und Sachbeschädigungen, das war schlimm genug. Aber Mordversuch? So was habe ich in meinem Spiel nicht gewollt.«

»Das wissen wir«, antwortete Leif. »Wir wollen es auch nicht. Deshalb haben wir begonnen, uns nach Hinweisen umzusehen.«

»Das gilt auch für mich«, gab Rodrigues zurück. »Aber ich habe nicht erwartet, dabei gegen eine Mauer geworfen zu werden.«

»Entschuldigung.« Megan errötete. »Ich dachte, Sie wären …«

»Ein fieser, kleiner Zwerg«, ergänzte Rodrigues mit einem Grinsen. »Ja. Ihn mag ich besonders gern – Gobbo.«

»Ist er denn Ihre Figur?«, fragte Leif.

»Eine von an die zwanzig«, antwortete Rodrigues. »Manche verhalten sich recht leise, einige sind ziemlich dreist. Sie geben mir Gelegenheit, herumzuwandern und auf verschiedene Arten mit Leuten in Kontakt zu treten. Und sicher zu stellen, dass sie das Spiel korrekt spielen.« Er lächelte ein wenig. »Einer der

Vorteile, wenn man Rod spielt. Oder Gott.« Das Lächeln wurde selbstironisch.

»Aber im Lauf der letzten paar Monate habe ich mich mehr in der Absicht bewegt, etwas über diese Rauswürfe zu erfahren. Es geht nicht nur darum, dass ich meine Schöpfung nicht auf diese Weise missbraucht sehen möchte. Sarxos gilt seit jeher als ein sicherer Ort, wo fair gespielt wird und wo es keine Nacht-und-Nebel-Aktionen gibt, bei denen der Spieladministrator ohne Vorwarnung die Regeln ändert.

Und natürlich ist es nicht nur ein Spiel. Es ist ein Geschäft, das von seinen Benutzern lebt. Man muss seine Kunden gut behandeln. Wenn es sich herumspricht, dass neuerdings diese Sachen passieren, wenn es auch nur einen weiteren Angriff wie den auf Elblai gibt, dann wird das dem Spiel immensen Schaden zufügen. Es könnte dicht gemacht werden. Ich überlasse es eurer Fantasie, was das für rechtlichen Ärger nach sich ziehen könnte. Die Entscheidungsträger in der Muttergesellschaft wären *nicht* zufrieden mit mir, überhaupt nicht.«

Leif betrachtete die Tischplatte mit einem unverbindlichen Gesichtsausdruck.

»Hört mal«, fuhr Rodrigues mit einer Spur von Schärfe in der Stimme fort, »ich habe schon so viele Millionen verdient, dass es nicht einmal mehr Spaß macht, sie zu zählen, wenn ich nachts nicht einschlafen kann. Ich genieße ein großes Privileg: Ich kann von meiner Lieblingsbeschäftigung leben. Aber es gibt Wichtigeres als mein Vergnügen und viel wichtigere Dinge als Geld. Wenn es nicht anders geht, werde ich das Spiel dichtmachen lassen, damit diese Sache aufhört. Eine Menge enttäuschte Leute ist besser als ein paar Tote. Und darauf läuft es hinaus, wenn ihr mich fragt. Ich wünschte bei Gott, dass ich falsch liege, aber im Grunde bin ich Pessimist – deshalb bin ich so ein guter Designer.«

Er seufzte. »Wie dem auch sein, ich habe der Net Force mitgeteilt, dass ich mit ihr in jeder Hinsicht kooperieren werde. Die Betreibergesellschaft lässt es nicht zu, dass ich die Spielprotokolle direkt weitergebe – sie jammern, weil es doch anwendereigene Informationen sind. Aber ich kann sie lesen und auszugsweise weiterreichen. Übrigens hat man mich nach euren gefragt.«

Megan nickte. »Das wissen wir. Es geht bald eine E-Mail raus – wenn sie nicht schon verschickt ist –, in der ich die Informationen freigebe.«

»Okay, das ist gut. Du auch?« Er warf Leif einen Blick zu.

»Ja.«

»Schön.«

»Was ist mit *Ihren* Spielprotokollen?«, fragte Leif auf einmal.

Rodrigues sah ihn an. Megan verspürte kurzzeitig den Wunsch, die Erde möge sie verschlucken.

»Was soll das heißen?«

»Die Leute von der Net Force könnten Sie darauf ansprechen«, sagte Leif mit ruhiger und fast sanfter Stimme, »dass es ja auch möglich wäre, dass Sie in diese Rauswürfe verwickelt sind.«

»Und warum sollte ich so etwas tun?« Rodrigues musterte Leif mit einem eigenartigen Blick.

»Ich habe keine Ahnung«, antwortete Leif, »und ich selbst glaube es auch nicht. Aber …« Er zuckte die Achseln.

»Na gut«, sagte Rodrigues, »was das betrifft, so überwachen die Spielserver mich genauso wie alle anderen. Man weiß nie, ich könnte ja durchdrehen und versuchen, die Codes zu sabotieren.« Er setzte sein ironisches ›Na-klar-Gesicht‹ auf, das anscheinend alle paar Minuten wiederkehrte. »Die Serverprotokolle werden bestätigen, wann ich hier war. Das ist offen gesagt die meiste Zeit der Fall, die ich im Wachzustand verbringe. Wenn ich keine Fehler behebe, die entgegen den Gerüchten ständig auftreten, dann spiele ich selbst mit, ziehe in Sarxos herum und schaue mir an, wer böse ist und wer gut. Diese Information zu fälschen ist zum Glück unmöglich.«

Megan wechselte einen Blick mit Leif. Sie fragten sich beide, wie wahr diese Aussage wohl war. »Wissen Sie«, sagte Megan, »wir sprachen gerade darüber, wie wir auf eine systematischere Art weitersuchen können.« Sie erklärte Rodrigues kurz, in welche Richtung ihre Gedanken gingen. »Aber jetzt sehe ich eine neue Möglichkeit«, sagte sie dann. »Die Spielprotokolle.«

Leif sah sie an. »Die Spielprotokolle«, wiederholte Megan. »Sie zeigen, wer alles im Spiel ist, wer eingeloggt ist. Aber sie zeigen auch – durch Ausschluss –, wann wer *nicht* im Spiel ist. Die Sachbeschädigungen und der Anschlag auf Elblai müssen zu einer Zeit stattgefunden haben, zu der der Spieler, der sie begangen hat, sich *nicht* im Spiel befand. Wenn wir über die Rechner eine Suche durchführen könnten ...«

Rodrigues sah sie etwas traurig an. »Weißt du, wie viele Hunderttausende, manchmal Millionen von Menschen zu einem gegebenen Zeitpunkt ausgeloggt sein können? Du wirst ein anderes Ausschlusskriterium finden müssen, um die Größe der Gruppe zu reduzieren.«

»Wir haben einige andere Kriterien«, erwiderte Leif. »Tatsächlich haben wir eine Liste mit sechs Namen, die ich nur zu gerne mit den Spielprotokollen abgleichen würde.«

»Welche sind das?«

»Orieta, Hunsal, Balk der Spinner …«

Rodrigues schüttelte den Kopf. »Wie kommen die nur auf solche Namen …?«

»… Rutin, Walse und Lateran.«

»Hm«, sagte Rodrigues. »Alles Generäle und Kriegsherren, nicht? Wie kommt es, dass ihr euch speziell für diese Namen interessiert?«

Leif erklärte es ihm.

»Na gut«, entgegnete Rodrigues, »die sechs sollten wir schon überprüfen können.«

»Wissen Sie den genauen Zeitpunkt der Übergriffe?«, fragte Megan.

»O ja, das kannst du mir glauben.« Rodrigues verschränkte die Finger und stützte sein Kinn auf die Hände. »Spielunterbrechung.«

»Eingabebereit.«

»Ich bin's, der Boss.«

»Verifiziert.«

»Zugriff auf die Echtwelt-Zeiten der Angriffe auf rausgeworfene Spieler.«

»Zugriff erfolgt. Daten werden bereitgehalten.«

»Zugriff auf die Aufzeichnungen des Servers zum Spielverhalten der folgenden Spieler: Hunsal, Rutin, Orieta, Walse, Balk der Spinner und Lateran.«

»Zugriff erfolgt. Daten werden bereitgehalten.«

»Vergleichen.«

»Vergleich läuft. Kriterien?«

»Identifikation, welche Spieler zum Zeitpunkt der Angriffe nicht im Spiel waren.«

Leif und Megan verhielten sich mucksmäuschenstill.

»Walse: nicht im Spiel bei Angriff Eins und Drei. Orieta: nicht im Spiel bei Angriff Fünf. Balk der Spinner: nicht im Spiel bei Angriff Sieben. Alle weiteren Spieler während aller Angriffe im Spiel.«

Megan und Leif sahen einander an.

Leif verzog das Gesicht. »Das hat nicht funktioniert – ich habe gehofft, wir würden etwas Deutlicheres bekommen. Alle anderen waren im Spiel.«

»Dem Computer zufolge, ja.«

»Wie groß ist die Chance, dass er falsch liegt?«, fragte Leif. »Oder dass sein Programm oder die Protokolle manipuliert worden sind?«

Rodrigues lachte leise. »Die Idee ist nicht schlecht, aber du machst dir keine Vorstellung davon, wie konsequent unser System kontrolliert und wie strikt der Zugang dazu verwaltet wird. Der Computer programmiert selbst. Wir lassen das nicht mehr von Menschen machen. Die Maschine ist fortgeschritten genug, und außerdem handelt es sich um zig Milliarden Codezeilen. Man könnte eine noch so große Anzahl von Menschen, Affen oder anderen Primaten an Tastaturen ketten, sie würden nie schnell genug arbeiten, um das System zu versorgen. Ich sage den Maschinen einfach, was notwendig ist, und sie arrangieren es. Niemand sonst hat Zugang zum Code oder zu den Serverprotokollen, bis auf eine Reihe von Leuten in der Muttergesellschaft. Und es ist undenkbar, dass sie etwas damit zu tun haben. Sie benützen die Spielprotokolle nur zu Archivzwecken. Es ist sowieso alles verschlüsselt, genau wie die privaten Zugangsschlüssel und so weiter.«

»Also könnten die Daten unmöglich manipuliert werden.«

»Nein. Glaubt mir«, beharrte Rodrigues, »es sind noch andere Leute beteiligt, die Sarxos, seine Programmierung und Grundstruktur als Testgebiet für andere, nicht öffentliche Simulationen benützt haben. Wir sorgen aufgrund dieser Verbindungen dafür, dass unser Unternehmen bombensicher bleibt.«

»Aber die Leute, die während der Angriffe draußen waren«, sagte Megan. »Man kann nicht wissen, wo die sich aufgehalten haben …«

»Doch, bis zu einem gewissen Punkt geht das«, erwiderte Rodrigues, »denn man kann die Protokolle überprüfen und nachsehen, wie bald sie sich wieder eingeloggt haben. Spielunterbrechung.«

»Eingabebereit.«

»Überprüfung der ausgewählten Protokolle. Stell fest, ob einer der betreffenden Spieler mehr als … eine Stunde abwesend war.«

»Walse. Abwesend für eine Stunde und dreizehn Minuten.«

»Und dann wieder ins Spiel zurückgekehrt?«

»Ja.«

»Es gibt da nur ein Problem«, überlegte Rodrigues. Er wirkte jetzt etwas abwesend, was Megan vermuten ließ, dass er eine Art Display betrachtete, das sie beide nicht sehen konnten. »Der erste Angriff fand in Austin, Texas, statt, und Walse lebt in Ulan Bator. Selbst eine Nahraumfähre wird es nicht schaffen, jemanden in vier Stunden aus der Mongolei nach Texas zu bringen. Angefangen damit, dass es keine direkten Flüge gibt. Überlegt mal, wie oft er umsteigen müsste.« Rodrigues schüttelte den Kopf. »Nein, das kommt nicht hin.«

Er lehnte sich zurück und verschränkte die Arme. »Es kann sein«, sagte er, »dass sich eure Argumentation nicht aufrecht erhalten lässt.«

»Mehr haben wir nicht anzubieten«, sagte Megan.

»Hört mal, ich möchte euch nicht kritisieren«, antwortete Rodrigues. »Ich habe auch nichts Besseres. Ich habe in jeder mir möglichen Weise versucht, diese Daten zu verarbeiten, und ich stecke fest. Ich hoffe wirklich, dass eure Leute von der Net Force jetzt etwas für mich tun können, denn ich bin am Ende meiner Möglichkeiten. Aber ich sage euch – sobald wir den Täter haben, wer er auch ist …«

»Sobald«, wiederholte Megan und lächelte ein wenig. Ihr gefiel, wie sicher das klang. Trotzdem machte es sie traurig. Sie musste an Elblai denken. »Haben Sie irgendwas von Elblai – von Ellen – gehört?«, erkundigte sie sich.

»Sie hat die Operation hinter sich«, gab Rodrigues zurück, »aber sie ist noch immer nicht bei Bewusstsein. Sie geht mir auch nicht aus dem Kopf.« Er seufzte. »Trotzdem schulde ich euch Dank dafür, dass ihr zu helfen versucht, dass ihr etwas beitragen wollt. Kann ich irgendetwas für euch tun?«

Megan schüttelte den Kopf. »Im Augenblick nicht.«

Plötzlich sagte Leif: »Wir könnten etwas zusätzlichen Transit gebrauchen. Ich habe bei dieser Aktion eine Menge Punkte verbraten.«

Rodrigues lachte in sich hinein. »Ihr wollt an dem Problem weiterarbeiten?«

Sie nickten.

»Also, ihr könnt unbegrenzt über Transit verfügen, bis die Sache vorüber ist. Spielunterbrechung …«

»Eingabebereit.«

»Hier spricht der Boss. Sorge dafür, dass die Figuren Brown Meg und Leif der Heckenzauberer bis auf weiteres unbegrenzte Konten haben.«

»Erledigt.«

»So braucht ihr euch zumindest darum keine Sorgen zu machen.« Er seufzte und betrachtete seine über dem Tisch gefalteten Hände; dann blickte er wieder auf. »Ich liebe diesen Ort«, sagte er. »Ihr hättet Sarxos sehen sollen, als es losging. Ein kleines, hingekritzeltes Universum, kaum eine Skizze, ein Video und sonst nichts. Man hätte es in einem einzelnen PC unterbringen können.« Er lachte. »Dann geriet es außer Kontrolle. So ist das bei Welten, sagt man: Sie entgleiten dem Zugriff ihrer Schöpfer. Jetzt habe ich ungefähr vier Millionen User … Leute, die eine Welt bewohnen und sie anscheinend wirklich für etwas Besonderes halten.« Noch ein leises Lachen. »Vor ein paar Monaten schickte mir jemand eine E-Mail, in der stand, wir sollten bei der Regierung eine Genehmigung zur Besiedelung des Mars erwirken, um Sarxos dort aufzubauen. Ich bekomme eine Menge Mails von Leuten, die gerne umziehen würden. Ich meine …« Er schlug leicht auf den Tisch. »Es ist ziemlich real, ziemlich gut. Man kann hier essen, trinken, schlafen, kämpfen. Alles kann man hier machen. Nur nicht bleiben. Seit einiger Zeit sagen Leute, dass sie hier bleiben wollen. Hier leben wollen.«

Er schüttelte den Kopf. »Das einzige, was ich nicht vorhergesehen habe, ist, dass es Menschen geben würde, die einander in der Echtwelt Schaden zufügen wollen, weil sie hier etwas tun oder lassen. Sarxos war nie ein friedlicher Ort, es ist ein Kriegsspiel! Obwohl immer wieder Frieden ausbricht. Das hat mich immer überrascht, dass Menschen hier *wohnen* möchten, nicht nur Krieg führen und einander bekämpfen. Aber jetzt … Es ist, als wäre die Schlange in den Garten Eden eingedrungen. Ich will die Schlange nicht. Ich will ihren hässlichen Kopf zertreten.«

»Wir auch«, antwortete Megan.

»Ich weiß. Deswegen reden wir ja miteinander.«

»Wir haben die Absicht«, sagte Leif, »so lange weiterzumachen, bis wir die Schlange finden. Und sie zertreten können.«

»Tut das«, sagte Rodrigues. »Wenn solcher Missbrauch einmal Fuß fasst und man nicht gleich einschreitet, dann wird er diese Welt in Stücke reißen. Das will ich nicht miterleben.« Er blickte um sich auf die splittrigen Wände, das löchrige Strohdach, die Pflastersteine und was darauf verschüttet war. »Ich will nicht, dass das alles verschwindet. Das hier, die Gebirge, in denen die Basilisken nisten, die Ozeane mit ihren Seemonstern und das Mondlicht ... die Sterne ... die Menschen, die zum Spielen in meine Welt kommen ... Ich will das nicht alles zusammenbrechen sehen und irgendwo beerdigen müssen. Ich möchte, dass es mich überlebt. Das wäre eine schöne Form der Unsterblichkeit, eine Welt zu haben, die weiter existiert, wenn ihr Schöpfer tot ist oder sich zurückgezogen hat ...« Er lächelte ein wenig. »Ein bisschen wie das, was wir draußen in der physischen Welt haben.«

Rodrigues musterte sie mit einem intensiven Blick. »Tut, was ihr könnt, aber seid vorsichtig. Wenn ihr der Sache nachgeht, kann ich keine Verantwortung übernehmen. Ihr habt die Verzichterklärung unterschrieben, als ihr hergekommen seid.«

»Wir sind ganz gut im Verantwortung übernehmen«, beruhigte ihn Megan. »Wir werden schon klar kommen.«

»In Ordnung. Hier, nehmt das.« Rodrigues griff in seine Tasche und zog eine weitere Münze mit dem Symbol *S* hervor. Diese war nicht aus Rubin, sondern aus reinem Gold, so sah sie jedenfalls aus. »Ihr werdet zusammen arbeiten, also nehmt einfach diese eine Münze. Wenn euch das System helfen kann, zum Beispiel mit Informationen über andere Spieler, soweit das machbar ist, oder mit besonderen Fähigkeiten – du bist Zauberer, du kennst dich mit solchen Dingen aus –, nutzt es. Ihr bekommt, was ihr braucht. Ihr könnt damit auch zu mir oder zu meinem Account

Verbindung aufnehmen. Ihr könnt mir eine E-Mail hinterlassen oder mit mir sprechen, wenn ich im Spiel bin.«

»Oh, danke. Das ist wirklich …«

»Bedankt euch nicht. Ich sollte euch für das danken, was ihr tut. Es gibt noch ein paar Leute wie euch, die sich diskret umhören. Ich denke mir, je mehr von uns ein Auge offen halten, desto besser. Aber seid vorsichtig.«

»Versprochen«, sagte Leif.

Rodrigues stand auf. »Also gut. Bei mir zu Hause wird es langsam spät. Ich muss weg. Danke noch mal.«

Sie nickten ihm zu. Rodrigues winkte ihnen andeutungsweise, dann verschwand er mit einem Geräusch von verdrängter Luft.

Leif und Megan sahen einander an. »Nicht Lateran«, sagte Leif. *»Merde.«*

»Zurück an die Ruderbank …«, seufzte Megan.

Sie standen auf und verließen das Scrag End, nicht ohne sorgfältig die Tür hinter sich zu schließen.

Am Morgen erwartete sie Wayland auf dem Marktplatz; er hatte seine Sachen gepackt und war aufbruchsbereit. Auf dem Kopf trug er einen großen Schlapphut mit einer fleckigen Feder, den Leif als seinen ›Reisehut‹ kannte. Wayland wirkte darin wie eine Kreuzung aus heruntergekommenem Musketier und arbeitsloser nordischer Gottheit.

»Ich war heute noch nicht im hohen Haus«, erklärte er, während er sie in den nächsten Kreis der Stadt führte. »Aber es dürfte kein Problem sein, den alten Hofmeister Tald anzutreffen. Er wird euch direkt zu Lord Fettick bringen. Fettick ist ohnehin nicht so hochnäsig wie einige von den Herrschaften. Hier gibt es keine großen Zeremonien. Die Leute würden sich nicht darauf einlassen.«

»Ich dachte, hier oben mögen sie Zeremonien«, gab Leif zurück. »Schließlich gibt es das Winterfest, wo sie den Strohmann verbrennen, und die Frühlingsorgie, wo jeder sich drei Tage lang betrinken muss.«

»Daraus macht sich der alte Tald nichts«, erwiderte Wayland, der gerade das Tor in den nächsten Ring durchschritt und im Vorbeigehen einem Bekannten zuwinkte. »Aber er ist in Ordnung, er wird euch keine Probleme bereiten.«

Megan musterte Wayland ein wenig verwirrt, da sie diesen Kommentar nicht einzuordnen wusste. Doch Wayland bog gerade mit Leif im Schlepptau in einen weiteren vor ihnen liegenden Torbogen ein. Sie zuckte die Achseln und ging hinter den beiden her.

Der innerste Wall von Errint gehörte zum alten Schloss selbst. Es bestand aus Gletschergestein, das man sauber in Scheiben geschnitten hatte, als wäre es Käse. »Wie die Altvorderen das angestellt haben, wissen wir immer noch nicht«, kommentierte Wayland mit einem Blick die Mauer hoch. »Es war kein Zauber, wie man ihn heute finden kann.«

»Vielleicht mit Laserstrahlen«, mutmaßte Megan und betrachtete die Glätte der Kanten. Man hatte die Oberfläche glasiert, aber nicht poliert. Sie dachte mit einiger Bewunderung an die Kreativität des Mannes, der sich die Zeit nahm, in seiner Welt solche Einzelheiten zu hinterlassen: nicht nur ausgefeilte oder ungewöhnliche Handwerkskunst, sondern Geheimnisse und Rätsel, die es auf jeder der verschiedenen Ebenen zu lösen galt. Sarxos konnte stundenlang zu fröhlichem Zeitvertreib dienen, wenn man versuchte herauszufinden, ob Rod die Details beiläufig eingestreut oder intendiert hatte, dass man sich den Kopf zerbrach und eine verborgene Bedeutung erkannte. Es war natürlich immer möglich, dass es keine Bedeutung gab. Megan vermutete, dass ein Schöpfer zu solchen Scherzen neigte.

»Schön ist es, das steht fest«, sagte Wayland und führte sie zum Schlosstor, das offen stand. Draußen im Hof hängten Bedienstete die Wäsche zum Trocknen auf. Ein großer, rotbackiger Mann in Dunkelblau lief umher und kommandierte und gestikulierte. Als die drei eintraten, schoss er sofort auf Wayland zu.

»Nichts zu machen, guter Schmied, hier gibt es keine Arbeit!«

»Meister Tald«, sprach Wayland, »Ihr braucht nicht zu schreien. Diese Leute sind geschäftlich hier.«

»Um was für Geschäfte geht es?«

»Fragt sie besser selbst«, erwiderte Wayland.

Leif verbeugte sich betont höflich vor dem Hofmeister und sagte: »Herr, wenn es geht, müssten wir Lord Fettick in einer recht dringlichen Angelegenheit sprechen.«

»Also, ich weiß nicht, junger Mann, er ist heute sehr beschäftigt.«

»Denkt Ihr, dass man diese Steine mit Zauberkraft bearbeitet hat?«, wandte sich Megan plötzlich an Wayland und deutete auf die nächste Mauer. Wayland drehte sich um, und in dem Augenblick zog Leif die Symbolmünze aus der Tasche und zeigte sie Tald.

Dessen Augen weiteten sich. »Nun«, sagte er, »es ist früh, und ich glaube, dass die ersten Termine noch etwas auf sich warten lassen. Kommt also, junger Herr, junge Dame.«

»Schwer zu sagen«, antwortete Wayland eben, während Leif die Münze wieder in der Tasche verschwinden ließ. »Nach so langer Zeit …«

»Das stimmt wohl«, sagte Megan. »Hört, Wayland, wir werden vielleicht eine Weile brauchen.«

»Dann erwarte ich Euch auf dem Marktplatz«, gab er zurück, »oder auch nicht.« Er winkte ihnen zu und ging durchs Tor wieder hinaus.

Leif warf Megan einen fragenden Blick zu, als sie dem Hofmeister durch den eigentlichen Eingang ins Schloss und auf eine Wendeltreppe folgten, die an den Mauern des runden mittleren Turms entlang nach oben führte. Megan schüttelte den Kopf und zuckte die Achseln.

Das erste Stockwerk bestand aus einem großen, luftigen Saal, dem in Minsar recht ähnlich, nur dass man anscheinend sämtliche Wandteppiche den Sommer über abgehängt hatte. Zu dieser Jahreszeit war das Wetter ziemlich warm und angenehm, so dass dies kein Problem darstellte. Der Hofmeister geleitete sie in die Mitte des Saals, wo ein Tisch und ein Stuhl standen. Auf dem Stuhl saß ein Mann.

»Lord Fettick«, sagte Tald, »diese zwei Reisenden kommen in einer dringenden Sache, und sie tragen Rods Siegel.«

Der Mann in dem Stuhl sah überrascht auf, dann erhob er sich, um sie zu begrüßen – eine altmodische Höflichkeitsgeste, die Leif und Megan mit einer Verbeugung beantworteten. »Wirklich? So bringt ihnen bitte ein paar Stühle und sorgt dafür, dass sie es bequem haben. Und dann lasst uns allein.«

Tald lief geschäftig herum, holte ein paar leichte Hanfstühle, die er am anderen Ende des Tisches platzierte, und verließ den Raum. Der Fürst bedeutete ihnen, Platz zu nehmen. Leif und Megan setzten sich.

Megan ging der Gedanke durch den Kopf, dass sie noch niemanden getroffen hatte, der eine rosa gefärbte Brille trug. Sie kannte überhaupt sehr wenige

Brillenträger – kein Wunder bei der Entwicklung, die die Laserchirurgie genommen hatte. Aber hier war Fettick und hatte eine Brille auf, ein hochgewachsener, schlanker, ein wenig nachdenklich wirkender Mann in einem Kittel, der im vierzehnten Jahrhundert modern gewesen sein mochte, Megan jedoch an eine Mischung aus Mönchsgewand und Bademantel erinnerte. *Aber wahrscheinlich ist er ganz gemütlich,* dachte sie.

Wenn dies der Thronsaal des hohen Hauses war, dann hatte man ihn nicht übermäßig geschmückt. In der Tat war der Thron mehr ein bequemer Sessel – ein ziemlich überpolsterter dazu – und stand an einem Tisch, der wohl normalerweise als förmliche Tafel diente, jetzt aber als Schreibtisch genutzt wurde. Die schöne Tischplatte aus poliertem Ebenholz war fast vollständig mit allerlei Papieren, Pergamenten, Buchrollen, gebundenen Büchern, Federkielen, Füllern, Griffeln und Tafeln bedeckt. Der Tisch sah aus, als wäre eine alte, bunt gemischte Mini-Bibliothek explodiert.

»Herr«, wandte sich Leif an Fettick, »wir danken Euch, dass Ihr Euch für uns Zeit genommen habt.«

»Ihr seid willkommen … für eine Weile. Ich hoffe, Ihr begreift, dass ich heute Morgen sehr beschäftigt bin und nicht viel Zeit habe.« Fettick wies mit einer vagen Geste auf den Tisch.

»Wir verstehen«, antwortete Leif. »Herr, erkennt Ihr dieses Zeichen?« Er hielt die goldene Münze hoch, die ihnen Rodrigues gegeben hatte.

Fettick maß sie mit einem etwas skeptischen Blick. »Spielunterbrechung«, sagte er leise und wisperte seinem Computer etwas zu. Dieser flüsterte eine unhörbare Antwort.

Fetticks Augenbrauen hoben sich. Er flüsterte wieder. Dann fragte er: »War der Allmächtige Rod tatsächlich *hier*?«

»Ja, Herr. Wir haben gestern Nacht mit ihm gesprochen. Er sendet euch Grüße.« Leifs Antwort entsprach zwar nicht ganz der Wahrheit, doch er hatte das Gefühl, dass Rod nichts dagegen hatte.

»Was wollte er denn?«

»Er wollte mit uns über ein Thema sprechen, das uns beschäftigt. Und deshalb sind wir zu Euch gekommen«, sagte Leif.

»Herr«, schaltete sich Megan ein, »vor nicht allzu langer Zeit lag Euer Heer mit dem des Königs Argath von Orxen im Streit.«

»Ja«, bestätigte Fettick, und ein kleines, leicht animalisches Grinsen zog über sein Gesicht. Plötzlich wirkte er nicht mehr gar so unfähig. »Ja, und wir haben gesiegt.«

»Das wissen wir. Das Problem ist nun, Herr, dass jeder, der Argath in einer Schlacht besiegt hat, offenbar Gefahr läuft – entschuldigt, ich muss dieses taktlose Wort gebrauchen – rausgeworfen zu werden.«

Fetticks Augen weiteten sich für einen Moment. »Es *ist* taktlos«, stellte er fest. Doch dann warf er wieder einen Blick auf die Tasche, in der Leif die Symbolmünze verwahrt hatte. »Andererseits habt Ihr das da, also denke ich, wir können über Dinge wie die Außenwelt reden. Meint Ihr, dass die Dame, die neulich rausgeworfen wurde …«

»Sie war im Begriff, eine Schlacht mit Argath zu schlagen, die sie gewonnen hätte. Sie wurde beinahe zu der Zeit rausgeworfen, als der Kampf beginnen sollte. Auch anderen ist es so ergangen – üblicherweise nach der Schlacht. Doch nun scheinen solche Sachen schon zu passieren, bevor es überhaupt soweit ist.«

»Ist Argath dafür verantwortlich? Oder jemand von seinen Leuten? Oder …«

»Das weiß niemand. Wir haben bislang nur diese Verbindung hergestellt. Und daher warnen wir jetzt alle, die in letzter Zeit gegen Argath angetreten sind und siegreich waren, dass sie auf ihre Sicherheit bedacht sein sollten. Hier und anderswo.«

»Und welche Vorsichtsmaßnahmen sollte man treffen?«, fragte Fettick.

Leif und Megan wechselten einen Blick. »Äh …«, begann Megan.

»Ihr solltet, wenn Ihr Euer Haus verlasst, vorsichtiger sein als sonst«, erwiderte Leif. Diese Regel kannte er aufgrund der diplomatischen Verbindungen seines Vaters gut genug. »Wenn Ihr bei Euren alltäglichen Belangen gewohnheitsmäßig dieselben Wege nehmt, so ändert das. Wenn Ihr Reisen geplant habt, die eigentlich nicht erforderlich sind, verzichtet darauf. Überprüft Eure persönliche Umgebung, stellt sicher, dass keine fremden Gegenstände herumliegen, nichts, das Ihr nicht kennt.«

»Soll ich zu Hause bleiben?«, sagte Fettick. »Die Fenster verdunkeln? Die Türen abriegeln?«

Leif warf ihm einen Blick zu und dachte, dass es vielleicht klüger war, einen Moment lang nichts zu sagen.

Fettick nahm wieder in seinem Sessel Platz und verschränkte die Finger über seinem Gewand. »Junger Herr«, sprach er. »Wisst Ihr, womit ich mein Leben bestreite … draußen?«

Leif schüttelte den Kopf. So eingehend hatte er sich nicht über Lord Fetticks Hintergrund informiert.

»Ich bin Müllmann. In Duluth, Minnesota. Und meine Aufgaben erfordern es, dass ich der Routine konsequent folge, zweimal in der Woche, auf jeder meiner drei Routen. Beim Einsammeln des Mülls die Wege zu variieren, würde auf den Managementebenen auf entschiedenes Unverständnis stoßen.« Er seufzte. »Ja, ich weiß, wie die Dame neulich rausgeworfen wurde. Eine Tragödie. Wisst ihr, wie es ihr geht?«

»Sie liegt noch im Krankenhaus«, antwortete Leif, »und man weiß weiterhin nicht, wann sie das Bewusstsein wiedererlangen wird.«

»Verstehe«, sagte Fettick. »Nun gut. Sie war, glaube ich, auf dem Weg zum Einkaufen, als jemand kam und ihren Wagen von der Straße drängte. Ich arbeite den ganzen Tag unter normalen bis schweren Verkehrsverhältnissen, jeden Tag, und wenn mich jemand umbringen oder verletzen will, glaubt mir, es wird ihm leicht fallen. Meine größte Sorge ist, dass er mich verfehlt und einen meiner Kollegen tötet. Was ihr mir erzählt, macht den Eindruck, dass man im Moment so gut wie nichts tun kann, um das Problem an der Wurzel zu packen: Wir Zielpersonen haben die Tat nämlich schon begangen, die uns zu potenziellen Opfern gemacht hat, und das lässt sich nicht rückgängig machen.«

»Wahrscheinlich nicht«, gab Leif zu.

»Da das so ist«, schloss Lord Fettick, »kann ich fortan entweder in Angst leben, bis der Täter kommt, und versuchen, mich gegen wer weiß welchen Angriff zu schützen, der aus einer x-beliebigen Richtung kommen mag – oder ich kann wie bisher weiterleben und mich weigern, mich einschüchtern zu lassen. So geht man doch normalerweise mit Terroristen um, oder?«

»Das mag ja moralisch gesehen richtig sein«, sagte Megan sanft. »In der Praxis hat es auf Terroristen aber manchmal kaum Wirkung. Sie rechnen bei stolzen oder tapferen Menschen mit so einer Reaktion. Terroristen haben die unangenehme Neigung, trotzdem weiterzumachen und einen wenn möglich in die Luft zu jagen.«

»Dann sollen sie eben kommen«, sagte Fettick. »Ich werde schön sitzen bleiben und meinen Job machen. Hier – und dort.«

Der große, schlanke Mann stand auf und kam um den Tisch herum auf sie zu. »Ich werde Euch noch etwas sagen. Mir reicht es. Zwei Abende meiner wertvollen Spielzeit, die mich genug von meinem Lohn kostet, hat Argaths erbärmlicher Lakai, der Herzog, mit seinem widerwärtigen Zwerg hier verbracht. Er hat sich's wohl sein lassen, mit meiner Tochter geschäkert, mich um Haus und Hof gefressen, meinen besten Wein getrunken und mir weiszumachen versucht, eine dynastische Hochzeit mit ihm sei eine gute Idee. Dieser verkalkte Fiesling! Zwei Abende lang hat er dagesessen und sein Bestes getan, um mich zu erpressen. Oder noch schlimmer, mich einzuschüchtern. Mich in ein Bündnis hineinzuziehen, das nicht in meinem Interesse liegt und für das man mich von einem Ende des Nordostens zum anderen verdammen würde, ein Bündnis mit einem Mann, der mein Land angegriffen hat, der *mich* angegriffen hat – nicht einmal acht Monate ist das her! Die billigste, gemeinste Art von Schutzgelderpressung. Und ich muss dasitzen und ihm um der lieben Politik willen mit Floskeln antworten – denkt nicht, dass ich nicht wenigstens das über Staatsführung weiß. Mir steht der Druck bis hier oben! So lohnt es sich einfach nicht zu leben.«

Er seufzte und sah für einen Augenblick auf den Boden. »Ich werde in einem vernünftigen Rahmen Vorsicht walten lassen. Aber mehr nicht. Wer auch hinter der Sache steckt, ich weigere mich zuzulassen, dass er mein Leben kontrolliert. Aber ich danke Euch, dass Ihr Euch die Mühe gemacht habt, mich zu warnen. Ich vermute, Ihr habt noch andere Leute aufzusuchen.«

»Ja«, antwortete Megan. »Die Herzogin Morn …«

Fettick brach in Gelächter aus. »Ihr wollt *ihr* dieselbe Nachricht überbringen wie mir?«

»Im wesentlichen ja«, gab Megan zurück.

»Habt Ihr Rüstungen?«

Megan und Leif sahen einander an. »Werden wir die brauchen?«

»Wenn Ihr dieser Frau raten wollt, ihren Tagesablauf zu verändern, braucht Ihr wenigstens ein Schilddach«, erwiderte Fettick. »Nun, ich wünsche Euch Glück. Mir ist klar, dass Ihr es gut meint. Und wenn Ihr, wie ich denke, irgendwie in die Suche nach demjenigen verwickelt seid, der die Rauswürfe verübt hat, wünsche ich Euch alles nötige Glück dafür. Ich muss mich jetzt wieder meinen Angelegenheiten zuwenden. Aber seid Ihr sicher, dass Ihr nicht zum Frühstück bleiben wollt?«

»Äh, nein, Herr«, sagte Leif. »Danke trotzdem. Wir sollten uns gleich auf den Weg zur Herzogin Morn machen.«

»Wollt Ihr Euch die Sache mit der Rüstung nicht noch mal überlegen?«

Leif lächelte ein wenig. »Ich denke, wir kommen schon klar.«

Sie verneigten sich vor Fettick und machten sich auf den Weg.

Bevor sie den Transit durchführten, sahen sie sich auf dem Marktplatz um, aber Wayland war schon weg. Niemand wusste genau, wann er aufgebrochen war. »Was soll's«, sagte Leif. »Wir werden von ihm hören. Bereit für den Transit?«

»Klar. Ist es derselbe Radius?«

»Genau.«

»Fertig.«

»Halt dir die Ohren zu, wir wechseln die Höhe.«

Die Welt wurde weiß und schwarz und füllte sich mit leuchtenden Punkten. Megan schluckte, um ihre Ohren vom Druck zu befreien, und schluckte noch einmal. Schließlich klappte es, und sie sah auf eine Landschaft hinunter, die sich von der Errints unterschied wie Tag und Nacht.

So weit man sah, war das Land flach, ein tiefgelegenes, sumpfiges Flussdelta, dessen unzählige Tümpel und Wasserläufe in der Morgensonne glitzerten und blitzten. Überall ragte Schilf nach oben, und Schwarzdrosseln und Goldamseln mit roten Flügeln saßen auf den Schilfrohren, wiegten sich und sangen im Wind, der durch die Schilffelder strich. Mittendrin stand eine große Plattform auf massiven, im Wasser versunkenen Pfählen, darauf ein riesiges Holzhaus mit Türmchen und Türmen wie ein Schloss. Man hatte mit Brettern einen Weg durch die überschwemmte Landschaft gelegt, der in eine Zugbrücke mündete; von dort aus führte ein steiler Damm in Serpentinen hinauf zur Plattform.

Die beiden begannen, den hölzernen Pfad auf das Schloss der Herzogin zuzugehen. Auf dem Weg erschlug Megan eine lästige Mücke und fragte: »Hast du heute Morgen etwas an Wayland bemerkt?«

»Was? Nein, nichts Besonderes.«

»Vielleicht bilde ich mir das nur ein«, sagte Megan, »aber er hatte heute Morgen etwas, ich weiß nicht … Er war ein bisschen komisch. Wirkte irgendwie abgelenkt.«

»Ich habe allerdings bemerkt, wie *du* ihn abgelenkt hast. Wie kamst du denn darauf?«

»Ich dachte mir, dass vielleicht nicht jeder von der Symbolmünze erfahren muss«, gab Megan zurück. »Erstens könnte sie gestohlen werden. Übrigens, lass mich sie eine Weile tragen.«

»Klar.« Leif gab ihr die Münze.

»Zweitens ...« Megan unterbrach sich. »Hast du gesehen, wie er auf Fragen geantwortet hat?«

»Nein. Warum?«

Megan zuckte die Achseln. »Er gab ständig Antworten, die irgendwie allgemein waren, oder ... ich weiß nicht ... nicht viel mit dem Thema zu tun hatten ...«

»Vielleicht hört er schlecht«, sagte Leif.

»Ach, komm.«

»Nein, im Ernst. Wenn es an einem Nervenschaden liegt, kann angeblich nicht einmal die Virtualität viel dagegen tun. Vielleicht hört er uns nicht richtig. Ich habe das schon mit Hörgeräten erlebt.«

»Hm.« Megan ließ sich das durch den Kopf gehen. »Und nach so etwas fragt man wohl nicht, schätze ich.«

»Bist du sicher, dass du dir das nicht nur vorstellst?«

Megan warf ihm einen Blick zu und rieb sich dann die Augen. Ihr war etwas schummerig, vermutlich von den vielen Transitreisen. »Ach, ich weiß nicht ... vielleicht war er nur in Gedanken woanders. Weiß Gott, wo *ich* im Moment bin. Ich kann überall sein.« Sie seufzte.

Nur wenig später ließ sich Megan im Gehen ihre Worte noch einmal durch den Kopf gehen, dazu die Antworten, die sie bekommen hatte, und dachte: *Nein. Nein, es war schon so. Er steht einfach ein wenig neben sich. Konzentriert sich nicht ... Ich vermute, jeder kann in Gedanken sein, selbst wenn er spielt. Obwohl, wenn man bedenkt, was die Teilnehmer für das Spiel bezahlen, sollte man meinen, dass sie ihre Unkonzentriertheit ablegen, bevor sie ihr Geld zum Fenster hinauswerfen.*

Sie überlegte noch einen Augenblick weiter, dann sagte sie ruhig, während sie weitergingen: »Spielunterbrechung.«

»Eingabebereit.«

»Wir haben hier das Symbol vom Boss, ja?«

»Leihweise überlassenes Symbol festgestellt. Was kann ich für Sie tun?«

»Ist der Spieler namens Wayland echt oder generiert?«

»Meinen Sie, ist er ein Mensch?«

»Genau.«

»Ja, der Spieler ist ein Mensch.«

»Hm. Beenden«, sagte Megan und steckte die Münze wieder ein. *Ich kann es nicht ausstehen, wenn dieser Computer mir Antworten gibt, die ich nicht hören will.*

»Ich sehe, dass uns die Wachen auf den Mauern bemerkt haben«, sagte Leif. »Schau dir die Armbrüste an.«

»Vielleicht hätten wir die Rüstungen deswegen gebraucht«, antwortete Megan, als sie an den Anfang der Zugbrücke und in den Schatten ihrer Wachhäuser kamen.

»Jetzt ist es zu spät, um umzudrehen«, stellte Leif fest, viel zu fröhlich für jemanden, der so viele Waffen auf sich gerichtet sah.

»Ich weiß nicht«, sagte Megan leise, als die Wächter aus den Wachhäuschen herausströmten und auf der Seite des Schlosses die Zugbrücke betraten. »Aus dieser Perspektive ist ein spätes Frühstück sehr verlockend.«

Megan begab sich aus Sarxos in ihren persönlichen Arbeitsbereich. Dort erwartete sie ein Stapel E-Mails – eine Unmenge Dinge, um die sie sich kümmern musste, doch sie fühlte sich dazu einfach nicht in der Lage. Zu viele Enttäuschungen, zu viel Aufregung. Zu vieles, das nicht funktioniert hatte.

Blinzelnd verließ sie den Arbeitsbereich. Sie fühlte sich unendlich müde und zerschlagen, als hätte man sie von oben bis unten mit einem Baseballschläger traktiert. *Stress* … Als sie vom Stuhl aufstand, warf sie einen Blick auf die Uhr. 5 Uhr 16. *O Mann … es kann nicht so spät sein … oder?*

Doch …

Megan verließ das Büro und ging unter leisem Stöhnen in die Küche. Jemand hatte so weit mitgedacht, dass er ihr das Nötige zum Teekochen hergerichtet und eine Banane auf die Arbeitsfläche gelegt hatte.

Dad, dachte sie mit dem Anflug eines Lächelns. *Bananen sind gut für Leute, die die Nacht durchmachen*, sagte er immer. *Das Potassium hilft dem Gehirn weiterzuarbeiten.* Weil er selbst so ein Nachtmensch war, musste er es ja wissen.

Wegen Megans Auszeit beim ›Familienabend‹ hatte es weniger Ärger gegeben, als sie befürchtet hatte. Ihr Vater verstand offenbar, dass etwas Wichtiges los war. Anscheinend hatte er darüber auch mit Megans Mutter gesprochen und Megan keine Fragen gestellt. Das war nett von ihm und typisch. Aber heute würde es zweifellos Fragen geben. Sie würde erklären müssen, was los war, und davor war ihr bange. Megan wusste, dass ihr Vater sich schnell zusammenreimen würde, was sie Winters nicht gesagt hatte, und er würde ihr raten, das Thema Rauswürfe zu vergessen und es der Net Force zu überlassen. Wenn er ihr das sagte, würde sie seinen Rat befolgen müssen. Wenigstens so weit respektierte Megan ihren Vater.

Trotzdem …

Sie setzte das Teewasser auf, schaltete die Herdplatte an, schälte die Banane und setzte sich nachdenklich kauend an den Küchentisch. Ungefähr zum zehnten Mal ging sie die Überlegungen durch, von denen sie und Leif sich bei der Untersuchung des Falles hatten leiten lassen. Aber das Nachdenken fiel ihr schwer. Sie war wirklich müde, und das Bild der schallend lachenden Herzogin Morn drängte sich immer wieder dazwischen.

Sie und Leif hatten nicht gerade eine Rüstung gebraucht, um mit ihr zurechtzukommen. Vielleicht hatte Fettick in dem Punkt übertrieben. Aber Morns fröhliche Verachtung für den Gedanken, jemand könnte im Begriff sein, *sie* rauszuwerfen, glich Fetticks Reaktion. Morn war über siebzig, klein, dünn und zäh wie altes Stiefelleder, dabei ausgesprochen witzig. *Unbeugsam*, dachte Megan. Sie ertappte sich bei dem Wunsch, sie selbst möge mit siebzig so sein.

»Sollen sie es doch versuchen«, war Morns Einstellung zu der ganzen Sache. Sie war überzeugt, dass ihr Computer sicher genug war, dass ihr Leben ausreichenden Schutz genoss. Aber auch wenn das nicht der Fall gewesen wäre, dachte Megan, besaß Morn die absolute Furchtlosigkeit eines Menschen, der seiner Ansicht nach lange und gut gelebt und keine Angst davor hat, ›den Löffel abzugeben‹, wenn es das Schicksal denn so will. Der belustigte Spott der alten Dame über Menschen, die die Dreistigkeit besaßen, sich in ihr Privatleben einzumischen, klang Megan und Leif noch lange in den Ohren, als sie Woodhouse verließen. Dann mussten sie sich aus Sarxos ausloggen, weil sie bald Schule hatten und todmüde waren, obwohl keiner es dem anderen gegenüber zugeben wollte.

»Es war ein langer Tag für mich«, sagte Megan zu Leif. »Aber vielleicht logge ich mich später noch mal ein. Ich behalte Chris' Siegel, einverstanden?«

»Kein Problem«, antwortete Leif und verschwand. Er sah ebenso müde aus wie Megan und noch niedergeschlagener.

Da lag das Ding also auf ihrem ›Tisch‹ in ihrem persönlichen Arbeitsbereich. Megan war mit der Banane fertig, und der Teekessel fing an zu pfeifen. Sie stand hastig auf, um ihn zum Schweigen zu bringen, und dachte dabei wieder an das Siegel.

Nicht Lateran. Sie konnte es immer noch nicht fassen. Es kam ihr einfach falsch vor. Aber Sherlock Holmes flüsterte ihr ins Ohr: *Schließ das Unmögliche aus, und was übrig bleibt, ist die Wahrheit.* Oder wenigstens eine Möglichkeit.

Halb sechs. Ich fasse es nicht, dass ich die ganze Nacht da drin verbracht habe. Aber … Sie hob die Augenbrauen, seufzte in sich hinein, goss kochendes Wasser in ihre Teetasse, dann ging sie in das kleine Bad neben der Küche, befeuchtete einen Waschlappen mit kaltem Wasser und legte ihn sich über die Augen. Die Kälte auf ihrem Gesicht war ein wohl tuender kleiner Schock.

Megan ließ den Lappen einen Moment auf dem Gesicht und betrachtete die schwachen Lichter, die in ihren Lidern tanzten, Nebenprodukte der Müdigkeit in ihren Augen. Dann nahm sie den Waschlappen ab, ließ ihn am Waschbecken liegen und ging ihren Tee holen.

Sie setzte sich, nippte vorsichtig an dem Tee und begann noch mal damit, die Angelegenheit durchzugehen. Sie wurde das Gefühl nicht los, dass sie irgendetwas im Zusammenhang mit den Serverprotokollen übersehen hatte. Aber Leif schien zu denken, dass sie aus der Überprüfung dieser Informationen alles herausgeholt hatten, und sie gestand ihm gerne zu, dass er der Experte auf dem Gebiet war. *Es muss da aber noch was geben,* dachte sie. *Etwas, das wir übersehen haben …*

Die Serverlogs wollten ihr nicht aus dem Kopf gehen. *Das ist nur ein geistiger Aussetzer,* sagte sie sich nach einer Weile, während sie wieder am Tee nippte und sich noch einmal verbrannte. *Ich bin wie eine Ratte, die einen Gang ohne Käse hinunterläuft, wieder und wieder.* Über dasselbe Verhalten machte sie sich bei ihrer Mutter immer lustig, wenn diese ihren Autoschlüssel verlegte und ein ums andere Mal an derselben Stelle nachsah, obwohl sie doch inzwischen genau wusste, dass der Schlüssel nicht da lag. *Ich bin um keinen Deut besser.*

Der Tee war langsam so weit abgekühlt, dass sie ihn trinken konnte. Megan nippte ein weiteres Mal daran. *Ich fühle mich so fertig. Was soll ich heute für die Schule anziehen? Ich habe seit Tagen nicht gecheckt, wie es mit der Wäsche aussieht.*

Dann fluchte sie leise, stand auf und ging direkt ins Büro zurück.

Sie trat zum Schreibtisch und schob wieder einmal einen Stapel Bücher beiseite. *Baedeker's London-Handbuch, 1875? Pilze der Welt? Der Geschmack des Ostens? Wie – will er jetzt für ein Curry eine Zeitreise machen? Und Champignons sollen anscheinend auch vorkommen.* Sie nahm wieder in dem Sessel Platz und richtete das Implantat aus.

Vor ihr lag die ockerfarbene Oberfläche des Mondes Rhea. Sie war aus einer der nahen Austrittsöffnungen des Methans ganz mit blauem Neuschnee bedeckt worden. Saturn hing golden und sprachlos im langen, kalten Dunkel, wie eine Nachricht, die zugestellt und nicht gelesen wurde. *All diese E-Mails,* schoss es Megan durch den Kopf. »Computer? Den Sessel, bitte.« Der Sessel erschien. »Zeig mir, was gekommen ist.«

Die Icons von etwa fünfzehn Nachrichten erschienen vor Megan in der Luft, ein paar davon ruhig, andere in sanfter Rotation, einige pulsierten zum Zeichen ihrer Wichtigkeit auf und ab. Die dringenden Nachrichten waren in der Mehrheit – obwohl Megan wieder einmal feststellte, dass die Vorstellung anderer, was wichtig war, selten mit ihrer eigenen Auffassung übereinstimmte. Zwei weitere Nachrichten von Carrie Henderson, die unbedingt wollte, dass Megan etwas tat, was sie sich nicht bis zum Ende anhörte. Noch eine überflüssige Benachrichtigung für die SAT-Prüfungen. Jemand, der Abonnements für einen neuen virtuellen Nachrichtenservice verkaufte, hatte sie auch angeschrieben – sogleich breitete sich eine Demoversion lautstark in einer Ecke ihres Arbeitsbereichs aus, zeigte ihr eine Fläche voller Rauch mit den Feuerlinien von Kampflasern, ein Gefecht irgendwo an einem dunklen Ort in Afrika. Sie wünschte sich einen Hammer, um den Absender damit zu verprügeln. Stattdessen wies Megan die Maschine an, das Demo abzuschalten und fuhr fort, ein Icon nach dem anderen abzubauen.

Mehrere fehlgeschlagene Versuche, live mit ihr zu chatten ... Sie lehnte Chatanfragen grundsätzlich ab, wenn sie in Sarxos war. *J. Simpson? Wer ist das?* Sie schüttelte den Kopf. Manchmal bekam man Chatanfragen von Leuten, die man noch nie gesehen oder gehört hatte. Wahrscheinlich handelte es sich um jemanden, der ihr im Spiel begegnet war und sich weiter über ein Thema unterhalten wollte.

Megan öffnete die Nachrichten, doch sie enthielten lediglich die typische Meldung: »Nachricht fehlgeschlagen, Chat abgelehnt.« *Na gut*, dachte Megan. Wie ihre Mutter zu sagen pflegte: Wenn es um etwas Wichtiges ging, melden sie sich wieder. Und wenn es nicht wichtig war, melden sie sich auch.

Vielleicht hat der Betreffende eine Nachricht in Sarxos hinterlassen, überlegte Megan. »Computer? Sarxos-Login.«

»In Arbeit.«

Ihr Arbeitsplatz verschwand nicht, verblasste aber, während das Sarxos-Logo und die Copyrightbestimmungen wie üblich in der Luft aufleuchteten und ihr Spielstand und die letzte Spielzeit angezeigt wurden. »Wiederaufnahme des Spiels am Punkt des letzten Ausstiegs?«, fragte der Computer. »Oder neuer Ausgangspunkt?«

»Etwas anderes.«

»Bitte benennen.«

»Erkennst du diese Symbolmünze?«, Megan nahm Rodrigues' goldenes Siegel in die Hand und warf es hoch.

»Leihweise überlassenes Siegel identifiziert. Was kann ich für Sie tun?«

Immer das gleiche, dachte Megan resigniert. »Identifikation der versuchten Chat-Verbindungen zu meinem Account von gestern Abend, 18 Uhr 30 Ortszeit bis 5 Uhr 15 heute früh.«

Einen Moment lang blieb es ruhig. »Keine Verbindungsversuche von innerhalb von Sarxos.«

»Okay.« *J. Simpson*. Sie schüttelte den Kopf. »Wartende E-Mails?«

»Keine E-Mails.«

Also war Wayland auf nichts Neues gestoßen. »Ich möchte Zugang zu einigen Serverprotokollen«, sagte Megan.

»Zugriff mit Ihrem Siegel möglich. Welche Protokolle möchten Sie einsehen?«

»Die Protokolle der Spieler Rutin, Walse, Hunsal, Orieta, Balk der Spinner und Lateran.«

»Modus spezifizieren. Audio? Text? Grafische Darstellung?«

»Bitte eine Grafik«, sagte Megan. Ihre Augen waren im Moment nicht fähig, viel Text aufzunehmen.

»Welche Zeitspanne?«

»Die letzten« – Megan machte eine wegwerfende Handbewegung, eigentlich war ihr das egal – »vier Monate.«

»Bitte warten.«

Vor Megan erschienen sechs einzelne Säulendiagramme in der Luft. Sie erinnerten ein wenig an eine lange, detaillierte Auflistung der Entwicklung des Dow Jones über das vergangene Vierteljahr. Jede Säule entsprach einem Zeitraum von 24 Stunden. Darin war als eine Reihe vertikaler Striche innerhalb der dunkleren Säule die Anzahl von Stunden dargestellt, die die betreffende Person in Sarxos verbracht hatte.

Die sechs Spieler nahmen die Sache ernst. Anscheinend hatte keiner von ihnen in den gesamten vier Monaten eine Tagesspielzeit von vier Stunden unterschritten. Einige hatten regelmäßig sechs oder acht Stunden gespielt. Einige brachten es wiederholt auf mehrere Stunden am Stück, speziell an Wochenenden oder an Feiertagen, wo sie auf Spielzeiten von vierzehn oder mehr Stunden pro Tag kamen. *Ich frage mich, wo die ihre Massageprogramme herhaben*, dachte Megan und streckte sich; ihr tat alles weh. *Himmel, ich dachte, dass* ich *eine ziemlich ernsthafte Spielerin bin. Aber für diese Leute ist es eine Obsession.*

Nur zum Spaß forderte sie den Computer auf: »Das entsprechende Serverprotokoll für Brown Meg anzeigen.«

Die Grafik erschien vor ihr. Megan entfuhr ein reuiges Lachen. In den vergangenen paar Tagen hatte sich ihr eigenes Spielverhalten, so eingeschränkt es war, fast so obsessiv entwickelt wie das der anderen. *Dad wird mit mir ein Hühnchen rupfen,* dachte sie. *Und Mom … nein, besser gar nicht erst dran denken.*

»Anzeigen der passenden Dateien von Leif Heckenzauberer«, fuhr Megan fort. Ein weiteres Balkendiagramm erschien unter ihrem. Sein Spielverhalten sah in den letzten Tagen dem ihren sehr ähnlich. *Er ist kein bisschen besser.*

Da war der Gang, noch immer ohne Käse.

Sie schnitt eine Grimasse und sagte: »Ach, weiter, Protokolle von Lateran anzeigen.«

Die Anzeige erschien. Lateran war so schlimm wie alle anderen. Noch schlimmer. Noch so ein Verrückter, ständig drinnen und wieder draußen. »Anzeige für Argath.«

Seltsamerweise war Argath nicht so oft im Spiel, wie Megan vermutet hätte. Sein Spielverhalten über die vergangenen Monate hinweg glich mehr *ihrem* üblichen Muster, obwohl in den letzten paar Tagen auch bei ihm mehr los gewesen war. Irgendwie war das doch nicht normal … Obwohl, welches Spielverhalten *war* für einen Sarxosspieler schon normal? Gab es das überhaupt? Wahrscheinlich nicht.

Megan zog die Augenbrauen hoch und wies den Computer an: »Anzeige der Spielprotokolle von … äh, Wayland …«

Seine Grafik erschien unter der von Argath. Megan

nippte wieder an ihrem Tee, den sie in den virtuellen Raum ›mitgenommen‹ hatte, und warf einen etwas trüben Blick auf all die Säulendiagramme, die da vor ihr in der Luft vor sich hin leuchteten. *Ich sollte noch mal ins Bad gehen und den Trick mit dem kalten Waschlappen anwenden,* dachte sie mit einem Blinzeln.

Dann hielt sie inne und sah sich die Graphen noch einmal an: nicht, wie sie das normalerweise getan hätte, sondern wie eben mit leicht zusammengekniffenen Augen.

Laterans Grafik sah der von Wayland sehr ähnlich.

Das Muster ganz allgemein, wie die Striche und Leerräume fielen ... da waren wesentlich mehr Striche, also Spielzeit, als Leerstellen. Laterans Graph irritierte Megan erst recht, als sie sich jede einzelne Periode von 24 Stunden ansah und sich klar machte, wie viel von der Zeit aufs Spielen entfiel. Der Großteil. Die *aller*meiste Zeit. Und wenn man das Ende eines Tages mit dem Anfang des nächsten gegenüberstellte – etwa jedes zweite Mal gingen sie direkt ineinander über. Na ja, Mitternacht. Da spielen schließlich die meisten Leute.

Aber das war es nicht. *Zwölf Stunden am Stück. Vierzehn, manchmal sechzehn.* Das Muster wiederholte sich, als Megan die vier Monate sehr langsam rückwärts durchging. Sechs Stunden drinnen, zwanzig Minuten draußen. Acht Stunden drinnen, eine Stunde draußen. Zwei Stunden drinnen, eine Stunde draußen. Fünf Stunden drinnen ...

Das Muster wiederholte sich eindeutig. Und Laterans Zeiten zeugten von mehr als nur ›Obsession‹. Sie waren ganz klar pathologisch. *Wann schläft der eigentlich?,* fragte sich Megan. *Und wann arbeitet er? Auch wenn man zu Hause arbeitet, würde es einem schwer fal-*

len, so einen Rhythmus aufrecht zu erhalten. Jedenfalls ohne gefeuert zu werden …

»Computer.«

»Eingabebereit.«

»Nutzerprofil von Lateran.«

»Ihr leihweise überlassenes Siegel erlaubt diesen Zugriff nicht. Bitte wenden Sie sich für weitere Informationen an Chris Rodrigues.«

»Wie viel Uhr ist es an Chris Rodrigues' Aufenthaltsort?«, erkundigte sich Megan.

»2 Uhr 42.«

Er lebt irgendwo an der Westküste. Ich werde ihn nicht um Viertel vor drei aus dem Bett holen. Außer …

»Ist Chris derzeit im Spiel?«

»Nein.«

Dann werde ich warten müssen. Sie sah sich noch einmal Laterans Serverprotokoll an. *Wenn der Mann einen Job hat, dann muss es sich um Heimarbeit handeln. Aber selbst dann kann es nur ein Teilzeitjob sein … bei so einem Spielverhalten. Ein Kind ist er ja nicht.* Wegen der Gewalt hatte Sarxos eine Altersbeschränkung ab sechzehn aufwärts. *Also geht Lateran entweder noch zur Schule oder auf die Uni, oder es ist eine Arbeit …* Sie schüttelte den Kopf. Dieses Muster ergab keinen Sinn.

Dann sah Megan sich Waylands Spielverhalten an. Es glich dem von Lateran wirklich sehr. Sechs Stunden drinnen, zwei Stunden draußen. Acht Stunden drinnen, zwei Stunden draußen. Sieben Stunden drinnen … Und das Muster wiederholte sich, als sie langsam durch die Vier-Monats-Periode zurückging. *Sie sind nicht ganz synchron. Sie gleichen einander nicht völlig, aber …* Sie schüttelte den Kopf.

Megan ging immer noch nicht aus dem Kopf, wie seltsam sich Wayland heute Morgen angehört hatte. Ein ganz komischer Verdacht kam in ihr hoch. Es war natürlich unmöglich, denn Waylands Serverprotokoll und das von Lateran zeigten, dass sie oft gleichzeitig online waren, und man konnte nicht zwei Figuren zugleich spielen.

Oder doch?

»Computer.«

»Eingabebereit.«

»Maximale Zahl von Figuren, die von einem einzelnen Sarxos-User gespielt werden.«

»Zweiunddreißig.«

»Wer ist dieser Spieler?«

»Diese Information ist mit Ihrem leihweise überlassenen Siegel nicht verfügbar. Bitte wenden Sie sich für weitere Informationen an Chris Rodrigues.«

»Ja, ja. Zugriff auf die Informationen über den Spieler Lateran.«

»Zugang erfolgt. Daten werden bereitgehalten.«

»Wie viele weitere Figuren gehören der Person, die Lateran spielt?«

»Fünf.«

»Ist eine davon Wayland?«

Ein Moment Stille, dann die Antwort: »Ja.«

Megan wurde es heiß und kalt. »Computer«, sagte sie, während ihr eine ganze Reihe schrecklicher Möglichkeiten durch den Kopf gingen. Jetzt war es an ihr, diese allmählich einzugrenzen. »Kann ich mit diesem Siegel auf Chris Rodrigues' Aufzeichnungen der versuchten und erfolgreichen Rauswürfe von Spielern zugreifen?«

»Der Zugang ist erlaubt.«

»Zugriff auf die Datei, und bitte bereithalten.«

»Ausgeführt.«

»Anzeige der Rauswurf-Zeiten in einem ähnlichen Säulendiagramm. Markieren durch Stern.«

Der Computer führte den Befehl aus. Jeder helle

Stern für den Zeitpunkt eines Rauswurfs lag über einem dunklen, durchscheinenden Balken, der denen der Grafiken darüber entsprach.

»Grafiken für Lateran und Wayland verschieben und über die Rauswurf-Grafik legen.«

Der Computer gehorchte. Sämtliche Rauswürfe, der von Elblai eingeschlossen, fielen in Zeiten, in denen sich angeblich sowohl Wayland als auch Lateran im Spiel befanden.

Aber das ist unmöglich, dachte Megan. Schrecken und Triumphgefühle stiegen gleichzeitig in ihr hoch. *Das ist unmöglich. Die Protokolle für Wayland und Lateran können nicht gleichzeitig wahr sein. Sie können nicht beide auf einmal eingeloggt gewesen sein. Aber wenn einer von ihnen drin war …*

»Computer!«

»Eingabebereit.«

»Kann derselbe Spieler während eines Aufenthalts im Spiel zwei Figuren gleichzeitig spielen?«

»Nur sequenziell. Simultanes Spielen mit mehreren Figuren ist vom Designer ausgeschlossen worden und wird vom System als illegal betrachtet.«

Sie sind derselbe Spieler. Sie waren beide gleichzeitig drin. Das kann nicht sein. Und der Computer hat es nicht bemerkt, weil er nicht darauf programmiert ist.

Jemand hat einen Weg gefunden, wie er seine Anwesenheit im System vortäuschen kann.

»Es ist zu wichtig«, flüsterte sie. »Computer, ich muss auf der Stelle mit Chris Rodrigues sprechen. Dies ist ein Notfall.«

Einen Moment lang herrschte Ruhe, dann antwortete der Computer: »Chris reagiert nicht auf die Anfrage. Bitte versuchen Sie es später noch einmal.«

»Dies ist ein *Notfall*«, insistierte Megan. »Verstehst du das nicht?«

»Das System versteht ›Notfall‹«, sagte der Computer, »aber ein Siegel wie das gegenwärtig in Ihrem Besitz befindliche autorisiert nicht dazu, Chris zu dieser Zeit zu kontaktieren. Bitte versuchen Sie es später noch einmal.«

Er ist es, dachte Megan. *Der Rausschmeißer. Das ist* er.

O Scheiße ...!

»Wollen Sie Chris Rodrigues eine Nachricht hinterlassen?«

Megan öffnete den Mund, dann machte sie ihn wieder zu, als ihr ein anderer Gedanke durch den Kopf ging. »Nein«, antwortete sie.

»Welche anderen Dienste möchten Sie in Anspruch nehmen?«

Megan betrachtete die Diagramme. »Anzeige der übrigen Serverprotokolle über denselben Zeitraum für alle weiteren Figuren des Spielers, der Wayland und Lateran spielt.«

»Bitte warten.« Drei weitere Graphen wurden angezeigt. Der erste und der dritte entsprachen nahezu denen von Wayland und Lateran. Es gab einige kleine Abweichungen hinsichtlich der Zeiten, und die Muster waren ein wenig ausgefeilter. Aber auch diese Figuren verbrachten zu viel Zeit im System, um realistisch zu sein, und auch in ihrem Fall ging das Muster über die letzten vier Monate zurück. *Automatisch,* dachte Megan. *Keine Frage.*

Der mittlere Graph machte einen wirklicheren Eindruck. Drei Stunden drinnen, zwanzig Stunden draußen. Vier Stunden drinnen, fünfunddreißig draußen. Ein sparsameres Nutzungsmuster. Kein Dilettant, aber auch kein Besessener.

Megan stellte ihren Blick wieder auf unscharf, eine gute Methode sicherzustellen, dass man auch wirklich das Muster sah, das man zu sehen glaubte. Die Ähnlichkeiten zwischen all den fraglichen Graphen waren zu groß für einen Zufall.

»Anzeige speichern«, sagte Megan.

»Dateiname?«

»Megan-und-Leif-Eins. Kann ich die Anzeige in eine E-Mail kopieren?«

»Ja.«

»Kopie an den Spieler Leif Heckenzauberer.«

»Erledigt. Zur Abholung bereitgehalten.«

»Kopie an ihn auch außerhalb des Systems.«

»Nachricht abgeschickt um 5 Uhr 54 Ortszeit.«

Und was mache ich jetzt?

Megan schluckte einmal, dann ein zweites Mal. Sie hatte einen trockenen Mund. *Lateran. Wir lagen richtig. Der aufstrebende junge General …* Sie lächelte ein wenig grimmig. *Einer, der analysieren kann. Und eine ziemliche Gefahr, dieser Geschichte nach zu urteilen. Jemand, der das System einer Virtuellen Realität austricksen kann, so dass es ihn für anwesend hält, wenn er nicht da ist …*

Und überhaupt, dachte Megan, *warum sollte er diese Technik hier verschwenden? Es ist nur ein Spiel.* Freilich gab es Leute, für die Sarxos eine Sache von Leben und Tod war, die fast alle Stunden dort verbrachten, in denen sie wach waren, die Sarxos lebten und schliefen und aßen und tranken – und, wie Chris sagte, dorthin ziehen wollten. Aber das hier … Megan schüttelte den Kopf. *Da ist jemand bereit, eine Technologie zu benutzen oder womöglich erst zu erfinden, deren einziges Ziel darin besteht, die grundsätzliche Frage nach der Anwesenheit in einer virtuellen Umgebung zu erforschen.*

Megan hatte immer geglaubt, dass der ›Fingerabdruck‹ unlöschbar und unfälschbar war, den man im Netz hinterließ, wenn man über ein Implantat damit verbunden war. Das zählte zu den Binsenwahrheiten, auf denen der sichere Gebrauch des Netzes aufbaute: dass man der war, für den einen das Implantat ausgab, dass man sich am angegebenen Ort befand, und zwar zur angegebenen Zeit. Angeblich machte das mit dem Körper eines Menschen verbundene Implantat die Authentizität seiner Handlungen im Netz endgültig und sicher. Aber jemand ... Wayland? Lateran? Wer dieser Mensch auch war, er hatte eine Möglichkeit entdeckt, ›dort zu sein‹, wenn er in Wirklichkeit *nicht* dort war. Während sein wahrer Körper sich irgendwo anders aufhielt und dort etwas anderes tat. In eine Wohnung einbrach und den Computer des Bewohners zerstörte. Eine Großmutter mittleren Alters von der Straße drängte und sie gegen einen Laternenpfahl fahren ließ.

Was kam als Nächstes?

Und alles nur wegen des Spiels.

Aber war das wirklich alles? Denn die Implikationen einer solchen Technologie waren Schrecken erregend.

Megan lief es kalt den Rücken hinunter; sie schluckte noch einmal. Ihr Mund war immer noch trocken. *Wir haben noch immer keinen Beweis. Das alles sind nur Indizien.*

Aber es sind wirklich gute Indizien, und sie werden eine Menge Fragen aufwerfen.

Was jetzt?

Sie wandte sich an den Computer: »Diagramme speichern und aus meinem Arbeitsbereich entfernen. Kopie an James Winters bei der Net Force schicken.«

»Ausgeführt.«

Megan blickte durchs Fenster auf Saturn.

Er weiß natürlich Bescheid, dachte sie. *Wir haben ihm ins Gesicht gesagt, in welche Richtung wir Nachforschun-*

gen anstellten, wohin unser Verdacht ging. Sogar Lateran haben wir erwähnt. Er weiß, dass wir ihm auf den Fersen sind.

Um Fettick und Morn brauchen wir uns keine Sorgen zu machen.

Aber um uns.

Und wir sind ja auch nicht so schwer zu finden. Megan überlegte. *Wege, die wir täglich zurücklegen. Bekannte Adressen.* Ein schiefes Lächeln zog über ihr Gesicht.

Ich muss sofort Winters kontaktieren. Aber ...

Sie hielt inne.

Ein Bild ging ihr nicht aus dem Kopf: wie Lateran, Wayland, wer auch immer dahintersteckte, hierher kam, sie verfolgte. Wie er hinter Leif her war. Es war nur zu einfach, sich Adressen, Telefonnummern und allerlei ›persönliche‹ Informationen aus dem Netz zu besorgen. Aber gleichzeitig ...

Warum sollte ich mir Sorgen machen? dachte Megan. Ihr Mund war allmählich nicht mehr so trocken. *Wir haben die übliche Anzahl Feuerwaffen zu Hause, und ich kann mit jeder Einzelnen umgehen. Wenn jemand mich auf der Straße anspricht oder handgreiflich wird ...* Sie lächelte grimmig. *Ich glaube, den würde ich – würden wir – Winters auf dem Silbertablett überreichen ...*

Na ja, das kann ich nicht machen. Ich muss ordnungsgemäß vorgehen. Aber das heißt nicht, dass ich hier herumsitzen und warten muss, bis Wayland mich holen kommt ...

Sie warf noch einmal einen nachdenklichen Blick auf die versuchten Chatkontakte. *J. Simpson,* dachte sie. *Wo bist du, J. Simpson?*

»Sarxos-Computer«, sagte sie. »Danke. Logout.«

»Gern geschehen, Brown Meg. Schönen Tag noch.« Die Copyright-Nachricht flammte dunkelrot auf und verschwand.

»Computer«, fuhr Megan fort. »Zugang zur E-Mail-Adresse J. Simpsons. Neue Mail öffnen …«

Und sie lächelte.

Leif ging rasch in das Holzhaus, wo sich sein Arbeitsplatz befand, und setzte sich auf die Couch. Dabei rieb er sich die Augen. »Mail?«, fragte er seinen Computer.

»Haufenweise, mein Herr und Gebieter. Wie willst du die Nachrichten entgegennehmen? Erst die wichtigen? Erst die langweiligen? In der Reihenfolge ihres Eintreffens?«

»Ja, letzteres«, entschied Leif und rieb sich abermals die Augen. Er fühlte sich todmüde.

Er hatte geglaubt, er würde wie ein Stein schlafen – was auch immer das hieß –, als er letzte Nacht aus Sarxos zurückkam. Doch stattdessen hatte er sich hin und her gewälzt und von einer Seite auf die andere gedreht. Etwas beschäftigte ihn, etwas, das er nicht festhalten konnte, das ihm entgangen war.

Nicht Lateran. Sukyn sin, *es ist nicht Lateran.* Er wurde den Gedanken nicht los. Und er dachte über Wayland nach. Über Megans Worte – »er war ein bisschen komisch.«

Eine E-Mail wurde abgespielt, es ging um eine Veranstaltung, seine Mutter wollte, dass er daran teilnahm. »Halt«, wies er die Maschine an, »halt mal alles für einen Moment an.«

»Okay.«

Leif dachte an andere Treffen mit Wayland zurück, bis hin zu den ersten Begegnungen mit ihm. Der Schmied hatte auf ihn einen etwas exzentrischen Eindruck gemacht, aber man traf in Sarxos manchmal auf solche Leute. Je mehr Leif jedoch über jene Gespräche nachdachte, desto mehr überzeugte ihn, was

Megan gesagt hatte. Ein Spieler konnte seine Erlebnisse abspielen lassen, wenn er sich die Mühe gemacht hatte, sie zu speichern.

Leif lächelte grimmig. Er neigte schon dazu, alles aufzubewahren, und speicherte das meiste ab, so dass sein Vater sich beschwert hatte, auf der Maschine bleibe kaum Platz für etwas anderes. »Also«, sagte Leif, »hol mir meine Sarxos-Archive.«

»Die Maschine ist an ihrer Kapazitätsgrenze, Boss«, meldete ihm sein Rechner. »Und ich möchte nicht wiedergeben müssen, was sie über dich sagt. Wie viel Speicherplatz du verbrauchst …«

»Schon gut, ich bezahle dafür. Aber lassen wir das. Hör zu, ich möchte alle Gespräche hören, die ich mit einer Figur namens Wayland geführt habe.«

»Gut.«

Leif begann, die Gespräche abzuhören. Etwa beim dritten fiel ihm auf, dass sich Worte wiederholten. Nicht nur, weil sie ihm bekannt vorkamen – sondern weil sie jedes Mal in genau demselben Tonfall gesagt wurden. Langsam stellten sich seine Nackenhaare auf. Noch eine Phrase: »Das ist ja sehr interessant.« Die Wiederholung ein paar Monate später: »Das ist ja sehr interessant.« Genau dieselbe Intonation. Und ein drittes Mal: perfekt, dasselbe Timing, auf die Sekunde genau.

Aber dann … Er spielte die Aufzeichnung des Gesprächs ab, das er und Megan mit Wayland geführt hatten: »Das ist ja sehr interessant.«

Eine andere Intonation. Um einiges amüsierter – und entschieden wachsamer.

Er schluckte. Da fiel sein Blick auf ein pulsierendes Icon. Eine der Nachrichten … und sie trug Megans Adresse.

»Verdammt! Öffnen!«, befahl er dem Computer.

Der Computer gehorchte. Leif sah vor sich eine Reihe übereinander gestapelter Grafiken. Das waren die Serverprotokolle von Spielern, ein Vergleich ihrer Spielzeiten. Sie waren ...

Leifs Mund klappte auf, als er sich die letzten Protokolle am unteren Ende ansah: Es handelte sich um zwei Gruppen; eine war über die andere gelegt, und die Sterne, die den Zeitpunkt aller Rauswürfe der letzten Monate markierten, lagen über den Grafiken.

Leifs stockte der Atem. Er konnte nicht einmal fluchen. Kein Schimpfwort war schlimm genug für das, was er da sah.

Wir hatten Recht. Es war *Lateran.*

Und Lateran ist Wayland. Und Wayland ›war ein bisschen komisch‹. Wir haben im Voraus programmierte Phrasen gehört ...

Bis auf gestern Nacht. *Das ist ja sehr interessant ...* Dazu Waylands Lächeln.

Wo ist Megan?!

Ihre Telefonnummer kannte er nicht. Sie hatten sie nie gebraucht, alle ihre Kontakte waren über das Net gelaufen.

»Computer! Hol mir Megan zum Chat.«

»Sie ist nicht verfügbar, Boss.«

»Melde mich in Sarxos an. Such sie dort.«

Er wartete unerträgliche Sekunden, während sich die Maschine einloggte und das Logo und die Copyrightbestimmungen abgespielt wurden. Einen Moment später meldete sein Rechner: »Sie ist nicht da, Boss.«

Er konnte auch nicht in Erfahrung bringen, wann sie das letzte Mal dort gewesen war, weil er das Siegel nicht hatte.

Das Gewicht der Informationen, die er vor sich hatte, die Daten, über die er jetzt verfügte – die Erinnerung an ihr Treffen mit Wayland letzte Nacht, der ihre Informationen kannte –, dazu die Tatsache, dass Leif Megan nicht finden konnte … Alles kam zusammen, und plötzlich wusste Leif, was passiert war. Was, wenn er Glück hatte, gerade erst ablief.

Dann begann er zu fluchen, bezeichnete zuerst Megan, dann Wayland mit russischen Begriffen, bei denen seine Mutter zweifellos die Wände hochgegangen wäre. Ihn packte die Verzweiflung dessen, der virtuell an dem Ort ist, wo er real sein müsste. Er verdammte seine Unfähigkeit, auf der Stelle in Washington zu sein, während er in New York festsaß.

Leif brüllte den Computer an: »James Winters! Net-Force-Notfall! Sofort verbinden!«

Eine etwas verschlafene Stimme meldete sich: »Winters …«

Leif schnappte nach Luft und brüllte dann: »HILFE!«

Sie schickte die E-Mail ab und wartete, und nichts geschah. *Ein vernünftiger Mensch schläft um sieben am Morgen noch,* dachte sie. *Warum auch nicht?*

Schließlich gab Megan das Warten auf. Es wurde spät. Sie ging nach oben, duschte und zog sich so leise wie möglich an, denn ihr Vater war offenbar noch lange auf gewesen, hatte in einem anderen Zimmer als dem Büro gearbeitet und war dann zu Bett gegangen. Ihre Mutter war wie so oft schon aus dem Haus. Ihre Brüder hatten nicht daheim übernachtet – der eine hatte am frühen Morgen als Dienst habender Arzt Krankenbesuche zu erledigen, der andere über eine bevorstehende Abschlussprüfung geklagt. Sein Kurs hieß ›Spannbeton II‹. Beide hatten sich nach dem Abendessen aus dem Staub gemacht.

Megan ging wieder nach unten, überlegte, ob sie noch eine Tasse Tee trinken sollte, und entschied sich dagegen. Heute stand in der Schule nichts Wichtiges auf dem Programm. Aber das war kein Grund, nicht hinzugehen. Ihre Hausaufgaben waren alle gemacht, der Laptop aufgeladen, alle notwendigen Datenmodule lagen in ihrer Schultasche. Und draußen hupte auch schon die Mitfahrgelegenheit.

Sie nahm Tasche und Laptop, steckte die Schlüsselkarte ein, ließ die Tür hinter sich zufallen und atmete durch. Sie hörte, wie die Tür ins Schloss fiel, zog daran, um zu überprüfen, dass sie auch wirklich verschlossen war, und drehte sich um …

… und sah ihn vor sich stehen und ihr einen schwarzen Gegenstand entgegenstrecken.

Nur ein Reflex rettete Megan. Sie ließ sich zur Seite fallen, als er nach ihr griff, schlug mit ihrer Tasche nach ihm und zwang ihn dadurch, ein wenig zurückzuweichen. Sie spürte das unterdrückte Zischen und Knistern eines Biodestabilisators. Bei einem guten Treffer würde ihre Bioelektrizität kurzzeitig verrückt spielen, so dass sie wie bei einem ›Kurzschluss‹ zusammenbrechen würde. Die Reichweite der Waffe betrug etwas über einen Meter. Megan rollte sich auf dem Boden ab, kam auf die Füße und bewegte sich über den Rasen vor dem Haus von dem Angreifer weg, darauf bedacht, ihn sich vom Leib zu halten. Der Mann stürzte wieder auf sie zu, und wieder wich sie aus, obwohl ihr das wirklich auf die Nerven ging.

Eine Hälfte von ihr war vor Angst außer sich. Der Rest war mit den Ausweichbewegungen beschäftigt. *Lass ihn nicht nahe heran, bleib außerhalb seiner Reichweite* – und dahinter lief in ihrem Kopf gemächlich ein Kommentar ab: *Ich hab' die Hupe gehört, das ist nicht das richtige Auto, aber das gleiche Modell, vielleicht sogar dasselbe Baujahr, wie hat er …*

Wie lange vermutete er schon, dass sie und Leif ihm auf der Spur waren? Aus welcher Nähe hatte er sie beobachtet? *Leif,* dachte sie, *warum habe ich ihn nicht …!*

Ohne ein Wort sprang der Mann wieder auf sie zu. Sie wünschte sich fast, er würde schreien, etwas sagen. *Etwa einsfünfundsiebzig,* registrierte ein weiterer Teil ihres Gehirns mit klinischer Präzision: *mittelgroß, graues Sweatshirt, Jeans, schwarze Halbschuhe, weiße Socken – weiße Socken?? Himmel! Eine große Nase. Schnauzbart. Augen … Augen …* Megan konnte die Farbe von hier aus nicht erkennen, und so nahe würde sie nicht herankommen, dass sie das herausfand. *Große, sehr große Hände. Ein erstaunlich ausdrucksloses und unbewegliches Gesicht, bei all dem Aufwand, den sie trieben, während sie um Viertel vor acht morgens über den Rasen tanzten … Warum merkt das denn keiner, warum können die Nachbarn nicht …?!* Megan riss den Mund auf, um so laut sie konnte zu schreien …

Und dann bemerkte sie, dass er den Destabilisator weggeworfen hatte und jetzt etwas anderes in der Hand hielt, damit auf sie zielte …

Sie spürte nicht einmal, wie sie das Projektil aus der Schallwaffe traf. Auf einmal lag sie auf dem Boden und konnte keinen Muskel mehr rühren. All das wirkte wie ein Hohn angesichts ihrer Trainings und all der guten Ratschläge ihres Selbstverteidigungstrainers. Aus dem Haus ausgesperrt, keine Möglichkeit wegzulaufen, keine Zeit auszuweichen, keine *Zeit …*

Der Mann beugte sich über sie. Als er sie hochhob, war sein Gesicht nicht mehr ganz ausdruckslos. Er wirkte ein klein wenig verärgert über die Umstände, die sie ihm gemacht hatte. Er packte Megan, um sie in eine annähernd sitzende Position zu bringen, als Vorbereitung, wie sie wusste, um sie zu seinem Auto zu tragen, in dem er sie mitnehmen würde. *Lass dich nie von einem Angreifer irgendwo hinbringen*, hatte ihr einer ihrer Ausbilder eindringlich eingeschärft. *Der einzige Grund, weshalb dich jemand mitschleppt, ist, dass er dich als Geisel nehmen oder im stillen Kämmerlein vergewaltigen oder umbringen will. Bring ihn dazu, es öffentlich zu tun, wenn es schon passiert. Das ist vielleicht schrecklich, aber besser, als tot zu sein …*

Tut etwas, sagte sie zu ihrem Hals, ihren Lungen. *Schreit! Tief atmen, jetzt schreien!* Aber der tiefe Atemzug wollte nicht durchkommen, und der Schrei klang etwa wie »Hm, hm.« Er war in ihrem Kopf, nur in ihrem Kopf … Megan ging kurz in einem Anfall von Wut und Angst unter, doch nur für einen Moment, denn – das war komisch – der Schrei lag über ihrem Kopf, in der Luft …

Erstaunt sah der Mann zu dem schwarzen Schatten hoch, der wie ein Stein vom Himmel auf ihn herab fiel. Er warf noch einen Blick auf Megan, seine Augen blitzten in einer Absicht auf, er bewegte die Hand …

… und fiel dann zur Seite. Hart schlug er neben ihr auf und fiel teilweise über sie. Megan hörte den furchtbaren, dumpfen Aufschlag seines Kopfes. Es hatte wenig geregnet, der Rasen war ziemlich braun und der Boden hart …

Megan sank zurück und starrte nach oben. Sie konnte den Kopf nicht drehen, nur Motorenlärm hören, das Klingeln in ihren Ohren. Sie hätte einfach zusammenbrechen und losheulen können, nicht aus Angst natürlich, sondern vor Erleichterung über die Schritte um sie herum, den Anblick des schönen schwarzen Net-Force-Gleiters mit dem goldenen

Streifen auf der Seite, den sie aus dem Augenwinkel sah, und des Polizeigleiters, der daneben landete …

… wie auch über den Anblick von James Winters, der plötzlich über ihr stand und zu den Sanitätern sagte: »Es geht ihr gut, Gott sei Dank, sie hat nur einen Schallschuss abbekommen, los, helft ihr hoch. Und was *ihn* betrifft …«

Er blickte über den schmalen Gesichtskreis hinaus, der Megan im Moment zur Verfügung stand. »Da ist unser Rausschmeißer«, sagte Winters mit vor Wut und Befriedigung bebender Stimme. »Sperrt ihn ein.«

Es dauerte eine Weile, bis sich die Aufregung legte. Megan verbrachte zwei Tage im Krankenhaus – so schnell erholte man sich nicht von der Wirkung von Schallwaffen – und einen dritten mit Gesprächen. Sie redete mit der Polizei und den Net-Force-Agenten, die sie einschließlich James Winters besuchten, und mit Leif, der aus New York herüberkam.

Alle packten sie mit Samthandschuhen an. Am ersten Tag machte ihr das nicht viel aus. Am zweiten störte es sie gelegentlich. Doch am dritten Tag begann es ihr auf die Nerven zu gehen, und das gab sie mehreren Leuten mit Nachdruck zu verstehen. Am Ende bekam es sogar Winters zu hören.

»Sie wird wieder gesund«, hörte Megan ihn vor der Tür zur Krankenschwester sagen, als er hinausging. Er drehte sich um und deutete mit dem Finger auf sie. »Am Tag deiner Entlassung erscheint ihr« – Winters zeigte auf Leif – »um zehn Uhr in meinem Büro.«

»Ich bin dann wieder in New York«, wandte Leif hoffnungsvoll ein.

»Na und, ist dein Computer kaputt? Zehn Uhr.«

Und weg war er.

Megan lehnte sich in dem bequemen Sessel in der

Ecke zurück – sie durfte das Bett mittlerweile verlassen – und fragte Leif: »Hattest du heute Morgen einen Termin mit den Leuten von der Net Force?«

»Ja.«

»Haben sie dir weitere technische Einzelheiten verraten, wie Mr. Simpson oder Wallace oder Duvalier« – wie sich herausgestellt hatte, führte der Mann mehrere falsche Namen – »Ihrer Ansicht nach das System so täuschen konnte, dass es ihn für anwesend hielt, wenn er draußen war, und umgekehrt?«

Leif schüttelte den Kopf. »Ich muss ehrlich sagen, von der technischen Seite verstehe ich nicht allzu viel. Anscheinend hatte er ein zweites Implantat, dem er irgendwie beigebracht hatte vorzugeben, es wäre mit seinem Körper verbunden. Frag mich nicht, wie das geht – die Net Force ist anscheinend stark daran interessiert. Und er ließ ein ›Expertensystem‹ laufen, eine Bewusstseins-Emulation.«

Leif lehnte sich gegen das Fenstersims. »Eine alte Geschichte. Hast du schon mal von einem Programm namens RACTER gehört? Einer meiner Onkel kannte den Typ, der es geschrieben hat.«

Megan schüttelte den Kopf.

»Der Name war die Abkürzung für ›Raconteur‹ – ›Erzähler‹. Es stammte von diesen Turing-Test-Programmen ab, die versuchten, menschlich zu erscheinen – so weit, dass sie in einem Gespräch als Menschen durchgehen konnten. RACTER sollte einem den Eindruck vermitteln, dass man mit jemandem ganz ungezwungen plaudert. Simpson oder wie er auch heißt hatte für Sarxos eine maßgeschneiderte Version davon erstellt. Das Programm konnte sich in Gestalt seiner Figuren einigermaßen mit den Leuten unterhalten, ohne dass es jemand merkte. Ich schätze, es ist kein Wunder, dass es funktionierte. Wenn man in Sarxos ist, geht man automatisch davon aus, dass ein Gesprächspartner entweder ein echter Spieler oder vom Spiel generiert ist. Und vom Spiel generierte Figuren verhalten sich manchmal etwas komisch. Sogar in Sarxos gibt es schließlich Pannen. Es scheint, dass unser Freund vier solche Programme laufen ließ, manchmal alle auf einmal. Das fünfte ›Ich‹ war er dann selber. Er tauchte hier und dort auf und kümmerte sich um die diversen Figuren, vergewisserte sich, dass jeder sie für diejenigen hielt, die sie sein sollten, während er den Rest besorgte. Er spielte Lateran und schaffte sich die Leute, die Lateran seiner Ansicht nach in den Weg kamen, einen nach dem anderen vom Hals.«

»Gibt es schon Erkenntnisse, warum er Elblai auf so brutale Weise rausgeworfen hat?«

Leif schüttelte den Kopf. »Die Polizeipsychologen haben sich mit ihm unterhalten, und ich glaube, die vorherrschende Meinung ist, dass Elblai ihn einfach zu sehr unter Druck gesetzt hat. Da ist etwas in ihm kaputtgegangen. Shel hatte ihn schon stark unter Druck gesetzt, aber nicht so wie Elblai. Es wuchs ihm einfach über den Kopf. Aber er war sehr vorsichtig, sehr schlau. Er hat seine Spuren lange Zeit verwischt, anscheinend weit über vier Monate hinaus.« Leif machte ein nachdenkliches Gesicht. »Ich glaube aber nicht, dass ihm irgendwelches Psychologenzeug vor Gericht helfen wird. Fahrerflucht, versuchter Totschlag, diverse Einbrüche und Sachbeschädigungen, und in deinem Fall versuchter Mord … Ich bezweifle, dass wir ihm in absehbarer Zeit in Sarxos begegnen werden. Oder irgendwo sonst.«

Leif sah Megan an, kreuzte die Arme und drehte sich vom Fenster weg. »Ich bin nur froh, dass es dir gut geht.«

»Also, wenn du nicht gewesen wärst, hätte es anders laufen können.«

»Ich hatte Angst, zu spät zu kommen.«

»Ich dachte wirklich, ich bin dran«, sagte Megan. »Schau … vergessen wir's einfach. Wir müssen uns um wichtigere Dinge kümmern.«

»Ach?«

»Übermorgen«, erinnerte ihn Megan, »um zehn …«

Zur verabredeten Stunde saßen Megan und Leif virtuell in James Winters' Büro, doch die Tatsache, dass sie nicht physisch anwesend waren, machte es ihnen nicht angenehmer.

Winters' Schreibtisch war aufgeräumt. Vor ihm waren Papierausdrucke ordentlich aufgestapelt, auf einer Seite lagen einige Datenmodule. Winters sah von seiner Arbeit auf, und sein Gesicht war ausgesprochen kühl.

»Ich muss mit euch zwei ein Wörtchen reden«, begann er. »Über Verantwortungsbewusstsein.«

Sie saßen stumm da. Dies schien nicht der richtige Zeitpunkt, um zu widersprechen.

»Ich habe mich mit euch über dieses Problem unterhalten«, fuhr Winters fort. »Erinnert ihr euch an diese Gespräche?«

»Äh, ja«, antwortete Megan.

»Ja«, sagte Leif.

Winters warf Megan einen besonders strengen Blick zu. »Seid ihr sicher, dass ihr euch daran erinnert? Denn euer Verhalten lässt vermuten, dass ihr unter einer schweren Amnesie leidet. Ich würde am liebsten vorschlagen, dass euch eure Eltern in die Neurologische Abteilung der Washingtoner Universitätsklinik bringen und prüfen lassen, ob ihr, wie das mein Vater in alten Zeiten nannte, noch ganz richtig tickt. Wenn ihr zu eurer Entschuldigung irgendein körperliches Leiden anführen könntet, würde mir das mein Leben ziemlich erleichtern.«

Megans Gesicht rötete sich, so peinlich war ihr die Situation.

»Nein, wie? Das hatte ich befürchtet. Warum habt ihr euch nicht meiner Bitte entsprechend verhalten?«, fragte Winters. »Zugegeben, es war kein Befehl, ihr steht nicht unter meinem Kommando ... Doch in der Regel kann davon ausgegangen werden, dass diese Art von Bitte von einem dienstälteren Net-Force-Agenten an einen Net Force Explorer ein gewisses Gewicht hat.«

Megan sah zu Boden und schluckte. »Ich dachte, die Situation wäre nicht so gefährlich, wie Sie meinten«, antwortete sie, als sie schließlich wieder aufblickte. »Ich dachte, Leif und ich würden damit schon klarkommen.«

»Dir ging dabei nicht zufällig durch den Kopf, dass du so richtig Eindruck machen könntest?«

»Äh ... doch. Ja.«

»Und wie ist es mit dir?«, wandte sich Winters an Leif.

»Schon«, antwortete Leif. »Ich dachte, wir kämen damit klar. Und ich dachte, dass es toll wäre, wenn wir die Sache alleine klären könnten, bevor die richtigen Agenten sich darum kümmern.«

»Also.« Winters musterte ihn. »Du hattest nicht etwa die Absicht, uns Gefahr oder Ärger zu ersparen.«

»Nein.«

»Zeit vielleicht«, sagte Megan.

»Und Ruhm?«, fragte Winters sanft.

»Ein bisschen«, gab Leif zu.

Winters lehnte sich zurück. »So eine Abschlussbesprechung mit euch ist schon die reine Wonne. Nun ja, ich hatte Gelegenheit, mir sämtliche Protokolle anzusehen. An eurer Hartnäckigkeit gibt es nichts zu rütteln. Und ich muss zugeben, dass ihr euch reingehängt habt. Ihr habt euch richtig in den Fall verbissen, was?«

»Ich wollte nicht loslassen«, gab Megan zurück.

»Wir haben mit der Arbeit angefangen«, sagte Leif leise. »Als Sie mit uns sprachen ... waren wir noch nicht fertig. Wir wollten den Job zu Ende führen.«

Winters saß schweigend da und betrachtete das Papier auf seinem Tisch. Er griff nach der Ecke eines Stapels und blätterte ein paar Seiten durch. »Es ist von oben einiger Druck ausgeübt worden, euch zwei als Risikofaktoren aus den Reihen der Explorer zu entfernen. Die Rücksichtslosigkeit und der Mangel an Respekt gegenüber unserer Autorität, den eure Handlungen in den letzten Tagen vermuten lassen, werden nicht als gutes Beispiel für die anderen Explorer angesehen. Denn es wird sich herumsprechen, was passiert ist – so was spricht sich immer herum –, und man macht sich Sorgen, andere Explorer könnten in ihrer jugendlichen Unerfahrenheit ein solches Verhalten für nachahmenswert halten. Es ist uns gelungen, den Schaden einigermaßen einzuschränken, aber ...« Er verdrehte die Augen. »Die kleine Szene auf dem Rasen vor deinem Haus hat es nicht besser gemacht, Megan. Es werden unweigerlich Einzelheiten der Ereignisse und deiner Beteiligung daran bekannt werden. Ich hoffe für euch, dass das keine rechtlichen Konsequenzen nach sich zieht. Wenn ihr euch unseren Anweisungen gemäß verhaltet, stehen uns gewisse Möglichkeiten offen, euch zu schützen. Wenn *nicht* ...«

Winters blickte zur Decke, als wollte er dort still um Hilfe bitten, und schüttelte den Kopf. »Einstweilen muss ich mir überlegen, was ich mit euch machen soll ... Der Druck auf uns kommt von mehreren Seiten. Es gibt Leute in unserer Organisation, denen zufolge die euren Schlussfolgerungen zugrunde liegende Analyse eine hübsche geistige Transferleistung darstellt – diese Leute würden zu einem späteren Zeitpunkt gerne mit euch zusammenarbeiten. Und wenn ich euch jetzt hinauswerfe, dann wird diese Möglichkeit stark eingeschränkt. Doch zur gleichen Zeit gibt es auch Leute, die den Kopf schütteln und sagen: ›Wirf sie gefälligst raus!‹ Also, was soll ich machen? Habt ihr einen Vorschlag?«

Er musterte sie. Leif öffnete den Mund, dann machte er ihn wieder zu. »Nur zu«, forderte ihn Winters auf. »Ich wüsste nicht, wie du deine Lage noch verschlechtern könntest.«

»Behalten Sie uns«, sagte Leif, »aber auf Bewährung.«

»Was verstehst du unter Bewährung?«

»Ich bin mir nicht sicher.«

»Und du?«, wandte sich Winters an Megan. »Irgendeine Idee?«

»Nur eine Frage.« Sie schluckte. »Was passiert mit festen Mitarbeitern der Net Force, wenn sie so etwas tun?«

»Meistens fliegen sie«, erwiderte Winters grimmig. »Nur außerordentliche mildernde Umstände führen manchmal dazu, dass sie entlastet werden. Hättet ihr zu euren Gunsten etwas anzuführen?«

»Dass wir womöglich eine der gefährlichsten Entwicklungen in dreißig Jahren virtueller Erfahrung aufgedeckt haben?«, fragte Leif mit einer Prise Unschuld in der Stimme.

Winters warf ihm einen Seitenblick zu und gestattete sich ein dünnes, widerstrebendes Lächeln. Leif sah das und wusste sofort, dass sie ihn in der Tasche hatten, dass alles gut gehen würde. Nicht angenehm ablaufen ... aber gut gehen.

»Zu eurem Glück trifft dies zu«, antwortete Winters. »Bisher basierte die gesamte Verbreitung virtueller Systeme darauf, dass über Implantate ausgeführte Transaktionen fälschungssicher waren. Nun fällt auf all das plötzlich ein Zweifel. Es gibt kaum einen Teil des Netzes, der davon nicht betroffen wäre. Man wird überall sämtliche Authentisierungsprotokolle überprüfen müssen, um sie gegen die Art von Manipulation zu schützen, die euer Freund in Sarxos entwickelt hat. Mit wessen Hilfe, da sind wir uns nicht sicher. Aber man geht der Frage nach. Sarxos hat als Testgebiet für einige Technologien gedient, an denen mehrere Länder interessiert sind. Wenn jemand anfängt, dieses spezielle Spiel zu stören ... nun, dann klingeln die Alarmglocken. Sie werden noch lange weiter klingeln.

Aber lassen wir das für einen Moment beiseite. Dieser Zwischenfall hat viele Leute aufgerüttelt, die ihre Systeme für sicher hielten. Sarxos verfügt über ein Sicherheitssystem für anwendereigene Daten, das sehr hoch angesehen war. Die Entdeckung, dass es so manipuliert und mit gefälschten Daten gefüllt wurde und dass dies monatelang keiner ahnte, eventuell über viele Monate hinweg, hat einen ziemlichen Schock verursacht. Wenn Sarxos so manipuliert werden konnte, dann gilt das auch für zahlreiche andere sorgsam erstellte Schutzsysteme. Bankensysteme, Aufklärungssysteme, ›smarte‹ Systeme, die für Länder auf der ganzen Welt diverse Aspekte der nationalen Sicherheit verwalten. Waffenkontrollsysteme ...« Winters verfiel kurz ihn Schweigen.

»Der Gedanke, was für einen Aufwand es bedeuten wird, das alles neu zu entwerfen, ist furchtbar. Nur dass wir uns dank euch jetzt darüber Gedanken machen müssen.« Das schmale Lächeln nahm einen spitzbübischen Zug an. »In diesem Moment verfluchen euch wahrscheinlich mehr Manager, Systemanalysten, Hardware- und Software-Experten, als das jemals wieder der Fall sein wird. Und dieselben Leute segnen euch. Würdet ihr in dieser Minute sterben, man könnte nicht vorhersagen, ob ihr in die Hölle oder in den Himmel kommt.«

Er lehnte sich zurück. »In der Zwischenzeit ... was Sarxos betrifft ...« Er nahm eines der Blätter von der Spitze des Stapels, überflog es und legte es weg. »Sarxos hat wohl als Unternehmen aufgrund eures Beitrags gerade noch überlebt. Es hat seiner Muttergesellschaft große Profite eingebracht, und der Angriff auf diese Spielerin fing zusammen mit den Schwierigkeiten, den Täter zu finden, allmählich an, die Marktposition des Unternehmens zu beeinträchtigen. Das Gesetz des Marktes lautet: ›Wissen, wann Gier, wissen, wann Angst herrscht.‹ Die Aktionäre von Sarxos haben Angst bekommen, und der Markt begann, sein Vertrauen in das Unternehmen zu verlieren. Der Aktienkurs ist in der ganzen Welt gefallen, überall, wo die Aktie gehandelt wird.

Nun, der Designer des Spiels, dem es aufgrund seines enormen Reichtums nicht gerade an politischem Einfluss fehlt, hat uns ersucht, bei unserer Entscheidung über euch so nachsichtig wie möglich zu verfahren. Der Aufsichtsratvorsitzende der Muttergesellschaft hat sich für euch stark gemacht. Das ist erstaunlich bei einem Mann, den es angeblich nicht schert, wenn der große böse Wolf seine Großmutter frisst, es sei denn, sie hätte eine Tasche voller Prämienwerte bei sich.

Die Polizei in Bloomington ist sehr zufrieden mit euch, weil die Aussage eures Verdächtigen sie direkt zu dem Mietwagen geführt hat, der bei dem Überfall auf diese Frau verwendet wurde. Das FBI ist zufrieden, weil derselbe Verdächtige jetzt Verbrechen in mehreren Bundesstaaten gestanden hat. Er versucht, irgend eine günstige Regelung zu erreichen, aber ich weiß nicht, ob er da sehr weit kommen wird. Einige Organisationen, von denen weder ihr etwas wissen solltet noch ich, sind ebenfalls zufrieden, aus Gründen, die sie mir entweder nicht verraten haben oder über die ich mich nicht äußern kann. Und überhaupt scheint in diesem Moment eine Welle ungebremsten Wohlwollens euch gegenüber den Planeten zu überfluten.«

Er sprach in sehr trockenem Ton weiter. »Es ist ein wenig seltsam. Menschen, die einem normalerweise nicht einmal die Uhrzeit sagen, bitten uns für euch um Milde.« Winters lehnte sich zurück und sah sie an. »Offen gesagt, glaube ich, dass sie in einigen Punkten eine falsche Auffassung davon haben, was ihr eigentlich getan habt, und in mancher Hinsicht täuschen sie sich über euer Motiv. Aber trotzdem haben sie nicht ganz Unrecht.«

Leif warf Megan einen verstohlenen Blick zu. Sie verhielt sich mucksmäuschenstill. »Wenn man all dies berücksichtigt«, schloss Winters, »bezweifle ich wirklich, dass es irgendwem dienen würde, euch auf dem Altar des blinden Gehorsams zu opfern. Ich würde die Möglichkeit durchaus offen lassen, dass ihr vielleicht eines Tages mit den – wie nennt ihr das noch? ›Erwachsenen‹? – zusammenarbeitet.«

Megan rutschte auf ihrem Stuhl hin und her. Leif ging es ebenso. »Können Sie Gedanken lesen?«, fragte Megan abrupt.

Winters sah sie an und zog eine Augenbraue hoch,

dann antwortete er: »Normalerweise nicht. Ich bekomme Kopfschmerzen davon. Gesichter reichen völlig aus. Und ansonsten …«

Winters hob die Brauen, schob seinen Stuhl zurück und auch den Bericht ein wenig von sich weg. »Solltet ihr mit den ›Erwachsenen‹ zusammenarbeiten, ja, solltet ihr selbst einmal diesen glückseligen Zustand erreichen, dann müsst ihr etwas begreifen: In eurer Arbeit als Mitglieder eines Teams geht es nicht notwendigerweise darum, Recht zu haben. Die Grenze zwischen Recht und Selbstgerechtigkeit ist fließend. Letztere kann sich als fatal erweisen. Eventuell reicht der Unterschied zwischen beiden aus, dass ihr sterben müsst, oder dass es euren Partner oder eine unschuldige Person um euch herum trifft.« Er sah Megan an. »Was wäre, wenn dein Vater vor ein paar Tagen während des Überfalls heruntergekommen wäre? Oder einer deiner Brüder wäre hineingeplatzt?«

Megan starrte mit brennendem Gesicht zu Boden.

»Also gut«, sagte Winters. »Ich werde das nicht weiter ausbreiten. Du scheinst dir wenigstens vage über die Konsequenzen klar zu sein. Aber zugleich betrifft diese Frage auch dich.« Er wandte sich Leif zu. »Du warst der Nächste auf der Liste. Er hatte die Adresse deiner Schule. Er hätte dich dort gefunden. Entweder hätte er versucht, dich zu entführen, und das wäre ihm vermutlich gelungen – in dem Fall hätten wir dich irgendwo in einer Grube oder in einem Fluss gefunden. Oder er hätte versucht, an Ort und Stelle mit dir fertig zu werden. Es gibt viele Möglichkeiten, wie er das hätte anstellen können, und ebenso viele, wie er dabei ›zufällig‹ einen deiner Schulkameraden gleich mit erledigt hätte. Thema Verantwortung«, sagte Winters. »Du wärst dafür verantwortlich gewesen.«

Leif begann sich ebenfalls für den Teppich zu interessieren.

»Vielleicht seid ihr eines Tages tatsächlich für so etwas verantwortlich«, fuhr Winters fort. »Ich kann euch im Moment nur dieses Gefühl vermitteln: diese Scham, dieses Schuldgefühl, diese Angst. Ich kann euch nur sagen, dass das hier unendlich viel besser ist, als das, was ihr fühlen werdet, wenn einer von euren Kameraden im Dienst stirbt, weil ihr einen Befehl missachtet habt. Ein sinnloser Tod. Oder etwas, das schlimmer ist als der Tod.«

Es war sehr still im Raum. »Apropos«, sagte Winters und beugte sich ein wenig vor. »Eure Freundin Ellen ...«

»Elblai! Wie geht es ihr?«, rief Megan.

»Sie hat heute Morgen das Bewusstsein wiedererlangt. Man hat ihr erzählt, was vorgefallen ist – anscheinend hat sie darauf bestanden. Es heißt, dass sie wieder gesund wird. Aber sie ärgert sich anscheinend maßlos über eine Schlacht, die sie deswegen verpasst hat ...« Er beugte sich über den Tisch und betrachtete ein weiteres Blatt aus seinem Stapel. »Gegen diesen Argath. Der übrigens, wie sich herausgestellt hat, mit der Sache nichts zu tun hat.«

»Das haben wir uns schon gedacht«, gab Leif zurück.

»Angesichts der wenigen Fakten, die ihr zur Verfügung hattet, ist das bemerkenswert. Aber Intuition gehört zu unserer Arbeit, wie technische Geräte auch. Und wer mit Intuition vernünftig umgehen kann, ist definitiv ein nützliches Talent für uns.«

»Warum hat er es getan?«, fragte Megan.

»Wer? Ach, du meinst Simpson mit den vielen Namen?«

Winters lehnte sich wieder in seinem Sessel zurück.

Ganz ohne Vorwarnung erschien ein Mann in einem Stuhl in der Ecke von Winters' Büro. Er trug Gefängniskleidung – einen einfachen blauen Overall – und hatte dieselbe ausdruckslose Miene, die Megan an ihm aufgefallen war, als er eine Waffe auf sie richtete. Sie widerstand einem Schauer.

»Ich gewinne nie«, sagte der Mann mit einer flachen Stimme, die zu dem ausdruckslosen Gesicht passte – und plötzlich war Megan froh, dass er während des Überfalls nichts zu ihr gesagt hatte. Er klang in diesem Holoclip wie ein Roboter. »Ich meine, früher habe ich nie gewonnen. Aber jetzt, in Sarxos, da gewinne ich die ganze Zeit. Niemand war so schlau wie ich. Niemand versteht so viel von Strategie wie ich.«

»Besonders, seit Sie diese ganzen verschiedenen Figuren gespielt haben«, schaltete sich eine ruhige Stimme ein, die man nicht sehen konnte, wahrscheinlich ein Psychiater. *Oder ein Psychoprogramm*, dachte Megan.

»Wie sonst könnte ich all die Leute sein, die ich bin? Wie sonst könnten sie alle gewinnen? Nicht nur ich. Vielleicht bin ich der Wichtigste ... Aber gewinnen, gewinnen macht so viel aus. Mein Vater sagte immer: ›Es geht nicht darum, wie man spielt; es geht darum ob man gewinnt oder verliert.‹ Dann starb er ...« Erst jetzt zeigte das Gesicht überhaupt Emotionen: ein Schub purer Wut, so leer von Reife oder Erfahrung, dass man gewettet hätte, der Mann würde sich wie ein Dreijähriger gleich in einem Wutanfall auf den Boden werfen, schreien und blau anlaufen. Nur dass dieser Mann Anfang Vierzig war. »Ich habe oft gewonnen«, sagte die Stimme jetzt wieder ruhig, das Gesicht völlig reglos, »und ich hätte auch weiter gewonnen. Alle Teile von mir – all die Leute hier drinnen. Und eines Tages werde ich wieder gewinnen, obwohl ich jetzt aus dem Spiel bin. Früher oder später werde ich wieder gewinnen ...«

Die Gestalt in dem Stuhl verblasste. Megan und Leif sahen einander in einer Mischung aus Mitleid, Furcht und Ekel an. »Wir benützen den Ausdruck ›übergeschnappt‹ nicht mehr«, sagte Winters, »aber andernfalls würde ich sagen, dass der Kerl ein guter Kandidat für diese Beschreibung ist. Die Therapeuten werden lange brauchen, um sich auf den Grund seiner Probleme vorzuarbeiten. Aber ich würde vermuten, dass eine multiple Persönlichkeit zum Krankheitsbild gehört, erschwert durch die Unfähigkeit, die Realität von einem Spiel zu unterscheiden oder zu begreifen, dass ein Spiel zum *Spielen* da ist.«

Wieder senkte sich Schweigen über den Raum. Schließlich seufzte Winters. »Also gut, ihr zwei. Ich werfe euch nicht raus, hauptsächlich, weil ich ungern wertvolle Rohstoffe verschwende. Ich betone das Wort ›Roh‹.«

Er musterte die beiden, und sie blickten wieder mit heißen Gesichtern auf den Teppich.

Dann hob Leif den Blick. »Danke.«

»Ja«, pflichtete Megan ihm bei.

»Was den Rest angeht – wenn wir in naher Zukunft eine Aufgabe finden, die euren einzigartigen Talenten entspricht – die Nase überall hineinstecken, kein Nein akzeptieren, nervtötende Beharrlichkeit und Denken um die Ecke herum ...« Winters lächelte. »Dann werdet ihr die Ersten sein, die es von mir erfahren. Jetzt geht und reißt euch für die Pressekonferenz zusammen. Ihr seid hoffentlich klug genug, euch wie bescheidene kleine Net Force Explorer zu benehmen, oder bei Gott, ich ...« Er seufzte. »Ist schon gut. Seht ihr, was ihr mit mir anstellt? Ein ganzer Vormittag der Selbstbeherrschung für die Katz'. Los, raus hier.«

Sie erhoben sich. »Eines noch, bevor ihr geht«, sagte Winters. »Es gibt nichts Schlimmeres, als eine Lüge für die Wahrheit zu halten. Überlegt einmal, vor wie vielen schlimmen Lügen ihr die Welt gerade bewahrt habt. So sehr ihr euch auch daneben benommen habt, darauf könnt ihr stolz sein.«

Sie drehten sich um und verließen den Raum, aber nicht ohne sich vorher kurz angegrinst zu haben, so vorsichtig, dass Winters es nicht sah.

»Ach, ein letzter Punkt.«

Sie blieben in der Tür stehen und sahen über die Schulter zurück.

Winters schüttelte den Kopf. »Was bedeutet ein so idiotischer Name wie ›Balk der Spinner‹?«

An einem anderen Ort saßen drei Männer in unauffälligen Anzügen in einem fensterlosen Raum und sahen einander an.

»Es hat nicht funktioniert«, konstatierte der Mann am Kopfende des Tischs.

»Es hat funktioniert«, widersprach ein anderer, der versuchte, nicht verzweifelt zu klingen. »Es war nur noch eine Frage von wenigen Tagen. Die erste Ankündigung wirkte sich immer stärker auf den Aktienkurs des Unternehmens aus, je mehr die Medien die Nachricht von dem ersten Angriff verbreiteten. Ein paar Stunden mehr, die folgenden Angriffe, die nächsten Ankündigungen – all das hätte den Kurs so stark beeinträchtigt, dass sie die Aktie aus dem Handel hätten nehmen müssen. Die Leute wären reihenweise abgesprungen. Doch was noch wichtiger ist: Die Technologie hat funktioniert.«

»Sie hat *einmal* funktioniert«, erwiderte der Mann

am Kopfende. »Jetzt wissen sie Bescheid. Sie hätte funktionieren müssen, ohne aufgedeckt zu werden. Jetzt ist sie in aller Munde. Jeder, der davon gehört hat, wird seine Datenbanken nach Zeichen durchforsten, dass Nutzer abwesend waren oder Strohmänner eingesetzt haben. Es hätten sich enorme Möglichkeiten eröffnet, aber jetzt ist es vorbei.«

Stille senkte sich über den Raum. »Nun«, sagte der Mann, der sich vergeblich bemüht hatte, nicht verzweifelt zu klingen, »die nötigen Unterlagen liegen morgen früh auf Ihrem Tisch.«

»Warten Sie nicht bis morgen. Schaffen Sie die Unterlagen in einer Stunde her. Räumen Sie Ihren Schreibtisch, und machen Sie, dass Sie fortkommen. Wenn Sie jetzt gehen, müssen Sie Tokagawa nicht gegenübertreten, der morgen kommt.«

Der dritte Mann im Anzug stand auf und verließ in großer Eile den Raum.

»Und was nun?«, fragte der zweite.

Der erste zuckte die Achseln. »Wir versuchen es mit etwas Neuem«, antwortete er. »Es ist eine Schande. Dieser Weg bot einige Möglichkeiten. Aber er hat einige andere mögliche Angriffsrouten aufgezeigt.«

»Trotzdem, es ist eine Schande, dass wir diese Möglichkeit vergeben haben. Man hätte Kriege unter diesen Voraussetzungen ausfechten können. *Wirkliche* Kriege ...«

»Aber nur so wirklich, wie sie die Software macht, von der sie gelenkt werden«, gab der erste Mann mit einem schmalen, kalten Lächeln zurück. »Wir haben bewiesen, dass die derzeitige Technologie für unsere Pläne unzureichend ist. Sie ist nicht sicher genug, um unsere Kunden davon zu überzeugen, sie anstatt herkömmlicher Schlachtfelder einzusetzen. Das ist jedoch nicht unbedingt schlecht, denn man wird annehmen, dass die nächste technologische Welle fehlerlos sein wird. Und natürlich wird es nicht so sein. Wir werden wieder bereit stehen und ›Hintertüren‹ einbauen. Und dieses Mal werden wir am Anfang des Prozesses eingreifen, nicht erst mittendrin. Denn dieses Scheitern macht uns klüger. Wer von uns daraus nicht klüger hervorgeht, wird seinen Platz räumen.« Er blickte den zweiten Mann an. »Wie sieht's mit Ihnen aus?«

»Wenn Sie mich entschuldigen«, sagte der zweite Mann, während er aufstand, »ich muss einen Anruf machen.«

Nachdem er gegangen war, saß der erste Mann da und überlegte. *Na, was soll's. Nächstes Mal ... Denn was der Mensch ersinnt, das kann der Mensch auflösen und nichtig machen, und in jedem Spiel gibt es, wenn man genau genug hinsieht, eine Betrugsmöglichkeit.*

Beim nächsten Mal klappt es bestimmt ...

Am äußersten Rand von Sarxos, erzählen die Legenden, befand sich ein geheimer Ort. Er hatte viele Namen, aber der am häufigsten gebrauchte war auch der kürzeste. Er lautete ›Rods Haus‹.

Einige Sarxonier behaupteten, es von den höchsten Gipfeln der nordöstlichen Berge auf dem Nordkontinent gesehen zu haben, als sie bei klarstem Wetter nach Westen sahen: eine einzelne Insel, ein mächtiger Berggipfel, der einsam aus den wilden Wassern ragte, weit draußen im Sonnenuntergangs-Meer. Es gab mannigfache Geschichten über diesen Ort, obwohl es unwahrscheinlich war, jemandem zu begegnen, der dort gewesen war. Einige Geschichten berichteten, die Seelen der Guten gingen dorthin und lebten für alle Zeiten glücklich mit Rod; andere besagten, dass Rod selbst an Wochenenden dorthin kam, auf die Welt hinausblickte, die er geschaffen hatte, und sie für gut befand.

Wenige wussten, welche dieser Geschichten stimmte. Megan und Leif gehörten jetzt dazu.

Es war ein Schloss. Das war mehr oder weniger klar. Doch da endete die Ähnlichkeit, denn das Gebäude sah aus wie von einem Architekten aus Los Angeles entworfen, der einen bösen Traum von Schloss Neuschwanstein gehabt und versucht hatte, es als Kreuzung der frühen assyrischen mit der Spätrokoko-Architektur zu reproduzieren. Grüne Rasenflächen und geschmackvolle Blumenbeete voller Narzissen umgaben es. Es hatte einen kleinen weißen Sandstrand, wo man mit einem Boot anlegen konnte. Wie es hieß, machten die Elfen auf ihrem Weg in den Westen gerne hier Halt.

»Aber in den echten Westen«, sagte Rod amüsiert. »Das hier ist der Pseudowesten. Wenn ihr den echten haben wollt, fahrt immer weiter in diese Richtung, geradewegs über den Planeten hinaus, biegt beim zweiten Mond rechts ab, und dann geht's geradeaus weiter. Ihr könnt ihn nicht verfehlen.«

Aus dem Hauptgebäude des Schlosses ragte ein einzelner hoher Turm empor, mit einem Balkon nach Osten hin. Alle Fenster des Schlosses gingen nach Osten. Dort lag Sarxos mit seinen umwölkten Bergen und Meeren, Seen, dem fernen Glitzern der Wolken, die den Sonnenuntergang spiegelten …

»Nette Aussicht, was?«, fragte eine Stimme hinter Megan.

Sie drehte sich um und sah sich Rod gegenüber, der mit einer Coladose in der Hand an ihr vorbei aus dem Fenster sah.

»Wir haben hier tolle Sonnenuntergänge«, sagte er, »aber man sieht sie nur von Turm aus.«

»Hat das persönliche Gründe?«, erkundigte sich Megan.

Rod sah resigniert drein. »Für die Architektin vielleicht. Meine Ex hat diesen Ort entworfen. Sie nannte ihn ein Feature. Ich nenne ihn Ärgernis. Ich glaube, sie wollte nur sichergehen, dass ich genug Sport treibe.«

»Ist es weit bis oben?«

»Die übliche Anzahl von Stufen. Dreihundertdreiunddreißig. Deshalb habe ich den Aufzug installiert.« Rod grinste.

Megan lachte und drehte sich um, um die vielen Menschen zu betrachten, die in dem großen Saal im Erdgeschoss versammelt waren. Niemand lehnte die Einladung zu so einer Party ab, wenn er es vermeiden konnte – und zum Glück hatten zahlreiche Gäste kommen können. Viele von jenen waren erschienen, die ›von uns gegangen‹ waren, Spieler, die auf die eine oder andere Weise im Spiel umgekommen waren, und jeder, der jemals rausgeworfen wurde. Shel Lookbehind stand unweit vom Büffet und sprach glücklich mit Alla über Aufbauhilfe für die Dritte Welt. Da war Elblai, die sich freundschaftlich mit Argath unterhielt, dem sie noch nie persönlich begegnet war.

»Ich bin nur *ehrenhalber* eine liebe Verstorbene«, sagte sie fröhlich, »und glauben Sie mir, das macht mir gar nichts aus ...« Auch einige der glücklichen lebenden Bewohner von Sarxos waren anwesend. Einige Gäste verstanden nicht so recht, warum Megan und Leif da waren, verzichteten aber auf neugierige Fragen. Andere – Servicemitarbeiter von Sarxos oder Freunde von Rod – wussten ganz oder teilweise Bescheid und hielten sich bedeckt.

»Ich kann mich darüber nicht öffentlich auslassen«,

hatte Rod Leif und Megan vorher erklärt. »Ihr wisst, warum. Es gibt Leute, denen das nicht recht wäre. Aber trotzdem … ich wollte mich bei euch bedanken.«

Jetzt spazierte Megan ans andere Ende des Raumes, wo ihr Vater und ihre Mutter sich mit Gläsern in der Hand angeregt mit Leifs Eltern unterhielten. Als sie zu ihnen trat, warf Megans Mutter einen Blick in die Runde, der nicht ganz so grimmig ausfiel, wie man es nach ihrem Gespräch vom Vortag vielleicht vermutet hätte. »Jetzt lerne ich das alles auch einmal kennen, meine Liebe.«

»Vielleicht nicht alles, Mom. Aber das hier sind die Leute, denen wir geholfen haben.«

»Also …« Megans Mutter strich ihrer Tochter über den Kopf. Die zärtliche Geste veranlasste Megan auf der Stelle dazu, ihre Frisur wieder in Ordnung zu bringen. »Ich denke, ihr habt ein gutes Werk getan …«

»Mehr als das«, schaltete sich Elblai ein, die soeben mit ihrer Nichte hinzukam. Beide lächelten Megan an. »Ich wollte mich noch einmal für deinen Einsatz bedanken. Es kommt so selten vor, dass jemand einem anderen einfach so die Hand entgegenstreckt, um ihm zu helfen.«

»Ich konnte nicht anders«, wehrte Megan ab. »Wir beide nicht.« Sie warf Leif einen verzweifelten Blick zu, damit er sie aus dieser peinlichen Situation befreite.

Doch er nickte nur.

»Sie sollten sehr stolz auf Ihre Tochter sein«, wandte sich Elblai an ihre Mutter, und die Nichte sagte zu Megan: »Ich komme mir immer noch so dumm vor, dass ich euch in jener Nacht nicht glauben wollte. Das hätte uns so viele Probleme erspart.«

»Du hast dich an die Spielregeln gehalten«, gab Megan zurück. »So läuft das eben. Die Regeln verschaffen sich selber Geltung.«

»Wohl wahr«, stimmte Elblai zu. »Habt ihr schon diese kleinen Sushi probiert, diese omelettartigen Dinger? Sie sind wirklich gut.«

»Omelettartig?«, fragte Megans Vater mit einem wohlwollenden Blick zu seiner Tochter und ging hinüber zum Büffet.

Megan lief hinterher. »Daddy …«

»Hm?«

»Woran schreibst du zurzeit?«

Er lächelte. »Eine Geschichte des Gewürzhandels. Hast du das nicht gemerkt?«

»Das stimmt nicht! Das hast du erfunden!«

»Selbstverständlich. Irgendwie muss ich es dir doch heimzahlen.« Er grinste. »Aber, Megan, ich bin froh, dass es letzten Donnerstagabend wirklich um etwas Wichtiges ging. Sonst hätten wir ein Hühnchen zu rupfen gehabt. Doch ab jetzt … Wenn etwas so wichtig ist, dass womöglich jemand deswegen auf dich schießt, dann bitte ich mir aus, als Erster davon zu erfahren. Einverstanden?« Er warf ihr einen Blick zu, der zugleich verärgert und tief besorgt wirkte, so dass sie ihm unmöglich böse sein konnte.

»Äh, ja. Klar, Dad.«

»Gut. Ansonsten kannst du lesen, was ich gerade schreibe, wenn ich fertig bin. Irgendwann in der nächsten Woche.« Er drehte sich lächelnd um. »Es wäre gut, wenn du etwas Geduld lernst.«

»Ich werde mich in deinen Rechner hacken.«

»Versuch's nur«, antwortete er mit einem hinterhältigen Grinsen und wandte sich den Omelettes zu.

Megan ging zu Leif hinüber, der aus dem Fenster sah. »Hast du Lust, auf den Turm zu steigen?«

»Klar, alle anderen waren ja schon oben.«

Sie liefen zum Aufzug. Im obersten Stockwerk endete er in einem kleinen, runden Raum. Das spitz zulaufende, gewundene Dach schien ohne Verbindung dazu über dem Raum zu schweben. Die letzten Strahlen des Sonnenuntergangs erloschen eben im Westen. Im Osten zog der Mond voll und rund über Sarxos auf. Der zweite Mond bewegte sich von einer Seite sozusagen auf der ›Überholspur‹ nach oben und schob sich schnell und stetig am ersten vorbei über den Himmel.

In der Ferne glitzerte der Mondschein auf dem Schnee der nordöstlichen Berge. Darüber erschienen die Sterne am Himmel wie ein Feuerwerk.

Von unten waren ›Ooohs‹ und ›Aaaahs‹ zu hören.

»He«, sagte eine lässige Stimme vom Fuß der Treppe, »das sind meine Sterne. Ich kann sie hochgehen lassen, wenn ich will. Am nächsten Morgen wachsen sie sowieso nach.«

Weit im Osten kam eine Gestalt auf Flügeln herangerauscht. Sie wurde immer größer, unfassbar groß.

»Was ist das?«, rief Megan aus.

Leif schüttelte staunend den Kopf.

Die riesige Gestalt kam immer näher, ihre großen, schwarzen Schwingen hoben sich wie Gewitterwolken vom dunkler werdenden Nachthimmel ab. Sie flog eine Kurve am Turm vorbei und sah sie an. Es war ein Gefühl, als würde man von einer Nahraumfähre aus beobachtet. Der Fahrtwind war ein Sturm.

Die gewaltigen Flügel breiteten sich aus und flatterten. Für einen Moment wurde der Wind stärker, dann legte er sich, als der Königsbasilisk sich vorsichtig auf der Spitze des Berges niederließ, auf dem das Haus von Rod erbaut war. Der Basilisk vergewisserte sich, dass er Halt gefunden hatte, und faltete seine

Schwingen dann zusammen. Er wickelte seinen langen, schlanken Schwanz zur zusätzlichen Absicherung um den Gipfel herum und neigte sein sechs Meter großes Haupt Leif und Megan entgegen, um sie nachdenklich zu betrachten. Seine Augen waren wie das Zentrum der Sonne.

Unten streckte ein Seeungeheuer seinen Kopf auf einem schlanken Hals aus dem Wasser, vollführte dann die passende Menge vielfacher Umdrehungen und brüllte dem Eindringling herausfordernd entgegen. Megan und Leif konnten einander nur anstarren, versunken in Staunen und Bewunderung.

»Willkommen in meiner Welt«, sagte hinter ihnen Rod, »wo Betrüger es nie weit bringen.«

Dieses Mal zumindest, dachte Megan, sprach es aber nicht aus.

John le Carré

»Der Meister des Agentenromans.« *Die Zeit*

01/8240

Eine Art Held
01/6565

Das Russland-Haus
01/8240

Dame, König, As, Spion
01/6785

Ein blendender Spion
01/7762

Die Libelle
01/8351

Der heimliche Gefährte
01/8614

Der Nacht-Manager
01/9437

Unser Spiel
01/10056

Der Schneider von Panama
01/10779

HEYNE-TASCHENBÜCHER

Robert Harris

»Eine perfekte Symbiose aus Historie und Fiktion.«
DIE WELT

»Politthriller der Extraklasse.«
HANDELSBLATT

01/13010

Vaterland
01/8902

Enigma
01/10001
Im Heyne Hörbuch auch als CD oder MC lieferbar.

Aurora
01/13010